Rita Falk

Steckerlfischfiasko

Rita Falk

Steckerlfischfiasko

Ein Provinzkrimi

dtv

Von Rita Falk
sind bei dtv außerdem erschienen:

Provinzkrimis

Der erste Fall: Winterkartoffelknödel
Der zweite Fall: Dampfnudelblues
Der dritte Fall: Schweinskopf al dente
Der vierte Fall: Grießnockerlaffäre
Der fünfte Fall: Sauerkrautkoma
Der sechste Fall: Zwetschgendatschikomplott
Der siebte Fall: Leberkäsjunkie
Der achte Fall: Weißwurstconnection
Der neunte Fall: Kaiserschmarrndrama
Der zehnte Fall: Guglhupfgeschwader
Der elfte Fall: Rehragout-Rendezvous

Romane

Hannes
Funkenflieger

MIX
Papier | Fördert gute Waldnutzung
FSC® C014496

Originalausgabe 2023

Umschlaggestaltung: Lisa Höfner | buxdesign, München
Umschlagmotive: Getty Images; Adobe Stock; mauritius images / Oleksandr Latkun / imageBROKER; mauritius images / Sergii Koval / Alamy; Christie's Images / Bridgeman Images
Satz: Greiner & Reichel, Köln
Gesetzt aus der Garamond
Druck und Bindung: GGP Media GmbH, Pößneck
Printed in Germany · ISBN 978-3-423-26377-1

Kapitel 1

Es gibt denkbar wenige Dinge, die mich auf die Palme bringen. Unser Golfplatz aber ist auf dem besten Weg, mich in den Wahnsinn zu treiben. Von Anfang an war das so. Seit es ihn praktisch gibt. Im Grunde genommen auch schon davor. Also noch vor der Grundsteinlegung, könnte man sagen. Da war nämlich Niederkaltenkirchen quasi bereits mitten im Ausnahmezustand und gespalten wie ein Holzscheit. Weil halt die eine Hälfte unserer Eingeborenen hier teilweise aus wirtschaftlich-lukrativen oder aber auch dynamisch-sportlichen Interessen für den Bau dieses dämlichen Golfplatzes war und die andere, die war somit dagegen. Und zwar vehement. Die war vielmehr der Ansicht, dass unser dorfeigener Kindergarten dringend renoviert und erweitert werden müsste, und das möglichst schleunigst. Weil der erstens schon eine ganze Weile lang an allen Ecken und Kanten dem sicheren Ruin entgegenschrammt und obendrein längst aus den maroden Nähten platzt. Ganz offensichtlich scheint unser Neubaugebiet auf ausgesprochen fruchtbarem Boden zu stehen. Ja, und da waren sie dann, die zwei Lager. Denn um beide Projekte realisieren zu können, da hat's eben schlicht und ergreifend am nötigen Etat gefehlt.

Letztendlich war es dann doch die Golffraktion, die das Rennen gemacht hat, und seither haben wir praktisch unsern Scheißdreck. Weil dann nämlich exakt das gekommen ist, was viele schlaue Köpfe bereits vor dem Startschuss befürchtet haben. Und zwar, dass sich seit der rauschenden Eröffnungsfeier im vorletzten Frühjahr sämtliche Schickimicki-Arschlöcher aus dem gesamten Landkreis nun hier bei uns im Dorf einfinden und mit ihren fetten Porsches und SUVs unsere ganzen Straßen verstopfen und die Luft verpesten. Und das alles nur, um mit ihren depperten Eisen irgendwelche depperten Kugeln von einem depperten Loch zum nächsten zu schubsen. Und das über Stunden, Tage und Wochen hinweg. Geht's eigentlich noch? Haben die wirklich nichts Besseres zu tun? Gehen die keiner geregelten Arbeit nach, oder was? Dafür muss man erst einmal Zeit haben und sich das auch leisten können. Und als ob das nicht schon genug wär, kommt da noch erschwerend hinzu, dass meine zwei ältesten – ich nenn sie jetzt einfach mal lapidar – Freunde, dass die inzwischen ebenfalls voll angefixt sind und diesem fragwürdigen Vergnügen nachhecheln. Allerdings bin ich nicht sicher, ob nicht aus reiner Berechnung heraus. Weil halt der Simmerl tagtäglich und mit schneeweißer Schürze dieses stinknoble Clublokal mit seinem frischen Fleisch- und Wurstsortiment beliefert. Freilich alles bio, regional und aus Offenstallhaltung, versteht sich, und damit auch dementsprechend teuer. Da dürfte er gut und gern das Doppelte verlangen, verglichen damit, wenn die Oma bei ihm einkaufen geht. Ja, und Verräter Nummer zwei in meinen eigenen Reihen ist der Flötzinger, seines Zeichens Gas-, Wasser- und Heizungspfuscher, und zwar in dritter Generation. Und der ist bei diesem Golfclub auch auf seine Kosten gekommen. Weil er denen nämlich den gesamten Spa- und Nassbereich ausgebaut hat und die exorbitante Küche gleich noch dazu. Unser Bürgermeister hat ihm dabei ein bisschen unter die sanitären Arme gegriffen. Und im

Gegenzug, da hat ihm der Flötzinger hinterher und freilich aus purer Nächstenliebe heraus, versteht sich, sein Gästeklo für komplett umsonst nagelneu gemacht. Eine Hand wäscht ja bekanntlich die andere, sozusagen. Doch andererseits, wenn man einmal ehrlich ist, dann hat unser Flötz diesen Auftrag schon auch ganz gut vertragen können. Weil es ihm grad schon ziemlich nass reinkommt. Immerhin muss er für seine geschiedene Frau und die drei Kinder ja den gesamten Unterhalt stemmen. Da kann man schon eine Schnappatmung kriegen, frag nicht. Ja, so eine Scheidung ist kein Zuckerschlecken. Also schon rein aus finanziellen Aspekten heraus. Erschwerend kommt dann noch dazu, dass er ja gleich bis nach England rübermuss, wenn er sie mal sehen will, also seine Ex-Familie praktisch. Weil sie dort wohnen. Ich glaub ja, die Mary, die hat sich hier nie wohlgefühlt. Und dann irgendwann, nach geschätzten tausend Versuchen, da hat sie einfach die Schnauze voll gehabt. Hat die Schnauze voll gehabt von Niederbayern und den diversen amourösen Abstechern von ihrem Gemahl. Hat den Ignatz-Fynn, die Clara-Jane und die Amy-Gertrud eingepackt und ihren ganz persönlichen Brexit gemacht. Ja.

Nein, was ich eigentlich sagen wollte, dass ich schon ziemlich angepisst bin von meinen beiden Amigos. Denn anstatt dass wir einträchtig beim Wolfi am Stammtisch hocken und einfach ganz geschmeidig über diese elitäre Parallelwelt herziehen, da haben diese zwei Pharisäer nichts Besseres im Sinn, als ganz offensichtlich die Fronten zu wechseln. Und latschen jetzt selber in dubiosen Klamotten und mit lächerlichen Käppis auf ihrem Holzkopf über ein Grün, das gepflegter gar nicht sein könnte. Wassermangel hin oder her. Und wenn es der durch die neue Sportart hervorgerufene Freizeitmangel dann doch mal erlaubt und sie es zum Wolfi schaffen, dann gibt's auch kein anderes Thema mehr als irgendwelche dämlichen Hölzer, Eisen oder Handicaps. Dabei fallen dann auch Wörter, die ich noch niemals gehört hab, und wenn die beiden koreanisch sprechen täten, dann würd ich vermutlich dasselbe verstehen.

So weit also der Status quo. Und jetzt? Jetzt gibt's auch noch einen Toten dort, und zwar ausgerechnet in den Duschkabinen vom Flötzinger seinem Spa-Bereich. So zumindest hat mir das der Anrufer grad mitgeteilt, der ausgesprochen aufgeregt war, um nicht zu sagen hysterisch. Und er will, dass ich gleich komme. Und zwar pronto, sozusagen. Und weil es sich halt vermutlich bei so einem Toten um mein Aufgabengebiet handelt, drum muss ich jetzt notgedrungen mein Kaffeehaferl exen, die Haxen vom Schreibtisch nehmen und mich auf den Weg zum Streifenwagen machen.

Lieber Gott, sei gnädig und lass es einfach einen simplen Herzinfarkt sein. Oder einen Gehirnschlag. Oder auch ein multiples Organversagen meinetwegen. Aber keinen Mord. Tu mir das nicht an. Nicht auf diesem beschissenen Golfplatz. Und bitte auch nicht ausgerechnet heute. Heut geht's mir nämlich irgendwie gar nicht gut. Keine Ahnung weswegen. Bin einfach nicht fit und schlecht ist mir auch noch, und zwar sogar ziemlich. Und da käm halt momentan so ein unnatürlicher Todesfall gar nicht so gelegen.

Gut, vielleicht hätt ich gestern Nacht, oder sollen wir besser heut früh sagen, nicht gleich bis Viertel nach vier beim Wolfi rumhängen sollen … Das hätt's wahrscheinlich gar nicht gebraucht. Aber immerhin hat der blöde Wirt eben auch nur einmal im Jahr Geburtstag. Und somit seine Spendierhosen an. Und wenn man ihm schon das liebe lange Jahr hindurch einen ganzen Haufen Geld in sein schäbiges Wirtshaus trägt, da will man dann schließlich auch mal hinlangen, wenn's endlich einmal etwas für umsonst gibt. Oder etwa nicht?

Grad wie ich jetzt die Einfahrt zum Golfplatz reinfahr, da läutet mein Telefon und reißt mich aus meinen Gedanken heraus. Es ist die Susi, die anruft, und ich würd jede Wette eingehen, dass sie mir gleich einen Einlauf verpasst. Weil ich so spät heimgekommen bin und Pipapo.

Aber nix. Stattdessen trällert sie mir in den Hörer.

»Guten Morgen, lieber Franz«, kann ich sie vernehmen.

Jetzt aber Obacht! Nachtigall, ich hör dir trapsen …

»Guten Morgen, liebe Susi«, antworte ich, während ich mich rein mental schon mal für den Gegenangriff wappne.

»Und, gut geschlafen?«, kommt es retour.

»Mei, so lala.«

»Na ja, zumindest ist es nicht besonders lang gewesen, gell«, kichert sie jetzt übertrieben lustig und dürfte somit zum Schlag ausholen. »Aber geschnarcht hast du, mein lieber Oschi. Ganze Wälder hast du abgesägt, Franz. Das kannst du mir glauben.«

»Allerhand«, murmle ich so in die Muschel.

»Aber was anderes, Franz. Könntest du … könntest du vielleicht heute Nachmittag den Paul vom … vom Ballettunterricht abholen?«, sagt sie und der Klang ihrer Stimme verrät prompt, wie schwer ihr dieser Satz über den hübschen Schmollmund kommt.

»Nein«, sag ich wahrheitsgemäß, während ich nun den Wagen einparke.

»Weil?«, fragt sie völlig überflüssigerweise, mittlerweile in einem deutlich schärferen Ton, und eigentlich müsste sie meine Antwort längstens schon kennen. Schließlich ist es nicht das erste Mal, wo wir eine ganz ähnliche Diskussionsrunde haben.

»Weil ich, wie du ja langsam wissen dürftest, unseren Paul gerne vom Fußballtraining abhole. Oder vom Karate. Vom Kugelstoßen oder vom Ringen. Meinetwegen auch vom Schafkopfen oder Bungeejumping. Aber ich hol ihn nicht vom Ballett und ich fahr ihn auch nicht hin. Definitiv nicht. Never ever, nie im Leben, also quasi nur über meine Leiche. Sonst noch was?«

»Kannst du mir vielleicht endlich mal deine blöde Macho-Scheiße ersparen, Franz? Immerhin ist es nicht auf meinem Mist gewachsen, diese Geschichte mit dem Ballett. Der Paul hat das so entschieden, und zwar für sich selber. Und schließlich und endlich ist es auch dein Sohn, der sich das so ausgesucht hat.«

»Was ein DNA-Test vermutlich widerlegen würde.«

»Haha, sehr witzig. Übrigens …«

»Apropos übrigens, das ist mein Stichwort, Susi«, muss ich sie hier unterbrechen. »Weil es übrigens bei mir grad ganz schlecht ist. Ich bin nämlich tierisch im Stress. So wie's ausschaut, da hab ich gleich einen Mord an der Backe.«

Aus den Augenwinkeln heraus und durch die Windschutzscheibe hindurch kann ich nun einen Kerl wahrnehmen, der einen Blaumann trägt und vom Eingang des Clubhauses her schnurgerad auf mich zueilt.

»Du hast einen … was? Du hast einen Mord? Und das ausgerechnet jetzt, wo ich dich bitte, deinen Sohn vom Ballett abzuholen? Du hast doch eine Meise. Ha, dir ist wohl gar nichts heilig, Franz. Und nichts, rein gar nichts, keine einzige Ausrede ist dir dabei zu schäbig … Es ist doch nur Ballett, Franz. Nur Ballett. Weißt du, was du bist? Du bist … Boah, du bist einfach nur eine … eine glücklicherweise aussterbende Spezies von Männern. Nur, dass du das weißt.«

»Das kann schon gut sein, aber ich werde diesen Posten auch bis zum letzten Atemzug hin verteidigen«, sag ich und muss grinsen. Exakt in dem Moment kommt der Blaumann einen knappen Meter vor mir zum Stehen und schnauft wie ein Walross. Wir nicken uns kurz zu.

»Du bist einfach nur erbärmlich, Franz. Weißt was, fahr zur Hölle oder iss was Giftiges. Ich fass es einfach nicht. Ach ja und by the way, den Sex kannst du knicken, mein Freund. Und zwar für Wochen!«, zischt sie jetzt noch durch die Muschel und damit kann sie mir noch einen finalen Grinser entlocken. Dann hängt sie ein.

Lieber Gott, sei gnädig und lass es einen Mordfall sein!

»Wir zwei, wir haben gerade telefoniert, nehm ich mal an?«, sag ich beim Aussteigen.

»Ja, ich ... äh, also ich bin der Hauswart hier. Bufka. Marek Bufka«, entgegnet der Blaumann, während er noch einen Schritt auf mich zukommt, und irgendwie scheint er noch immer außer Atem zu sein.

»Bond. James Bond«, entgegne ich, was offenbar nicht so ganz seine Art von Humor ist. Also ich persönlich, ich könnt mich grad wegschmeißen wegen dieser Bond-Geschichte, aber die Geschmäcker sind halt verschieden. Oder es liegt möglicherweise doch daran, dass ich noch ein bisschen besoffen bin. Wer weiß?

»Herr Eberhofer? Sie sind doch der Kommissar Eberhofer«, fragt er mich anschließend mit schief gelegtem Kopf und wirkt tatsächlich ein bisschen verwirrt. »Sie sind doch ein Polizist, oder?«

»Wonach sieht's denn aus?«, frag ich retour und deute mit dem Kinn auf das Blaulicht vom Streifenwagen.

»Dann war das nur ein Spaß. Also das mit dem Bond. James Bond«, mutmaßt er nun so mehr vor sich hin und schüttelt kurz das kahle Haupt. »Wissen Sie, mit Spaß, da kann ich grad gar nix anfangen. Da liegt ein … ein Toter oben in den Duschen.«

»Richtig. Deswegen bin ich ja hier. Also auf geht's. Dann schauen wir uns den halt einmal an.«

»Ich hab ihn mir ja schon angeschaut, Herr Kommissar. Sonst hätt ich Sie ja gar nicht erst angerufen«, sagt er und wir machen uns auf den Weg Richtung Eingang.

Mein lieber Herr Gesangsverein, was ist denn mit dem los? Geht's eigentlich noch komplizierter?

Wir schweigen, während wir Seite an Seite den imposanten Empfangsbereich durchqueren. Rechts liegt der Eingang zum Lokal und zur Linken ein weiterer, der zu einem Golfshop führt. Beide Türen sind noch geschlossen, weil der passionierte Golfspieler an sich offenbar nicht dazu neigt, vor zehn Uhr morgens shoppen oder essen zu gehen, und es ist grad mal halb neun. Herrgott, bin ich müde. Am Ende der kleinen Halle ist das Treppenhaus, das uns in die erste Etage führt. Und da müssen wir hin, weil sich dort oben sämtliche sanitären Heiligtümer befinden, die dieses Haus aufzuweisen hat. Ich kenn diese Örtlichkeiten alle bereits, da es sich der Flötzinger nicht nehmen ließ, mir seine fachmännischen Aktivitäten zu präsentieren. Und freilich war er auch zur Eröffnungsfeier eingeladen und hat eine Begleitperson mitnehmen dürfen. Dieses fragwürdige Vergnügen hab dann, in Ermangelung einer Partnerin, ich abgekriegt. Normalerweise hätten mich ja keine zehn Pferde dort hingebracht, aber ehrlich gesagt war es dann schon ein bisschen die Neugier, die mich hingetrieben hat. Was da wohl für Leute kommen? Und was es alles zu essen gibt? Und zu trinken? Außerdem, und das darf man nicht abtun, hat's ja auch alles aufs Haus gegeben. Essen und Getränke bis zum Abwinken quasi und freilich alles vom Feinsten. Die Oma, die hat mir zuvor sogar noch zwei von ihren Tupperschüsseln mitgegeben. Zwei von den mittelgroßen, man muss es ja nicht gleich übertreiben.

Grad wie wir nun die sanitäre Dreifaltigkeit, also den Sauna-, Dusch- und Relaxbereich, betreten wollen, da bleibt der Bufka plötzlich ganz abrupt im Türrahmen stehen und dreht sich zu mir um.

»Ich glaube ... also ich befürchte, dass er umgebracht wurde, Herr Kommissar«, sagt er mit zittriger Flüsterstimme, während er mit dem Ärmel vom Blaumann über seine Stirn wischt.

»Ja, schauen wir mal.«

»Es ist ... es ist kein schöner Anblick, Herr Kommissar. Machen Sie sich auf einiges gefasst.«

Also mach ich mich auf einiges gefasst. Wir müssen den Raum mit den Spinden durchqueren, ehe wir den Nassbereich erreichen. Und dort kann ich ihn auch schon sehen, unseren Toten. Er ist splitterfasernackt, was allerdings in Anbetracht der Örtlichkeit auch durchaus im Bereich des Möglichen ist. Und er liegt auf dem Bauch. Die Beine sind gespreizt in den Raum gestreckt, der Kopf ruht an der Fliesenwand. Schöne Kacheln, das muss man schon sagen, und 1a verlegt. Tipptopp, wirklich. Ich trete mal näher und geh in die Hocke. Kein Tropfen Blut ist zu sehen. Dafür aber ist der Boden tropfnass.

»Ist die Dusche gelaufen?«, muss ich jetzt wissen.

»Ja«, nickt der Bufka mit einem sehr käsigen Zinken. »Ich hab sie dann abgestellt, als ich ... als ich ihn eben vorher aufgefunden hab. Zuerst dachte ich ja, dass er vielleicht nur verletzt ist. Vielleicht bloß ausgerutscht und womöglich gestürzt ist. Ausgerutscht und gestürzt. Einfach nur verletzt oder so was halt. Wissen Sie? Einfach nur verletzt ... Aber dann … dann, wie ich mich runtergebeugt und ihn angefasst hab, da war es gleich klar. Ich mein, er ist ja schon eiskalt gewesen. Er muss wohl …«

»Er muss was?«, frag ich, nachdem sich die rhetorische Pause etwas in die Länge zieht.

»Na ja, er muss wohl die ganze Nacht über hier gelegen haben«, entgegnet er schließlich fast tonlos.

»Weil?«, frag ich weiter, obwohl ich sofort erkenne, dass sich die Hautbeschaffenheit des Toten durchaus mit Bufkas Aussage deckt.

»Also, das … das ist mir jetzt irgendwie unangenehm, Herr Kommissar. Ich muss … also ich sollte abends immer eine Runde durch alle Räume drehen, bevor ich unten absperre. Jeden Abend, verstehen Sie? Einfach, damit man halt sicher sein kann, dass alles leer ist und niemand versehentlich über Nacht eingesperrt wird. Aber gestern …«

»Gestern haben Sie Ihre Runde nicht gedreht?«, mutmaße ich so und leg meinen Fokus jetzt auf den Kopf unserer Leiche. Man muss kein Hellseher sein, um einen Herzinfarkt auszuschließen. Oder einen Gehirnschlag. Auch multiples Organversagen dürfte komplett durchs Raster fallen. Ebenso wie man auch einen möglichen Unfall komplett ausschließen kann. Dass er meinetwegen tatsächlich nur ausgerutscht wär und sich dabei den Kopf verletzt hätte. Dazu hätte er nämlich gleich mehrmals hintereinander irgendwo dagegenknallen müssen. Es sind nämlich mehrere Wunden schon auf den ersten Blick zu sehen. Nein, zweifelsohne liegt hier ein Gewaltverbrechen vor. Was anderes anzunehmen, wäre völliger Schwachsinn.

»Kennen Sie ihn?«, frag ich und versuche nun, den Leichnam auf den Rücken zu drehen. Der Bufka zuckt mit den Schultern. »Fassen Sie mal mit an.«

»Das … das ist ja der Paulus«, antwortet er dann, kaum, dass wir das Gesicht sehen können. »Mein Gott, ich hatte es ja schon beinah befürchtet. Rein von seiner Statur, wissen Sie.«

»Ich kenn ihn auch«, muss ich jetzt feststellen. »Allerdings nicht persönlich.«

»Ja, ja, den kennt eigentlich jeder hier. Ich mein, er ist ja auch ständig in der Zeitung gewesen, der Paulus. Gott hab ihn selig«, murmelt er nun und bekreuzigt sich dann. »Das wird einen Wirbel geben.«

Ja, das wird es. Und das riecht nach Arbeit. Der Golfplatz muss abgesperrt werden und die Spusi muss her, und zwar relativ zeitnah und auch möglichst diskret, sonst haben wir hier gleich die ganze Presse am Hals. Wenn man es genau nehmen will, dann riecht es sogar nach verdammt viel Arbeit. Mir ist schlecht und mir platzt gleich der Schädel und rein kulinarisch bin ich grad schwer unterzuckert. Ich schnauf einmal tief durch, werf einen Blick auf den käsigen Bufka, hol mal mein Telefon hervor und wähl eine Nummer.

»Servus, Rudi«, sag ich, gleich wie er abnimmt, und bemüh mich um einen unverbindlich lockeren Tonfall. »Und was treibst du grad so?«

Kapitel 2

Der Bürgermeister ist der Erste, der nach einer Vollbremsung auf dem Parkplatz eintrifft, doch er wird nicht der Letzte sein. Grad eben hab ich noch mutterseelenallein vor der clubeigenen Haustür telefoniert, um der Spusi den Status quo durchzugeben, wie er – offenbar durch meinen Streifenwagen aufmerksam geworden – eben spontan auf die Bremse tritt.

»Eberhofer, was ist los? Was machen Sie hier?«, fragt er gleich ganz ohne Einleitung, wie er nun auf mich zueilt.

»Ich telefoniere oder hab es zumindest bis soeben getan«, antworte ich artig und wahrheitsgemäß und steck mein Handy zurück in die Jackentasche.

»Aber ich meine, Sie stehen doch hier nicht zum Vergnügen herum, oder? Sie hassen doch den Golfplatz. Es wird aber doch um Himmels willen nichts passiert sein, oder etwa schon?«, fragt er weiter, während er seinen prüfenden Blick schweifen lässt. Was natürlich für völlig umsonst ist, weil ja hier unten nix ist.

»Rein tendenziell eher schon.«

»Jetzt lassen Sie sich nicht jedes Wort aus der Dings, äh … aus der Nase ziehen. Was haben wir denn Schönes? Einen Raub, einen Mord oder einen geschmeidigen Totschlag …?«, mutmaßt er so vor sich hin und sein plötzlich eher heiterer Tonfall irritiert mich ein bisschen.

»Von den letzteren beiden, Bürgermeister, da dürfen Sie sich eins aussuchen«, entgegne ich und für ein Sekündchen ist er nun stutzig.

»Nein?«

»Doch.«

»Das ist nicht Ihr Ernst, gell?«

»Zumindest liegt eine Leiche mit tödlichen Kopfverletzungen dort oben im Flötzinger seinen traumhaften Duschen«, erklär ich knapp und deute mit dem Kopf zur Fensterfront in der ersten Etage.

»Ha! Das kann doch nicht wahr sein. Sie machen Späße. Hauchen Sie mich mal an. Sie … Sie haben doch eindeutig eine Dings … also eine Fahne. Haben wir was gesoffen, Eberhofer? Oder sind das noch die Nachwehen von gestern beim Wolfi?«

»Wie meinens das jetzt?«, frag ich und starr in den Boden.

»Ja, die Geburtstagsfeier halt. Sie sind gesehen worden, Eberhofer. Und gehört worden sind Sie auch. Und zwar in den frühen Morgenstunden. Wie Sie in Schlangenlinien heimgetorkelt sind. Und gesungen haben. *Es steht ein Pferd auf dem Flur* haben Sie gesungen.«

»Echt?«

»Oder war's das *knallrote Gummiboot …*? Das weiß ich jetzt nicht mehr so genau«, überlegt er und ich weiß nicht, ob er eher besorgt oder genervt klingt. »Ist ja auch wurst. Jetzt jedenfalls hoffe ich, dass Sie einigermaßen diensttauglich sind. Wissen wir denn schon, wer es ist?«

»Wer?«

»Der Tote, Herrschaftszeiten, Eberhofer. Sie haben mir doch grad von einem Toten berichtet«, sagt er jetzt in einer Lautstärke, die meinem Schädel nicht sonderlich behagt.

»Ach so«, antworte ich und zieh mein Notizheft hervor. »Ja, wartens. Ein gewisser Paulus. Ich kenn den …«

»Der Paulus? Grundgütiger«, unterbricht er mich und man kann dabei direkt zusehen, wie ihm jetzt die Gesichtsfarbe abhandenkommt. »Ist er, äh … Kann man schon sagen, ob es ein Gewaltverbrechen war?«

»Ja, davon ist auszugehen. Immer vorausgesetzt, dass er sich den Schädel nicht selber irgendwo zigmal dagegengedonnert hat.«

»Machen Sie keine Dings darüber, Eberhofer. Machen Sie bloß keine Witze. Der Paulus, der war nämlich nicht nur der Steckerlfischkönig, wie man ihn kennt, und bekannt wie ein bunter Hund. Nein, der war auch … ja, wie soll ich sagen? Er war auch der Golfgott hier. Und der Präsident des Golfclubs war er obendrein. Was glaubens, was hier los ist, wenn da erst mal die Presse Wind davon kriegt«, sagt er plötzlich sehr leise und kommt nun gefährlich nah an mich ran. So was kann ich nicht haben. Wenn mir nämlich jemand auf den Pelz rückt, dann bedeutet das quasi, dass er jede Art von Selbstschutz verliert. Ganz automatisch sozusagen. Glücklicherweise dreht er sich aber prompt wieder ab, weil exakt in diesem Moment ein weiterer Wagen hier anrollt. Und dieses Mal ist es der Birkenberger Rudi, der auf den Parkplatz düst, um einen Wimpernschlag später aus seinem betagten Opel Corsa zu kraxeln. Einen Moment lang blinzelt er der Sonne entgegen. Doch kaum, dass er uns entdeckt hat, beginnt er voll Inbrunst zu winken. Heilandzack, wie sieht der denn aus? Ist der unter die Hippies gegangen?

»Das … das ist doch nicht etwa der Birkenberger, oder etwa doch? Wie zum Teufel sieht der denn aus?«, kann ich mein Visavis nun vernehmen.

»Verwahrlost, würde ich es vielleicht beschreiben«, überlege ich jetzt so vor mich hin. »Ja, verwahrlost trifft es wohl am ehesten.«

»Und was macht er hier?«

»Er wird mich bei den Ermittlungen unterstützen.«

»Eberhofer, dort oben liegt der Paulus. Der Sebastian Paulus. Vermutlich ermordet, wie Sie grad selber gesagt haben. Grundgütiger, welch ein Skandal! Was glauben Sie, was das für Wellen macht. Und jetzt schauen Sie sich doch bitte mal den Birkenberger an. Ja, ja, schauen Sie nur genau hin. Also wenn Sie mich fragen, dann sollte der Birkenberger doch wohl der Letzte, tatsächlich der Allerallerletzte sein, der Ihnen da bei den Ermittlungen hilft.«

»Das stimmt, Bürgermeister. Das sollte er sein. Aber wissen Sie was, ein anderer ist halt nicht da. Und wenn wir einmal ehrlich sind, dann funktioniert es ja auch schon ein ganzes Weilchen. Das mit dem Birkenberger und mir«, versuch ich so zu erklären, während wir gemeinsam den Rudi dabei beobachten können, wie er versucht, seinen Kofferraumdeckel zu öffnen. Relativ erfolglos, zumindest auf den ersten Blick.

»Er kriegt ja noch nicht mal seinen blöden Kofferraum auf«, murmelt der Bürgermeister nun völlig überflüssigerweise, weil ich das ja selber sehe.

»Muss er ja auch nicht. Wissens, so arg viele Kofferräume gibt's jetzt da normalerweise gar nicht zu öffnen bei einem Mordfall. Und wenn doch, dann kann ich das ja tun«, werd ich noch los und damit zieh ich unserem Häuptling damit wohl komplett den Stecker.

»Geh, hörens doch auf, Eberhofer! Dabei geht's doch nicht um einen depperten Kofferraum, Herrschaftszeiten«, zischt er nun und spuckt dabei. »Hier geht's in erster Linie darum, dass Ihr vergammelter Busenfreund seit gefühlt hundert Jahren einfach kein Polizeibeamter mehr ist. Unehrenhaft entlassen, schon vergessen? Und die Gründe dafür, die sind uns ja auch bestens bekannt, oder etwa nicht? Und damit hat er nicht nur nicht keine Befugnis mehr, in einem Mordfall zu ermitteln. Nein, er darf es auch gar nicht. Weil er sich sonst nämlich strafbar macht. Weil er eben verdammt noch mal kein Polizist mehr ist. Und jetzt … jetzt ist er nicht nur nicht Polizist, sondern, und das sehen Sie doch wohl selber, jetzt ist er ein Landstreicher. Hören Sie mir eigentlich zu, Eberhofer?«

»Warum verneinen Sie eigentlich alles doppelt und dreifach?«

»Haben Sie verdammt noch mal verstanden, was ich Ihnen grad erzählt hab?«

»Jede einzelne Silbe hat sich in mein Herz eingebrannt.«

»Dann sagens gefälligst was drauf!«

»Mei, was soll ich darauf schon sagen?«, frag ich und zuck mit den Schultern. »Immerhin ist er jetzt ein Privatdetektiv.«

»Ein Privatdetektiv? Dass ich nicht lache. Schauen Sie ihn doch einmal an. Schaut so etwa ein seriöser Privatdetektiv aus? Nein. Vielmehr schaut er aus, als wär er grad aus einer Tonne gekraxelt oder würd mitten in seiner Privatinsolvenz stehen. Ach, wissens was, Eberhofer? Machens doch, was Sie wollen und leckens mich recht schön am Arsch«, zischt er weiter und kramt seinen Geldbeutel hervor. »Und dann sinds so gut und geben Sie ihm das hier von mir mit einem recht schönen Gruß. Und sagen Sie ihm, dass er sich wenigstens die Dings schneiden lässt … also die Haare. Wir haben hier ja schließlich auch einen Ruf zu verlieren. Wenn der irgendwo auf einem Pressefoto auftaucht …«, murmelt er unbeirrt weiter, drückt mir einen Zehner in die Hand und wandert dann vor sich hin murmelnderweise in die Richtung, wo sein Wagen steht.

Den Rudi ignoriert er komplett, als er an ihm vorbeilatscht, und das, obwohl der ihm sogar zuwinkt. Äußerst freundlich sogar, ehe er dann weiter an seinem Kofferraum rumzerrt. So völlig daneben liegt er mit seinen Feststellungen freilich leider nicht, unser Bürgermeister. Das muss man schon sagen. Weil rein karrieretechnisch ist er jetzt nicht so eine wahnsinnige Granate, unser Rudi, und im Grunde war er das noch nie. Aber da kann man nix machen. Weil, sagen wir mal so, ohne ihn hab ich noch nie einen Mord aufgeklärt, obwohl er mir dabei meistens ganz tierisch auf die Eier geht. Und so wird es vermutlich auch dieses Mal sein. Er wird mir tierisch auf die Eier gehen und zusammen werden wir den Fall aufklären. Wie immer halt. Basta.

Irgendwann ist er dann auch offen, dieser Kofferraum. Dortheraus zerrt der Rudi einen Alukoffer, der ein ordentliches Gewicht haben dürfte, so, wie er sich da grade abplagt.

»Ein Mord im Golfclub. Den schickt der Himmel, Franz!«, ruft er mir dann auch schon von Weitem entgegen, wie er schließlich mit leichter Schlagseite auf mich zugeeiert kommt. Und je näher er kommt, desto deutlicher wird es auch, wie ungepflegt er ist. Tatsächlich schon fast ein bisschen zum Gammeligen hin. Sein spärliches Haar reicht ihm bis runter zur Schulter und ich würd nicht drauf wetten, dass er es heuer schon mal gewaschen hat. Es dürfte gut und gern ein Dreißigtagebart sein, den er da trägt. Und ob sein Sweatshirt mehr Flecken oder Löcher hat, das lässt sich auf den ersten Blick nicht klar definieren. Obendrein hat er grindige Socken an in seinen offenen Latschen.

»Rudi, was ist los mit dir?«, frag ich, weil mir weiter nix einfällt.

»Wieso? Was soll los sein? Alles paletti. Tippitoppi«, freut er sich und boxt mir kumpelhaft gegen die Brust. Allein diese kurze Bewegung lässt mich nun wissen, dass er auch stinkt.

»Alles paletti? Du siehst aus wie ein Obdachloser. Wie ein sehr verwahrloster Obdachloser. Und du riechst auch so«, sag ich und werf einen kritischen Blick auf die Stelle, wo er mich grad eben angefasst hat.

»Ach das«, sagt der Rudi und schaut kurz an sich runter. »Das ist eine Art … wie soll ich sagen? Eine Art Selbstversuch.«

»Eine Art Selbstversuch? Was denn für ein Selbstversuch? Was willst du ausprobieren, hä? Wie lang es dauern wird, ehe sämtliche bayrischen Scheißhausfliegen mausetot vom Himmel fallen, wenn du nicht duschst?«

»Wie lustig du heut wieder bist. Immer ein kleiner Clown, unser Franz. Doch sollten wir uns jetzt nicht mit komischen Nebensächlichkeiten aufhalten, Franz. Ich schlage vor, du zeigst mir nun vielleicht zuerst mal die Leiche, oder? Und anschließend fangen wir am besten gleich damit an, das gesamte Gelände hier großräumig abzusperren, was meinst? Wenn nämlich die ersten Golfer hier anrollen und nichts abgesperrt ist, dann ist die Kacke am Dampfen und wir können sehen, wie wir die Bagage dann wieder vom Rasen kriegen«, sagt er, öffnet dabei seinen Koffer und holt schon mal das rot-weiße Absperrband hervor. Und weil mir ehrlich gesagt auch grad kein besserer Gedanke zufliegen will, drum tu ich halt wie mir geheißen. Und so wandern wir beide schon ein paar Atemzüge später Seite an Seite die Stufen empor. Kaum oben angekommen, da kann ich durch die bodentiefen Fenster erkennen, dass soeben auch die Spusi am Eintreffen ist. »Kriminaltechnik« steht auf dem Fahrzeug zu lesen. Und weil man durch das sündteure Glas hier zwar erstklassig raus-, aber nicht reinschauen kann, macht's auch keinen Sinn, durch irgendein Gewinke den Weg nach oben deuten zu wollen.

Drum hilft alles nix, also wieder hinunter. Kaum dort angelangt, stellt sich heraus, es ist keineswegs wie erwartet eine mannstarke Truppe mit breiten Schultern, die nun arbeitstechnisch hier aufschlägt. Nein, das nicht. Wobei das nicht ganz stimmt. Breite Schultern hat sie eigentlich schon, die Spusi. Aber ein Kerl ist keiner darunter. Im Grunde ist es nur eine einzige Frau. Silke. Knapp an die vierzig, groß und halt sehr kräftig gebaut. Und mit dem Charme eines Teppichmessers. Völlig korrekt und nach Dienstanweisung schlüpft sie zunächst einmal in eins dieser weißen Ganzkörperkondome. Also einen Einwegoverall, den sie übrigens so dermaßen ausfüllt, dass ich beim Zubinden ihrer Schuhe felsenfest damit rechne, dass er ihr auf der Heckseite aufplatzt. Aber nix. Erstklassiges Material, muss man schon sagen.

Als wir zwei Hübschen kurz darauf schließlich den Nassbereich betreten, nickt sie kurz dem Rudi zu, der bäuchlings auf dem Fußboden liegt und mit seiner Spiegelreflex hoch konzentriert irgendwelche Aufnahmen macht. Mit einem raschen Blick scannt sie noch den Raum, ehe sie sich dem Toten widmet.

»Seltsam«, murmelt sie dann so vor sich hin. »Von seinem Hautbild her kann der noch nicht sehr lange tot sein. Zehn Stunden, maximal vierzehn. Aber rein vom Geruch her würde ich sagen, es sind bereits Tage.«

»Nein, das bin ich«, sagt nun der Rudi. »Ich mache gerade einen Selbstversuch.«

»Aha«, entgegnet die Silke wenig beeindruckt. »Und was willst du herausfinden? Wie lange es dauert, bis die ersten Fliegen vom Himmel fallen …?«

»Nein«, sagt der Rudi mit der Stimme eines Oberlehrers und verdreht kurz die Augen. »In Zeiten der Krisen, wie wir sie nun einmal weltweit haben, möchte ich herausfinden, ob es für die Menschheit nicht sinnvoll wäre, dem ganzen Konsumwahnsinn zu entsagen. Was natürlich auch den Wasser- und Stromverbrauch betrifft.«

»Ich weiß nicht, ob es für die Menschheit sinnvoll wär. Was ich aber sagen kann, dass es für die Menschheit unerträglich ist. Zumindest für den Teil, der sich mit dir in einem Raum befindet«, entgegnet die Silke komplett emotionslos, während sie sich die Handschuhe überstreift.

»Ja«, sag ich und räuspere mich. »Du kommst … wahrscheinlich kommst du eh am besten alleine zurecht, gell. Wir sind dann mal wieder unten, das Gelände absperren.«

»Aber ich bin doch noch gar nicht fertig hier«, nörgelt mir der Rudi her, wie ich ihm äußerst auffordernde Blicke zuwerf.

»Doch, das bist du, mein kleiner Stinker«, zisch ich und zerr ihn an seinem unappetitlichen Oberteil in die Vertikale, ehe ich ihn sehr vehement durch die Tür hindurch und in den Spindraum schiebe. Er hebt seine beiden Arme und schnuppert an den Achseln.

»So schlimm?«, fragt er.

»Schlimmer«, antworte ich.

Weil mir aber noch eine knappe Frage auf der Zunge liegt, muss ich einen kleinen Moment bei der Silke verweilen. Warum sie denn ganz alleine da ist, möchte ich wissen. Und wo sich der Rest der Truppe befindet, also quasi der Teil, der heute nicht anwesend ist. Weil, sagen wir einmal so, ansonsten neigt ja gerade die Spurensicherung eher dazu, in ganzen Rudeln aufzutreten. Drum eben seltsam, gell.

Auf einer Floßfahrt auf der Isar sind die, lässt mich die Silke dann wissen, während sie ihre diversen Utensilien auspackt. Sie selber, sie hält da aber lieber die Stellung, und zwar aus diversen Gründen heraus. Weil sie ohnehin nicht seetauglich ist, Wasser generell nicht mag, ihre ganze Truppe auch nicht besonders und Betriebsausflüge erst recht nicht. Sie hätte weder Bock auf angesoffene Kollegen mit Bierbauch und verschwitzten T-Shirts noch auf durchtrainierte Kolleginnen im knappen Bikini. Morgen wären dann aber alle wieder am Start, sagt sie abschließend noch, eh sie sich in die Arbeit stürzt. Ehrlich gesagt, so, wie ich die werten Kameraden kenn, sind mit Sicherheit morgen nicht wieder alle am Start, da dürfte es alkoholbedingt schon einige Ausfälle geben. Das nur so rein aus meinen Erfahrungswerten heraus sozusagen.

Keine halbe Stunde später, da ist ein Remmidemmi vor dem Eingang zum Golfplatz, das kann man kaum glauben. Der Rudi befindet sich grad auf der Zielgeraden, was seinen Einsatz mit dem Absperrband betrifft. Und ich selber, ich hab mich genau dort positioniert, wo noch nicht großräumig eingezäunt ist. Wobei es nicht ausschließlich Golfspieler sind, von denen ich jetzt rede. Nein, ganz offenbar hat die Flüsterpost von Niederkaltenkirchen wieder einmal ganz einwandfrei funktioniert. Vermutlich funktioniert sie ohnehin wie keine zweite weltweit. Das war schon immer so und die genaue Ursache dafür bleibt mir wohl auf ewig ein Rätsel. Tatsache ist aber jedenfalls, dass sobald in diesem Kaff hier irgendetwas passiert, und sei es noch so banal, dann weiß es ein jeder, und zwar holterdiepolter. So auch heute. Und deswegen handelt es sich jetzt eben nicht nur um ambitionierte Sportler, die hier aufschlagen, sondern auch um jede Menge Schaulustige. Die allerdings machen mir am wenigsten Stress. Sie stehen halt nur umeinander, um möglicherweise was in Erfahrung zu bringen, den einen oder anderen Blick zu erhaschen und einfach die Neugier zu stillen. Was aber echt tierisch nervt, ist die Fraktion der Lokalmatadoren, weil die sozusagen schon mit ihren Eisen scharrt.

»Wo ist denn der Tote eigentlich aufgefunden worden, Herr Kommissar? Oder unterliegt das Ihrer Schweigepflicht«, will einer aus dieser Truppe heraus plötzlich wissen. Er hat eine beinah frappierende Ähnlichkeit mit Lilo Wanders und trägt ein froschgrünes Poloshirt.

»In den Duschen«, entgegne ich möglichst desinteressiert und mit verschränkten Armen.

»Aber sehen Sie, Herr Kommissar, das ist doch der Punkt. Weil von uns, da will ja hier gar keiner duschen. Wollt ihr etwa duschen, Jungs«, fragt er und blickt kurz um sich, was großflächig gemurmeltes Kopfschütteln auslöst. »Sehen Sie, keiner hier will duschen. Wir wollen einfach nur Golf spielen, verstehen Sie. Also, in zehn Minuten ist unser Abschlag. Wenn Sie dann bitte so freundlich wären, mein Bester, und …«

»Sie werden weder duschen noch Golf spielen, mein Bester«, entgegne ich relativ scharf, was eine akute Stille verursacht. Von einer Sekunde zur anderen könnte man eine Ameise furzen hören. Alle sind gespannt und schauen zwischen uns beiden hin und her. Wie in einem Wildwestfilm. Rein mental gesehen erschieß ich ihn schon mal und puste dann den Rauch vom Revolver. Doch noch bevor ich meine Waffe zurück ins Holster stecken kann, bemerke ich, dass sich das froschgrüne Polo nun durch die Umstehenden hindurch einen Weg zu mir bahnt. Das Schweigen wird noch deutlich lauter und just in dem Moment kommt der Rudi auf mich zu und drückt mir den Rest seiner Absperrrolle in die Hand.

»Fertig«, sagt er nicht ganz ohne Stolz. »Ja, dann geh ich mal duschen.«

»Mach das«, entgegne ich knapp und schon verschwindet er Richtung Clubhaus.

»Das ist jetzt aber nicht Ihr Ernst, oder?«, will das Polo nun wissen, während er einen auf fassungslos macht.

»Was genau?«

»Was genau. Dass dieser … dieser Gammler hier jetzt duschen geht …«

»Er ist dreckig und stinkt. Es ist allerhöchste Zeit dafür.«

Grad könnte man eine Mikrobe atmen hören.

»Sagen Sie einmal, wissen Sie eigentlich, wer ich bin? Haben Sie auch nur den Hauch einer Ahnung davon«, will mein nagelneuer Kumpel aktuell wissen. Aufgepumpt wie ein Schwimmreif steht er vor mir und stemmt seine Hände in die Hüften. Wobei das nicht ganz stimmt. Er steht nicht einfach vor mir. Er positioniert sich. Quasi so, als stünde er Modell für den da Vinci höchstselbst. »Nun sagen Sie schon, Herr Kommissar. Haben Sie den Hauch einer Ahnung, wer hier vor Ihnen steht?«

Einen kurzen Moment lang muss ich noch überlegen. Schau ihn noch einmal an und dann wieder weg. Seine Augen speien tödliche Blicke.

»Lilo Wanders?«, kann ich grade noch antworten, dann rauscht eine Lachsalve durchs umstehende Volk.

»Sie ungebildeter Prolet, Sie. Mein Bruder … mein Bruder ist der Polizeipräsident höchstpersönlich. Haben Sie mich verstanden«, brüllt er nun relativ aufgebracht. »Ich bin der Bruder des Polizeipräsidenten, haben Sie das verstanden? Und Sie? Was sind Sie?«

»Ich bin der Bruder eines Buchhändlers und jetzt Abflug«, entgegne ich und merke, dass langsam, aber sicher mein Hemd platzt.

Vermutlich geht es ihm ähnlich. Zumindest brüllt er noch irgendwas von wegen Nachspiel und Pipapo. Drängelt aber zügig durch die immer noch erheiterte Menge hindurch, schnappt sich das Golfbag vom Boden und eilt dann schnurgrad zu seinem 911er.

Kapitel 3

Es sind schon ein paar Stunden ins Land gezogen, ehe die Silke letztendlich alles aufs Säuberlichste nummeriert, gesichert und eingetütet hat. Und als schließlich auch unser Toter artgerecht abtransportiert wurde, drück ich dem frisch geduschten Rudi die Spende vom Bürgermeister in die Hand und schick ihn damit zum Friseur.

Keine Viertelstunde später komm ich dann auch schon in unserer Küche an und treff dort auf die Julika, die auf der Eckbank sitzt und in der Zeitung liest. Ja, wir haben jetzt eine Julika. Genauer gesagt haben wir eine Haushaltshilfe, die so heißt. Noch genauer, es ist eine ungarische Haushaltshilfe. Es ist schon die zweite. Also die erste Ungarin und die zweite Haushaltshilfe, um es auf den Punkt zu bringen. Die erste, die wir hatten, das war eine Türkin und musste unser Haus schneller wieder verlassen, als man das Wort Haushaltshilfe überhaupt buchstabieren kann. Und zwar nicht, weil sie etwa nicht tüchtig gewesen wär oder nett. Das nicht. Im Grunde war sie sogar supertüchtig und supernett. Es war nur so, dass alle naslang einer ihrer Brüder hier auf unserer Matte gestanden hat, um nachzusehen, ob auch alles in Ordnung ist. Das hat halt genervt. Und dann ist sie auch noch ständig irgendwo am Boden rumgelegen wegen beten und so. Unsere endgültige Sollbruchstelle allerdings war, wie sie sich geweigert hat, einen Schweinsbraten zu machen.

Vehement geweigert, könnte man sagen. Also ganz generell kein Schwein. Schwein, hat sie gesagt, Schwein kommt bei ihr weder in den Topf noch in die Tüte und auf den Tisch erst recht nicht. Zack, da war sie wieder weg, die türkische Perle. Und drum eben jetzt die Julika. Die Julika, die haben wir inzwischen seit fünf Wochen und sie macht schon Schwein. Weil ihr das vollkommen wurst ist, sagt sie. Gut, ihr Schweinsbraten, der ist jetzt nicht so übergalaktisch wie der von der Oma. Im Grunde ist gar nix so wie bei der Oma. Noch nicht einmal ansatzweise. Da wir aber momentan keine Oma nicht haben, da muss man halt dann seine verwöhnten und durchaus anerzogenen Ansprüche etwas nach unten justieren und einfach essen, was auf den Tisch kommt und satt macht. Punkt.

»Servus miteinander«, sag ich und mein erster Weg führt mich zum Küchenbüfett. Ein Aspirin muss jetzt her oder zwei.

»Servus, Franz«, entgegnet die Julika mit ihrem rollenden R, ohne jedoch ihre Lektüre aus den Augen zu lassen. Drüben am Herd, da wirft der Papa grad Zwiebeln in eine Pfanne, dass alles zischt und raucht und auch er murmelt so etwas, das als Begrüßung durchgehen kann. Und grad wie ich jetzt kurzerhand das Fenster aufreißen muss, damit wir zwiebeltechnisch dem sicheren Erstickungstod entkommen, da kann ich den Leopold sehen, wie er draußen aus seinem Auto steigt. Als wär dieser Tag nicht schon erbärmlich genug.

»Ah, Bruderherz, was tust du denn hier?«, ruft er mir prompt entgegen, während er einen Einkaufskorb von seiner Rückbank hievt. »Müsstest du denn nicht drüben am Golfplatz sein? Bei diesem Mordfall? Immerhin bist du bei der hiesigen Polizei, und wenn du einen Funken Pflichtbewusstsein hättest und auch nur den Hauch einer beruflichen Leidenschaft, dann wärst du jetzt dort und nicht hier.«

Der Leopold und seine Lebensweisheiten. Die sind in etwa so alt wie der Böhmerwald und genauso spannend. Und es tangiert mich noch nicht einmal sekundär, was er da immer so von sich gibt. Wenn man es einmal ganz genau nehmen will, dann sind diese seine gesammelten Weisheiten es noch nicht einmal wert, ignoriert zu werden.

Nun läuft die Hinkelotta über den Hof und direkt auf ihn zu. Dreibeinig, wie sie nun mal ist, wedelt sie mit dem Schwanz, begrüßt ihn genauso freudig, wie sie halt stets alle begrüßt. Also grad so, wie sie es eben noch bei mir gemacht hat. Und da heißt es doch immer, Hunde hätten eine besonders gute Menschenkenntnis. Dass ich nicht lach. Ich mach das Fenster wieder zu und hoffe inständig, dass die Tabletten bald wirken.

»Der Leopold hat dich grad was gefragt, Franz. Solltest du da nicht antworten«, fragt der Papa in seinen Topf hinein.

»Sollte es nicht auch einen Weltfrieden geben?«, frag ich retour.

»Ein simpler Familienfrieden würd mir schon reichen«, antwortet er, während ich mich auf die Eckbank hock und der Julika den Sportteil aus der Tageszeitung klau.

Jetzt erscheint der Leopold in seiner ganzen Herrlichkeit auch schon in der Küchentür und einen kurzen Moment lang verharrt er dort auch.

»Das kann ich tatsächlich nicht fassen. Wir haben einen Mord im Dorf und du, du hockst seelenruhig auf unserer Eckbank und liest in der Zeitung. Da fehlen mir schlichtweg die Worte«, sagt er noch, ehe er reinkommt und seine Einkäufe abstellt.

»Dann schau zu, dass es so bleibt«, brumm ich über die Bundesliga hinweg.

»Was denn für ein Mord, Leopold? Von was redest du da?«, will der Papa nun wissen und wischt mit einem Lumpen ein paar Fettspritzer vom Herd.

»Ja, ja, mitten im Edeka haben sie's grad erzählt. Stell dir vor, der Paulus, weißt schon, der soll ermordet worden sein. Splitterfasernackt soll er in der Sauna gelegen haben, drüben am Golfplatz«, antwortet der Leopold und kriegt ganz rote Wangen dabei.

»In der Dusche«, muss ich ihn dann aber prompt korrigieren, falte die Zeitung zusammen und leg sie wieder beiseite. »Es war in der Dusche und nicht in der Sauna. Du solltest Geschichten wenigstens richtig erzählen, wenn du sie schon erzählen musst.«

»Ich geb ja nur das wieder, was ich selbst grad gehört hab«, zischt er retour.

»Paulus? Welcher Paulus denn? Sollte ich den etwa kennen, oder was?«, muss jetzt der Papa nachhaken. Nun legt auch die Julika ihren Teil der Zeitung beiseite, steht auf und geht rüber zum Fenster.

»Ja freilich kennst den. Den kennt doch ein jeder. Das ist doch dieser ... dieser Steckerlfischkönig. Den kennst schon, Papa. Das ist doch der, der wo mit seinen unglaublich guten Makrelen immer auf der Landshuter Dult ist. Und auf dem Gäubodenfest, da ist er doch auch jedes Jahr. Und so, wie ich grad gehört hab, da soll er ja sogar der Präsident vom Golfclub sein. Also ... äh, gewesen sein«, berichtet der Leopold weiter.

»Allerhand«, brummt der Papa, während er ganz versonnen in seinen Zwiebeln rührt. »Ja und, wie schaut's aus? Weiß man denn schon was Näheres?«

»Nein, ich befürchte nicht. Weil der, wo dafür verantwortlich wär, der hockt auf unserer Eckbank und starrt Löcher in die Luft«, entgegnet der Leopold und hat einen relativ süffisanten Tonfall dabei.

Spricht der etwa von mir?

»Sprichst du von mir?«, muss ich deswegen wissen.

»Ja, natürlich sprech ich von dir. Immerhin hat's grad mitten in Niederkaltenkirchen einen kaltblütigen Mordfall gegeben, den man doch vielleicht zügig aufklären sollte. Und wenn mich nicht alles täuscht, dann wäre das dein Job, Franz. Und da solltest du eventuell doch mal in die Gänge kommen, anstatt hier rumzuhocken, oder nicht? Erst recht, wo es sich hier ja um eine Art Promi handelt. Was glaubst du, was los ist, wenn da nicht bald Ergebnisse vorliegen? Da kannst du nämlich in Teufels Küche kommen, mein Freund.«

»Ich hätt schwören können, da bin ich bereits. Du, apropos Job, Leopold. Müsstest du dich nicht auch mal wieder um deine Buchhandlung kümmern? Ich mein, wenn du ständig hier bei uns abhängst und jetzt sogar noch die Einkäufe machst, dann geht die ja womöglich noch irgendwann mal den Bach runter.«

»Da musst du dir keine Sorgen machen, Franz. Meine Buchhandlung, die kommt schon nicht zu kurz«, antwortet er. »Immerhin hab ich ja auch Personal, das ich dafür bezahle. Und ja, im Gegenteil zu manch anderen Anwesenden hier weiß ich nur zu gut um meine Verantwortung. Ich kümmere mich um meine Familie und meine Arbeit und komm auch nicht in den frühen Morgenstunden und stinkbesoffen nach Hause und gröle irgendwelche sinnfreien Bierzeltlieder. Du siehst, du musst dir um mich wirklich keinerlei Sorgen machen, Bruderherz.«

»Du hast sogar die Geburt deines eigenen Sohnes verpasst, Leopold. Und zwar vor lauter Rausch«, muss ich jetzt noch schnell loswerden.

»Könnt ihr bitte, bitte einfach mal die Klappe halten und aufhören mit eueren blöden Streitereien. Man wird ja noch echt wahnsinnig hier«, mischt sich plötzlich die Julika ein, und das tut sie auch ziemlich laut. Hat sich vom Fenster her zu uns umgedreht und ihr Blick springt nun zwischen dem Leopold und mir hin und her. Praktisch grad so, als wenn sie ein Pingpongspiel beobachten tät, wobei ihre Augen funkeln wie quasi ein ganzes Feuerwerk. So hab ich sie ja noch niemals gesehen. Natürlich ist sie oft temperamentvoll, das schon. Schließlich fließt ja auch ungarisches Blut in ihren Adern. Und gelegentlich, wenn sie lacht oder spricht und dabei ihre Nase kräuselt, dann können durchaus mal die Wände beben. Und dennoch hat es immer eine eher temperamentvolle Note, nie wirkt es wütend oder gar bös. Diesmal jedoch ist es irgendwie anders und offenbar bin ich nicht der Einzige hier, der das grad spürt.

»Ist doch wahr«, fügt sie nun noch knapp hintendran und nimmt somit den Fuß wieder ein bisschen vom Gas. Ein paar Atemzüge lang herrscht noch betretenes Schweigen. Dann ist der Papa der Erste, der seine Sprache zurückhat.

»Wo sie recht hat, hat sie recht«, brummt er nämlich und fängt wieder an, in seinem Tiegel zu rühren.

»Also gut. Dann äh … dann wollen wir mal. Gut, Julchen, jetzt aufgepasst«, sagt nun der Leopold und räuspert sich kurz, während er mit dem Auspacken seiner Einkäufe beginnt. »Ich hab hier … Abrakadabra … drei Kilogramm Fleisch. Und hier ist der Speck. Und natürlich wie gewünscht die Peperoni, der Knoblauch und zwo, vier, sechs, acht, zehn … zehn rote Paprika. Schau, ich hab an alles gedacht, sogar ohne Zettel.«

»Ja, man sollte dich für den Nobelpreis vorschlagen«, rutscht es mir irgendwie über die Lippen und ich werd prompt von drei zornigen Augenpaaren ausgepfiffen.

»Das hast du ganz toll gemacht, lieber Leopold«, sagt die Julika nun, kräuselt die Nase und legt kurz die Hand auf seine Schulter, während ihr eher achtloser Blick über die verschiedenen Lebensmittel schweift.

Ich kann gar nicht genau sagen, weswegen, aber es ist eine Art Vorahnung, die mich grad ereilt. Eine Vorahnung auf das, was hier gleich passiert. Weil sie nämlich nicht nur ziemlich hübsch ist, unsere Julika, mit ihrer roten Mähne und den rehbraunen Augen, sondern auch noch pfiffig und klug und ein wenig raffiniert. So hat sie sehr schnell kapiert, wie hier jeder so tickt, und hat ebenso schnell damit angefangen zu delegieren. Und das mit wachsendem Erfolg, wie ich meine. Und so ist es im Grunde zwischenzeitlich eher so, dass der Papa und der Leopold den ganzen Haushalt hier schmeißen, was sie offenbar bis jetzt nicht bemerkt haben. Ob sie das jetzt so besonders geschickt anstellt, die Julika, oder meine engste Verwandtschaft schlicht und ergreifend zu dämlich ist, die ganze Sache zu durchschauen, das kann ich so ad hoc gar nicht sagen. Wobei sie es schon recht geschickt anstellt, weil sie nämlich nichts fordert, sondern ihre diversen Aufträge immer in eine eher allgemeine Formulierung verpackt. So sagt sie zum Beispiel so was wie: Wollen wir jetzt vielleicht einmal staubsaugen, Leopold? Oder: Wollen wir jetzt vielleicht einmal die Betten überziehen, Papa? Was zur Folge hat, dass der Leopold anschließend staubsaugt und der Papa die Betten überzieht. Oder meinetwegen auch umgekehrt, was aber völlig egal ist. Sie selber, sie lehnt dann nur irgendwo an einer Wand, daddelt auf ihrem Handy rum, grinst vermutlich in sich hinein und beobachtet die eifrigen Wichtel dabei, wie sie die Arbeit tun, die eigentlich sie selber tun müsste. Ja, die hat sie wirklich um ihre zarten Finger gewickelt, ihre zwei Heinzelmännchen.

»Wollen wir dann vielleicht einmal die Paprika schneiden, Leopold?«, will sie nun wissen, womit sie mich augenblicklich zum Hellseher macht.

»Ja freilich wollen wir die Paprika schneiden, Julchen«, antwortet die alte Schleimsau, als wär er unter Hypnose, und lächelt sie an wie ein Primaner. »Schließlich wollen wir heute Abend ja auch ein feines Gulasch essen, gell.«

Grad eben noch hätt ich schwören können, mein Kopfweh wird besser, wie just ein neuer Schub aufkommt. Doch dann scheint der liebe Gott gnädig zu sein und lässt mein Telefon läuten, ehe ich hier noch im Strahl kotzen muss.

Es ist der Flötzinger, der mir jetzt die Ehre erweist und meint, dass er bloß ein paar kurze Fragen hätt, was die Sache im Golfclub betrifft. Aber nicht etwa, dass er was über den Mord selbst wissen will, wie man jetzt vielleicht annehmen könnte. Wie das Opfer etwa dahingeschieden ist, beispielsweise. Oder ob es schon einen Verdächtigen gibt. Nein, das ist es nicht, was seine Neugier schürt. Was ihn offenbar viel mehr umtreibt, ist die Frage, ob es möglicherweise irgendwelche Schäden gibt. Ein paar kaputte Fliesen womöglich, eine zerbrochene Wanne, ein Becken oder auch eine Schüssel. Gut, dazu müsste man allerdings wissen, dass er das ganze Material für diesen Spa-Bereich von einem Hersteller aus Italien geordert hat, lässt er mich jetzt wissen. Und der, der hat immerhin an die acht Wochen Lieferzeit. Und drum stellt sich grad die Frage, ob er da jetzt nachordern muss. Weil wenn, dann würde er das doch schon ganz gern zeitnah tun. Außerdem, sagt er weiter, außerdem gäb's bei dieser Verlegetechnik ohnehin quasi keinerlei Möglichkeiten, ein paar einzelne zersprungene Kacheln einfach so mir nix, dir nix auszutauschen. Nein, da müsste praktisch alles neu gemacht werden. Alles neu. Tutti completti sozusagen. Sonst würde das ja hinterher aussehen wie bei einem Fleckerlteppich, gell.

»Ich bin dort schon weg, aber soweit ich mich erinnern kann, ist da nix kaputt gewesen«, sag ich, grad wie ich in meinen Wagen steig.

»Was heißt, da ist nix kaputt? Das kann doch nicht sein. Das wär echt scheiße, Franz«, antwortet er, während ich wende. »Sag mal, unter uns Gebetsschwestern, würde da vielleicht die klitzekleine Möglichkeit bestehen, dass du da eventuell ein bisschen nachbesserst, wenn du weißt, was ich meine …?«

»Was genau meinst du damit?«

»Weißt du, du könntest mir echt einen ziemlich großen Gefallen tun, Franz. Ja, du könntest … Mei, wie soll ich sagen? Einfach nachbessern. Stehst du auf der Leitung?«

»Was soll ich denn nachbessern? Jetzt sag schon, was du willst.«

»Mein Gott, vielleicht kannst du einfach noch mal kurz hinfahren, einen Hammer nehmen und ein paar von diesen blöden Fliesen zerschlagen? Ich mein, das merkt doch eh kein Schwein. Mir … mir geht's grad echt richtig nass rein, verstehst. Mein Sprinter ist kaputt und ich brauch die Scheißkiste, sonst kann ich doch nicht arbeiten. Die Reparatur kostet. Und auch die Mary, die ihren dreckigen Kragen nicht voll kriegt. Diese … diese ausgeschämte Schlampe, die macht mich echt fertig mit ihren ganzen Unterhaltsforderungen, und dann kommt noch dazu, dass …«

»Flötzinger«, muss ich ihn hier unterbrechen. »Du solltest dich dringend mal auf mögliche Geisteskrankheiten untersuchen lassen.«

»Franz, es ist wirklich ein Notfall. Ein absoluter Ausnahmenotfall, verstehst. Ich würde dich doch sonst nicht drum bitten. Mann, du bist doch mein Freund. Mein Kumpel. Mein Spezl. Best Buddy, verstehst. Aber das ist jetzt ein verfickter Notfall. Schau, angenommen ich mach denen den Boden neu, dann sind das ganz geschmeidig summa summarum, ich sag einmal Minimum …«

Nun leg ich auf. Bin ich hier eigentlich nur noch von Irren umzingelt? Der Rudi, der verwildert komplett und wächst langsam, aber sicher in seiner grindigen Wäsche ein. Der Papa mutiert mitsamt dem Leopold zur Haushaltshilfe unserer Haushaltshilfe. Der Flötzinger denkt ernsthaft drüber nach, mich unter die Vandalen zu schicken, bloß damit er sein verpfuschtes Leben finanztechnisch irgendwie wuppen kann. Und seitdem die Susi neulich kurzfristig unseren kranken Bürgermeister vertreten hat, strebt sie allen Ernstes dessen Amtssessel an und macht einen auf Karrieretussi. Und zwar mit einer Vehemenz, die man erst mal haben muss. Und als ob das nicht schon alles genug wäre, da entscheidet sich mein Sohn, mein einziger Sohn wohlgemerkt, von sämtlichen Sportarten auf diesem Planeten ausgerechnet fürs Ballett. Was selbst einem ausgesprochen stabilen Menschen wie mir förmlich die Haxen weghaut. Wenn jetzt wenigstens die Oma schon von ihrer depperten Kur zurück wär, dann könnten wir gemeinsam meine Wunden lecken. Doch erstens ist das nicht der Fall und zweitens hab ich einen Mord aufzuklären. Mein Leben ist ein einziger Müllhaufen und ganz obendrauf kommt mir jetzt allmählich der Hunger hoch. So hoff ich inständig, dass dieses Gulasch heut Abend ansatzweise genießbar ist. Doch wie heißt es so schön? Immer positiv denken! Dann ist die Enttäuschung hinterher zumindest größer.

Kapitel 4

»Wenn Sie mir jetzt nicht augenblicklich erklären, was das alles zu bedeuten hat, Frau Gmeinwieser …«, kann ich unseren Bürgermeister schon hören, da bin ich noch nicht mal richtig drin im Büro von unseren Verwaltungsschnepfen, und dabei klingt er keinesfalls freundlich.

»Dann?«, entgegnet die Susi knapp, grad wie ich reinkomm.

»Ah, Eberhofer. Gut, dass Sie da sind«, wendet sich unser Dorfoberhaupt jetzt prompt an meine Wenigkeit und hält mir ein relativ großes Plakat unter die Nase. Die Susi ist da drauf zu erkennen. Und zwar in einem feschen Dirndl, was einen erstklassigen Busen macht, und mit dem Paul an der Hand. Die Hinkelotta ist auch drauf. Die hockt praktisch relativ zentral vor den beiden, hat den Kopf schief, die Ohren aufmerksam nach oben gestellt, und schaut in die Kamera, als hätt sie noch nie was anderes getan. *Eine moderne Frau für eine moderne Zukunft. Susanne Gmeinwieser steht für Niederkaltenkirchen,* kann ich in bunten Lettern unter dem Bild entziffern. Da schau einer an.

»Was ist das?«, will ich wissen, obwohl mir längst klar ist, wohin die Reise geht.

»Wonach schaut's denn aus?«, fragt nun die Jessy aus ihrem Bürostuhl heraus, wobei sie einen eher abfälligen Tonfall in ihre Worte legt.

»Menschenskinder, das ist ein Wahlplakat, Eberhofer«, entgegnet der Bürgermeister, während er mit dem Streitobjekt vor meinen Augen rumwedelt. »Sind Sie eigentlich auf der Brennsuppe dahergeschwommen, oder was? So, und wo das jetzt geklärt ist, da sagen Sie bitte schön Ihrer Dings, also Ihrer Lebensgefährtin gefälligst, dass sie sich damit … also genau mit diesem dämlichen Wahlplakat, dass sie sich da wohl grad ziemlich zum Affen macht.«

Ich geh mal zum Schreibtisch von der Susi rüber, wo ein Riesenkarton draufsteht. Er ist rappelvoll. Mit Plakaten.

»Wie viele sind das?«, frag ich.

»Fünfhundert«, antwortet die Susi, im etwa gleichen Maße trotzig wie kleinlaut.

»Fünfhundert? Nicht schlecht. Da kannst du ja ganz Niederkaltenkirchen damit tapezieren«, kann ich grade noch sagen, ehe mein Telefon läutet. Ich verdreh kurz die Augen und heb dann ab.

Es ist eine Frau am Apparat, die sich Tessa Paulus nennt. Und gleich im ersten Moment, da denk ich noch so, dass ich den Namen doch von irgendwoher kenne. Komm aber nicht drauf. Doch wie sie mir gleich auf die Sprünge hilft, da fällt's mir schon wie Schuppen von den Augen. Weil sie nämlich die Tochter unseres Mordopfers ist. Das ist ja ein Ding, dass die sich jetzt bei mir meldet, eigentlich wär's ja eher umgekehrt der Fall. Blöde Situation irgendwie. Besser wird es auch nicht, wo sie mich nun fragt, ob es stimmt, was auf Instagram steht. Ich hab keine Ahnung, was auf Instagram steht, weil ich noch nicht einmal weiß, was Instagram ist, und das sag ich ihr auch.

»Auf Instagram, da steht, dass mein Vater … dass er ermordet worden ist«, klingt es so zaghaft wie leise aus der Muschel.

Huihuihui!

Jetzt geh ich mal lieber rüber in mein eigenes Büro. Möglicherweise könnte dieses Gespräch hier einen Lauf nehmen, der vielleicht lieber diskret bleiben sollte.

»Ja, wer schreibt denn so was?«, frag ich, während ich mich an meinen Schreibtisch setze.

»Das ist doch vollkommen egal, wer so was schreibt«, schreit sie mir nun in den Hörer. »Stimmt es oder stimmt es nicht?«

Ja, was soll man daraufhin sagen, gell? Zunächst einmal versuch ich, sie zu beruhigen. Nach meiner langjährigen Erfahrung mit dem Überbringen von Todesnachrichten und dem mir ohnehin angeborenen Feingefühl, da sollte es mir doch wohl möglich sein, dieses aufgebrachte Wesen wieder ein wenig runterzubringen. Und so erkläre ich ihr erst einmal den aktuellen Status quo. Dass wir zum derzeitigen Ermittlungsstand noch nichts Genaues sagen können und natürlich auch, dass ihr Vater ja immerhin erst vor wenigen Stunden tot aufgefunden wurde. Und zwar in den wunderbaren Nasszellen, die mein Spezl, der Flötzinger, im Spa-Bereich des hiesigen Golfclubs eingerichtet hat. Das Opfer ist dort nackt und mit schweren Kopfverletzungen in einer der Duschen gelegen und inzwischen zur Obduktion nach München verbracht worden. Das wär's auch schon, sag ich abschließend und ob sie noch irgendwelche Fragen hätte. Einen Moment lang ist es jetzt still in der Leitung und ich überleg gleich, ob sie womöglich aufgelegt hat. Dann aber kann ich ein langes Schluchzen hören. Jesus Christus!

»Aber warum … warum muss ich davon auf Instagram erfahren?«, weint sie ganz aufgebracht. »Warum erfahr ich das nicht von Ihnen? Das ist doch die Aufgabe von Polizisten, oder etwa nicht? Und Sie sind doch verdammt noch mal ein Polizist. Oder sind Sie das nicht?«

»Frau Paulus«, sag ich und versuche einen aufmunternden Ton hinzukriegen. »Jetzt beruhigen wir uns am besten erst einmal ein bisschen.«

Das Schluchzen wird länger und länger. Es zieht sich sozusagen.

»Haben Sie jemanden, der Sie vielleicht herbringen könnte, oder ist es Ihnen lieber, wenn ich …«

»Nein«, unterbricht sie mich und macht erneut eine schluchzende Pause. Dann aber kriegt sie doch ganz allmählich eine leise Stimme zurück und lässt mich wissen, dass sie gar nicht herkommen kann. Zumindest nicht gleich. Weil sie sich momentan nämlich in Hongkong aufhält und erst einmal einen Flug buchen muss. Es ist ein Fiasko, sagt sie weiter. Ein einziger Albtraum. Erst vor knappen vier Jahren, da wär ihre Mutter gestorben. An Krebs, eine lange und ausgesprochen harte Zeit. Ihrem Vater, dem ging's hinterher wirklich sehr schlecht und sie hat nicht mehr gewusst, was sie mit ihm anstellen soll. Erst Anfang letzten Jahres, wo dann Gott sei Dank dieser Golfplatz aufgemacht hat, da wär er dann endlich wieder unter die Menschen gegangen. Hat sein altes Golfbag aus dem Keller geholt, ist losgezogen und hat plötzlich wieder neue Lebensfreude gespürt. Wie ausgewechselt war er auf einmal. Fast wie ein Märchen wär das gewesen für sie, weil sie schon gar nicht mehr damit gerechnet hätte.

»Tatsächlich ein Märchen«, sagt sie noch einmal. »Und jetzt das …«

»Wie lange sind Sie denn eigentlich schon in Hongkong?«, frag ich. Einfach, weil ich ja schon rein ermittlungstechnisch mal mit irgendwas anfangen muss.

»Seit … warten Sie«, entgegnet sie und schnäuzt sich dann. »Seit sechs Tagen. Nein, sieben.«

Sieben Tage also. Somit kann ich sie zumindest schon mal getrost von der Liste der Verdächtigen streichen.

»Hat Ihr Vater … hatte er irgendwelche Feinde?«, frag ich und zück mein Notizheft.

»Mein Vater, mein Gott! Mein Vater, der war der liebste Mensch auf diesem Planeten«, schluchzt sie erneut, macht eine kleine Pause und schnäuzt sich. »Aber er war halt auch ein Geschäftsmann. Und er war … er war auch sehr erfolgreich. Das hat natürlich nicht jedem gefallen, und da hat man auch schnell mal seine Neider.«

»Irgendwelche Namen?«

»Ich weiß nicht. Und ich will da auch niemanden denunzieren. Aber da ist vielleicht dieser Krakauer. Dem hat der Papsi irgendwann mal die Fischzucht abgekauft. Für einen Apfel und ein Ei, könnte man sagen. Ein hochgradiger Alkoholiker, soviel ich noch weiß. Und dann … dann gibt's da auch diesen Dottinger-Clan. Unangenehme Zeitgenossen sind das und wahrscheinlich auch gefährlich, soweit ich das noch im Kopf hab. Denen könnte man wahrscheinlich so ziemlich alles zutrauen. Und die sind ja quasi immer seine direkte Konkurrenz gewesen. Also bei den ganzen Volksfesten und so. Die haben dem Papsi sogar schon einmal die ganze Fischbude abgefackelt. Und zwar genau in der Nacht vor dem Bieranstich. Er ist damals dann auch gegen die vors Gericht gezogen, aber nachweisen konnte man denen letztendlich dann nichts. Weil halt aus dieser kriminellen Sippschaft heraus einfach immer einer dem anderen ein Alibi gibt. Da ist man praktisch machtlos dagegen.«

Das ist doch mal ein Anfang und damit lässt sich was machen, denk ich mir so. Weil ich aber grad merk, dass sie sich emotional gesehen wieder ein bisschen gehen lässt, drum versuch ich, das Gespräch langsam, aber sicher zum Ende zu bringen. Man wird ja praktisch gleich selber noch regelrecht depressiv bei dem ganzen Geheule. Gut, sag ich deshalb, das wär's dann fürs Erste. Und dass sie sich melden soll, sobald sie was Näheres über ihre Heimreise weiß. Hals- und Beinbruch wünsch ich ihr noch, dann leg ich auf.

Instagram also. Das ist ja ein Ding. Oder sollte ich besser sagen: Instagram, was ist das für ein Ding? Ja, wahrscheinlich eher so rum. Und um dieser Frage auf die Spur zu kommen, muss ich wieder zurück zu unseren Verwaltungsschnepfen. Also zur Jessy, sozusagen. Und der Bürgermeisterin von Niederkaltenkirchen in spe.

»Kennt sich jemand von euch zufällig mit Instagram aus?«, frag ich, gleich, wie ich reinkomm, und schau zwischen den zwei Schreibtischen hin und her. Die beiden wechseln einen kurzen Blick.

»Du könntest auch fragen, ob sich jemand von uns zufällig mit ein- und ausatmen auskennt«, antwortet die Jessy auf ihre schnippische Art.

»Tu ich aber nicht. Also!«

»Ja, klar haben wir einen Insta-Account. Hat doch ein jeder heute«, sagt die Susi und lässt ihre hübschen Schultern zucken.

»Ja, wirklich jeder. Sonst kann man ja gleich aufhören zu leben«, pflichtet die Jessy ihr bei.

»Ich hab keinen und trotzdem keinerlei Selbstmordgedanken«, entgegne ich und trete hinter die Susi. »Also zeig schon. Wie funktioniert das.«

»Nein, tut mir leid, Franz«, sagt die Susi, klappt ihren Laptop zu und erhebt sich. Bleibt aber direkt vor mir stehen und schaut mit funkelnden Augen in die meinen. »Aber ich muss jetzt leider los. Weil ich den Paul von seinem Ballettunterricht abholen muss. Weißt du, sein Vater, der ist nämlich so ein einfältiger Macho-Arsch, der aus dem letzten Jahrtausend gefallen ist. Und ob man's glaubt oder nicht, er weigert sich tatsächlich, seinen Sohn vom Ballett abzuholen, weil es ihm vermutlich peinlich ist, keine Ahnung.«

»Sein Vater ist keinesfalls ein einfältiger Macho-Arsch, sondern …«

»Doch«, unterbricht mich die blöde Jessy aber prompt.

»Sondern er hat einen Mord aufzuklären«, fahre ich fort, während die Susi ihre Tasche packt und mich mit Ignoranz bestraft. Herrschaftszeiten, diese dämlichen Weiber! So geh ich halt mal rüber zur Jessy. »Und im Zuge dieser Mordermittlungen, da will ich jetzt sofort eine möglichst kurze, aber effektive Einführung in dieses verkackte Instagram. Also auf geht's, wenn ich bitten darf.«

Jetzt klappt auch die Jessy ihren Laptop zu, steht auf und folgt der Susi auf dem Absatz. Beide verschwinden in den Korridor hinaus.

»Verdammt noch mal, Jessy. Was machst du? Wo willst du jetzt hin?«, ruf ich noch hinterher und irgendwie fühl ich mich grad ziemlich verarscht.

»Frisör, Fußpflege, Maniküre, Aknebehandlung, Auto waschen, Reifen wechseln, Fenster putzen, Betten überziehen, Urlaub buchen, ein gutes Buch lesen, meine Ernährung umstellen oder den Christbaum schmücken«, rattert sie los und für einen winzigen Moment dreht sie sich zu mir um, ehe sie dann von der Dunkelheit des Rathausflurs verschluckt wird. »Ups, es ist ja Sommer. Aber vielleicht könnte ich auch eine Luftmatratze häkeln, wer weiß. Ach, weißt du was, Eberhofer? Irgendwas wird mir schon einfallen.«

Jetzt bin ich mir sicher, ich werde verarscht.

Ah, diese zwei blöden, blöden, blöden Weiber. Es ist einfach unglaublich. Und ich würd echt was drum geben, wenn ich mich in die Psyche einer Frau reinversetzen könnte, aber das krieg ich beim besten Willen nicht hin. Denn einmal, da kratzen sie sich beinah die Augen aus, diese zwei. Ganz besonders in letzter Zeit, wo es um berufliche Weiterentwicklungen geht. Weil die Jessy von all den kollegialen Karriereplänen nämlich alles andere als begeistert ist. Was man dann aber auch irgendwo nachvollziehen kann. Immerhin sind sie ja schon seit ihrer Ausbildungszeit beieinander und immer vollkommen gleichwertige Mitarbeiter gewesen. Und von heute auf morgen soll plötzlich die eine zum Leftutti von der anderen degradiert werden? Diese Kröte, die kann man kaum schlucken. Besonders, wenn dir dabei schon im Vorfeld der Hals schwillt. Und dann wieder, praktisch von einer Sekunde zur anderen, also quasi immer dann, wenn es um meine eigenen Befindlichkeiten geht, da kleben sie wieder zusammen, wie es zwei Arschbacken tun, und sind völlig konform. Das begreife ich nicht und werd es wohl auch nie tun und obendrein find ich es wirklich zum Kotzen.

Am Ende ist es der Rudi, der Licht ins Dunkel von diesem Instagram bringt, denn selbstverständlich hat er dort ebenfalls einen Account. Und auch für ihn ist es absolut unverständlich, dass es tatsächlich noch Menschen gibt, die danach kein Bedürfnis verspüren, worüber er mir auch einen relativ umfassenden Vortrag hält. Irgendwann aber kommt er schließlich zum Punkt und nach einer ziemlich ausführlichen Einweisung in diese Sphären, da hab ich noch viel weniger Verlangen danach als jemals zuvor. Weil ich einfach nicht wissen will, wo andere sind, was sie treiben und mit wem. Was sie essen, trinken oder anziehen. Was sie für eine Meinung haben über Leute, die eine andere Meinung haben über wieder andere Leute. Mich interessiert ja mein eigenes Leben schon kaum. Wieso sollte mich das meiner Zeitgenossen interessieren?

Allerdings muss ich sagen, der Kanal ist voll. Oder anders gesagt, der Paulus und sein unnatürliches Ableben sind in aller Munde. Oder zumindest in allen Texten. Leider kann der Rudi nicht eindeutig rausfinden, woher die erste dieser Botschaften kam. Genauer gesagt, kann er es jetzt noch nicht, doch will er der Sache weiter auf den Grund gehen. Immerhin hat er das versprochen. Gut, er hatte zuvor auch versprochen, zum Frisör zu gehen. Und hat es nicht getan. Doch wenigstens ist er inzwischen frisch geduscht und stinkt nicht mehr hundert Meter gegen den Wind. Und das, obwohl er noch immer dieselben Klamotten trägt.

»Kannst du mir eigentlich mal erklären, warum das jetzt so wichtig ist? Das mit dem ganzen Instagram?«, fragt er, seinen Blick noch immer auf den Bildschirm gerichtet, und so bleibt mir gar nix anderes übrig, als ihm von meinem kurzen Intermezzo mit der Tessa Paulus zu erzählen.

»Das ist jetzt aber nicht dein Ernst, Franz Eberhofer?«, sagt er, während sein Blick nun zu mir rüberrutscht.

»Was ist nicht mein Ernst, Rudolf Birkenberger?«

»Dass diese arme Frau ..., dass die von Insta vom Mord an ihrem Vater erfahren musste.«

»Nicht meine Schuld. Ich hab's ja nicht ins Netz gestellt«, antworte ich und nehm meine Haxen vom Schreibtisch.

»Natürlich ist es deine Schuld, Franz Eberhofer. Weil du es bist, der sie hätte informieren müssen. Und zwar sofort. Also noch bevor sie es online liest«, sagt er weiter und tut sich jetzt ein bisschen aufregen in seinem Gammellook.

»Sie … sie wär ja sowieso gar nicht da gewesen, weil sie nämlich grad in Hongkong ist. So, und jetzt Ende und aus und Schluss mit der Diskussion«, entgegne ich leicht mürrisch, weil er mir langsam auf die Zwölf geht.

»Auch in Hongkong funktionieren Telefone, Franz. Ob du es glaubst oder nicht. Und nein, ich diskutiere nicht mit dir, sondern ich gebe dir eine Einweisung in effektive Polizeiarbeit. Wie sie funktioniert, diese Polizeiarbeit, verstehst? Und zwar auch länderübergreifend«, knurrt er noch kurz, widmet sich dann aber wieder seinem blöden Account. Macht sich sozusagen auf die Spurensuche nach der ominösen Quelle dieses ganzen Ärgernisses hier.

Kurz vor dem Feierabend ruft mich dann noch der Richter Moratschek an und im ersten Augenblick bin ich sicher, dass er bloß kurz etwas über den neuen Fall wissen will. Aber da lieg ich wohl falsch. Vielmehr lässt er mich nämlich zwischen zwei Schnupftabakprisen wissen, dass er alle zwei Wochen zum Schafkopfen geht, was jetzt freilich auf den ersten Blick wenig spektakulär erscheint. Doch einer seiner Zockerkumpanen dort, das wär der Biller Toni und der wär seines Zeichens der Polizeipräsident höchstpersönlich. Und genau dieser Toni, der hätt ihn grad eben vor ein paar Minuten angerufen, unseren ehrenwerten Richter, und wär dabei äußerst erbost gewesen. Oha, daher weht er also, der juristische Wind.

»Weswegen war er denn erbost, der Biller Toni?«, frag ich vielleicht ein bisschen scheinheilig.

»Weswegen? Ist diese Frage ernsthaft gemeint oder reden Sie grad mit einem Volldepp, Eberhofer? Oder haben wir etwa schon wieder vergessen, dass wir heute eine kleine Debatte mit dem Bruder eines Polizeipräsidenten gehabt haben?«

»Sie auch, Moratschek?«

»Nein, ich nicht, Herrschaftszeiten. Und das wissen Sie auch. Aber machen wir's kurz. Der Toni, der will, dass ich Ihnen einen Einlauf verpass«, erklärt er jetzt weiter und jubelt sich dann erneut seinen Tabak hinter die Kiemen.

»Und warum verpasst mir der Toni den nicht selber?«

»Erstens heißt der Toni für Sie gefälligst nicht Toni, sondern Polizeipräsident Biller. Und zweitens weiß der Toni seit Jahren, dass Sie ohnehin pausenlos mein Sorgenkind sind. Und deswegen hat er halt gemeint, dann gibt er diese Sache einfach lieber gleich an mich weiter. Dann hat er's vom Tisch und ich … ich hab's an der Backe. Gut, ich hab's jetzt auch vom Tisch, weil ich Ihnen den Einlauf ja nun hiermit verpasst hab. Stellvertretend sozusagen. Wissens, Eberhofer, ich hab's ihm ja auch gleich gesagt. Toni, hab ich zu ihm gesagt. Toni, Einläufe jeglicher Art, die prallen ja sowieso am Eberhofer ab und sind somit in etwa genauso nützlich, wie es ein Sonnenbrand ist.«

»Das haben Sie aber schön gesagt, Richter Moratschek«, kann ich noch entgegnen und dann verabschieden wir uns.

Daheim gibt's dann das ungarische Gulasch und ich persönlich find es perfekt. Gut, einen Hunger hab ich schon auch wie ein Bär, doch trotzdem. Es ist saftig, das Fleisch butterweich und die Soße so scharf, dass dir die Nasenflügel vibrieren. Und exakt Letzteres, das soll sich dann gleich als die Krux entpuppen. Weil die Susi nämlich der Meinung ist, dass die Julika in ihrer ganzen Kocheuphorie schlichtweg den armen Paul vergessen hat. Weil der dieses Gulasch nicht essen kann. Auf gar keinen Fall. Sie macht einen solchen Terz aus der Geschichte und am Ende, da kriegt die arme Köchin feuerrote Wangen und der Paul nur Salat und Reis. Der Julika, der ist das peinlich, sie würd jetzt zu gerne im Boden versinken, das merk ich genau. Stattdessen aber geht sie kurzerhand zum Kühlschrank rüber und macht ihm noch ein paar Flocken Butter über den Reis. Ein wenig zerknirscht und mit gekräuselter Nase entschuldigt sie sich schließlich bei der Susi.

»Jetzt mach doch nicht so ein Fass auf«, muss ich irgendwann loswerden, weil die Susi auch danach nicht aufhört zu nörgeln, und ernte damit höchst tödliche Blicke.

»Ja wirklich, Susi. Da hat er schon recht, der Franz. So was kann doch auch mal passieren«, pflichtet der Papa mir bei.

»Ich finde es gar nicht so scharf«, sagt der Leopold mit kleinen Schweißperlen auf der Oberlippe und wirft einen fragenden Blick auf seine Gattin und die zwei Kinder. Doch die sind das allesamt freilich längstens gewohnt. Weil die asiatische Kochkunst von der Panida da an Schärfe locker mithalten kann.

»Ich find es perfekt«, muss ich jetzt noch loswerden und zwinkere der Julika kurz über den Tisch hinweg aufmunternd zu. Sie wirkt tatsächlich ziemlich zermürbt.

»Dann sind wir ja wohl alle sehr, sehr glücklich, wenn es so perfekt ist«, zischt die Susi in ihren Teller hinein und zerrt jede einzelne Silbe theatralisch in die Länge.

»Ich möchte aber auch was von dem Gulasch abhaben«, quengelt jetzt das Paulchen und schon versenk ich den Schöpflöffel im Tiegel.

»Wage es nicht, Franz«, sagt die Susi mit einem drohenden Unterton.

»Sonst passiert was?«, antworte ich, während die Kelle auch schon auf dem Butterreis landet. »So und jetzt hau rein, Paul.«

»Danke«, strahlt er mich an und greift nach seiner Gabel.

»Das wirst du jetzt nicht essen, Paul«, sagt die Susi und wirft den strengsten aller Mutterblicke auf ihn.

»Doch«, entgegnet er aber in sturer Überzeugung und schon wandert die erste Portion in seinen Rachen.

Bevor er dann zu kreischen anfängt, bin ich tatsächlich einen Augenblick lang regelrecht stolz auf diesen kleinen Trotzkopf hier. Dann aber beginnt er eben zu kreischen. Er kreischt und plärrt wie ein Mädchen und in Nullkommanix laufen ihm Elefantentränen über das Gesicht, das feuerrote.

Jetzt ist sie aber sauer, die Susi. Schmeißt ihre Gabel in ihren halb vollen Teller und betitelt uns allesamt als Vollidioten, während sie den plärrenden Buben von der Eckbank reißt. Anschließend verlassen die beiden fluchtartig die Küche und die Tür fliegt zu, dass der Rahmen zittert. Eine Weile lang sagt dann keiner mehr was. Wir sitzen nur friedlich Seite an Seite, schwitzen ein bisschen vor uns hin und genießen das herrliche Mahl.

»Und ausgerechnet die will Bürgermeisterin werden«, brummt plötzlich der Papa in diese genussvolle Stille hinein. »So stressanfällig, wie die ist, da seh ich aber dunkelschwarz.«

»Ja, und da hilft auch keine Brille. Wenn sie aber tatsächlich Bürgermeisterin werden sollte, dann zieh ich noch am selben Tag wieder in meinen Saustall zurück. Sie ist ja jetzt schon kaum auszuhalten in ihren depperten Kostümchen und Hosenanzügen«, sag ich und bring meinen Teller rüber zur Spüle. Ganz erwartungsgemäß bin ich wieder der Letzte, der fertig ist. Gut, ich hab auch zweimal nachlegen müssen. Die Julika freut sich ein bisschen, dass es uns schmeckt.

»Na ja, ich persönlich, ich finde das schon ziemlich gut, dass sie das jetzt durchzieht und vorwärtskommen will, die Susi«, muss der Leopold seinen fragwürdigen Senf dazugeben. »Immerhin sollte wenigstens einer von euch beiden irgendwann mal Karriere machen. Und die Jüngsten seid ihr ja schließlich auch nicht mehr, gell.«

»Leopold«, kann ich dann grad noch vernehmen, wo ich fast schon draußen bin. »Wollen wir dann vielleicht mal den Abwasch machen?«

Kapitel 5

Heute ist ein ganz besonderer Tag. Weil heute ist der heilige Wir-besuchen-die-Oma-Tag. Seit sie auf Kur ist, machen wir das nämlich jede Woche so und darauf freu ich mich immer ganz narrisch. Aber nicht etwa, dass ich mich jetzt so tierisch drum reißen würd, meine knappe und wertvolle Freizeit ausgerechnet gemeinsam mit dem Leopold zu verbringen. Das nicht. Sondern viel eher, weil endlich wieder eine von diesen schier unendlich langen Wochen vorübergegangen ist, wo die Oma eben in ihrem Genesungstempel abhängt, anstatt bei uns daheim zu sein, wo sie schließlich hingehört.

Wie meistens müssen wir auch heute aufgrund der zahlreichen Reiseteilnehmer mit zwei Autos fahren. Was für mich bedeutet, mich in den Elefantenrollschuh von der Susi reinquetschen zu müssen. Sie weigert sich nämlich seit immer schon und vermutlich auch für ewig, in meinen Streifenwagen einzusteigen, und somit bleibt mir gar keine andere Wahl. Auf Höhe von Frontenhausen sind mir schon die Beine abgestorben und ab Landshut bin ich quasi querschnittsgelähmt. Erschwerend kommt noch dazu, dass sie während der gesamten Fahrzeit mit dem Paul das verdammte Einmaleins übt, was mich zu der bitteren Erkenntnis nötigt, dass das kleine Bürschchen dort hinten auf der Rückbank deutlich schneller im Kopfrechnen ist, als es sein Vater jemals war oder sein wird. Woher er das wohl hat?

Der zweite Wagen aus unserer kleinen Reisegruppe ist übrigens der Admiral vom Papa und dort hockt der Leopold auf dem Beifahrersitz. Dahinter hat sich die Julika mitsamt der Hinkelotta breitgemacht. Der alte Hobel muss wieder einmal bewegt werden, hat der Papa gesagt und damit wohl sein Auto gemeint. Sie sind schon eine halbe Stunde vor uns gestartet. Denn sagen wir einmal so, das Gaspedal ist vermutlich das Teil vom Admiral, das die geringsten Verschleißspuren aufweist. Und obwohl auch die Susi von einer Rennsemmel meilenweit entfernt ist, sind wir trotzdem noch knappe zwanzig Minuten vor den anderen am Ziel. Beim Aussteigen bin ich in Mathe zugegebenermaßen wieder ziemlich auf Zack. Dafür hab ich das untrügliche Gefühl, meine Kniescheiben wären für immer und fest mit meinem Nabel verwachsen.

»Jetzt steig schon aus, Papa«, sagt der Paul. Er steht einbeinig und mit ausgestreckten Armen auf dem Parkplatz vorm Kurhaus, und zwar auf seinen Zehenspitzen.

»Ja, wie denn, du Kasperl?«, frag ich, während ich mit einer Art Abrolltechnik versuch, diesem Mikrokosmos zu entkommen.

»Geh, stell dich doch nicht so an, Franz«, sagt die Susi, hat einen kleinen Spiegel vor dem Gesicht und zieht sich den Lippenstift nach. Eins meiner Beine ist zwischenzeitlich schon in die Freiheit gelangt.

»Papa, soll ich dir vielleicht schnell mal zeigen, was wir diese Woche im Ballettunterricht Neues gelernt haben?«, will der Paul nun wissen.

Lieber Gott, was hab ich dir denn eigentlich angetan?

Auch das zweite Bein müsste gleich draußen sein. Vielleicht einfach nur noch ein einziges Mal kurz die Luft anhalten und den Bauch einziehen.

»Am besten zeigst du es dann, wenn hernach alle dabei sind, Pauli«, entgegnet die Susi, während sie ihr Schminktäschchen wieder in die Handtasche zurückpackt. »Die Oma, die will das doch sicherlich auch sehen. Oder was meinst?«

»Aber ich kann's ja auch zweimal machen. Im Unterricht, da machen wir das sogar ganz oft hintereinander.«

»Nein, das braucht's nicht«, sag ich, während ich nun vorsichtig versuch, möglichst schmerzarm in die Vertikale zu kommen. Mein lieber Schwan, es ist die Hölle! Die Susi verdreht die Augen in alle Richtungen.

»Können wir dann vielleicht endlich mal los?«, fragt sie mit einem eher genervten Unterton. Und ja, ich muss dem Papa wohl recht geben. Einen stressresistenten Eindruck macht sie definitiv nicht.

»Ja, Entschuldigung, liebe Susi. Vielleicht muss ich erst einmal rausfinden, ob meine diversen Beinfunktionen überhaupt noch aktiviert sind«, entgegne ich, was sie offenbar zu einem weiteren Augenrollen nötigt.

»Komm, Paul«, sagt sie und streckt ihm die Hand entgegen. »Wir zwei brechen auf und holen schon mal die Oma ab. Du kennst ja den Weg, Franz.«

Dann ziehen sie los. Wobei das nicht ganz stimmt. Die Susi zieht los mit ganz langen Schritten und ihre Mähne flattert im Wind. Der Paul dagegen, der tänzelt an ihrer Seite. Streckt seine freie Hand in die Luft und macht dabei trippelnde Schritte, dass es mir direkt Tränen in die Augen treibt. Herrschaft, was ist denn bloß los mit dem? Langsam, aber sicher mach ich mir tatsächlich Sorgen um ihn. Und dabei ist es nicht nur dieses blöde Ballett. Er mag ja auch so seltsame Sachen wie beispielsweise Rosa. Oder Nagellack. Auch beides gern in Kombination. Nein, wirklich. Neulich, da hat ihm die Susi, vermutlich in einem Anfall von geistiger Umnachtung, seine Nägel rosa lackiert, und das hat er dann ganz furchtbar toll gefunden. Da macht man sich schon so seine Gedanken als Vater. Und das wohl völlig zu Recht, oder? Nicht, dass aus unserem Paul am Ende noch eine Paula wird. Davon hört man ja neuerdings immer öfter, gell. Scheint grad irgendwie vollends im Trend zu sein.

Endlich trifft auch der Admiral ein und wird direkt neben uns eingeparkt. Und schon beim Aussteigen lässt sich zwischen dem Papa und seinem Erstgeborenen eine gewisse Disharmonie vermuten.

»Auf dem Heimweg, da fahr jedenfalls ich zurück«, kann ich den Leopold hören, während er der Julika die Türe aufhält.

»Nur über meine Leiche«, brummt der Papa retour.

»Das nehm ich billigend in Kauf«, sagt der Leopold weiter. »Wir sind sechzig gefahren, Papa. Höchstens. Das muss man sich einmal vorstellen! Kannst du dir das vorstellen, Franz? Mit sechzig über die Bundesstraße?«

Nein. Und ich will es auch nicht.

»Es waren fünfundsechzig und der Wagen geht nicht schneller«, versucht sich der Papa zu rechtfertigen und wird noch nicht mal rot dabei.

»Was es herauszufinden gilt«, kontert der Leopold noch kurz. Dann aber erscheint endlich die Oma in ihrer ganzen Herrlichkeit. Sie läuft praktisch mittig zwischen der Susi und dem Paul und alle drei lachen und halten sich an den Händen. Idylle pur, sozusagen.

»Geh, Franzl, was schaust denn so geschunden?«, fragt

sie mich, gleich wie sie mir die Wange schlenzt. Sie kennt mich halt wie keine Zweite und merkt immer, wenn es ihrem Lieblingsenkel nicht allzu gut geht. Und jetzt geht's mir nicht gut. Doch dann wandern wir auch schon los. Im Gänsemarsch Richtung »Seerose« und ich halt die Oma untergehakt. Da sie ja ein Hörgerät immer noch ausschlägt, ganz egal, wie diskret diese Teile inzwischen sein mögen, muss ich mit Händen und Füßen und relativ laut mit ihr reden. Und so erzähl ich ihr eben von der leidigen Anreise soeben und somit freilich auch von dem damit verbundenen Martyrium.

»Hab ich's dir nicht gesagt, Oma«, schreit die Susi, nachdem sie sich zu uns umgedreht hat. »Hab ich's nicht gesagt? Er ist ein solcher Jammerlappen, der Franz. Und das wird immer schlimmer und schlimmer.«

»Ja, ja«, winkt die Oma ab und drückt mir den Arm. »Fährst halt dann lieber mit dem Papa retour, gell. Der fährt zwar bloß mit fuchzig auf der Autobahn, aber wenigstens hast da einen ordentlichen Platz für deine langen Haxen.«

Ich würd lieber in einer Fischdose zurückfahren als wie mit dem Papa. Aber das sag ich ihr nicht.

»Jetzt hast bloß noch ein paar Tage, Oma«, antworte ich stattdessen. »Und dann ist sie auch schon rum, deine Kur.«

»Ja, und dann hab ich euch endlich wieder alle am Hals. Die ganze Bagage. Apropos. Leopold, wo sind denn eigentlich die Panida und die Kinder heut?«, ruft sie jetzt nach vorne, und zwar so, dass der gesamte Landkreis rein akustisch auch auf dem Laufenden ist.

»Die, die haben doch heute ihre traditionelle Thailand-Gruppe, Oma. Einmal im Halbjahr findet das statt, weißt. Da kommen praktisch sämtliche Thailänder aus ganz Bayern und treffen sich wo. Und dieses Mal, da sind sie in Passau. Einmal bin ich da ja auch schon dabei gewesen. Aber da wird den ganzen Tag lang nur Thailändisch gesprochen. Und zwar viel, um nicht zu sagen ununterbrochen. Und für jemanden, der dieser Sprache nicht mächtig ist, da ist das furchtbar, wirklich«, ruft er retour, und zwar etwa in der gleichen Lautstärke.

Und dann sind wir endlich dort, am »Gasthof zur Seerose«. Das ist ein ganz wunderbarer Biergarten, wo man unter den Kastanien sitzt, auf den See hinausschaut oder in die Bäume hinauf, ein Bier zischen lässt oder auch zwei und eine zünftige Brotzeit kriegt. Das ist eine feine Sache und wir machen das immer so. Und weil heut auch noch Feiertag ist, scheint auch heute der Rest der Weltbevölkerung ebenfalls diese tolle Idee gehabt zu haben. Weil es praktisch voll ist bis zum Gehtnichtmehr, nicht der winzigste Tisch ist zu ergattern. Und ein winziger Tisch, der würd uns ohnehin nicht viel helfen, immerhin sind wir ja sieben Leute plus einem großen Hund. Drum muss wohl wieder einmal getan werden, was wir seit Wochen schon tun. Der Leopold und ich, wir knobeln kurz aus, wer heut für die Organisation eines Sitzplatzes zuständig ist. Zugegebenermaßen ist das Ergattern eines Tisches bei mir dank meines Dienstausweises immer relativ simpel, aber es macht halt nicht viel Spaß. Wohingegen es ein enormes Vergnügen bereitet, den Leopold bei seinen meist erbärmlichen Versuchen zu beobachten. Das ist der Grund, weshalb wir drum knobeln. Tatsächlich ist er es, der dieses Mal den Kürzeren zieht, und prompt keimt so was wie Vorfreude in mir auf. Er schnauft einmal tief durch und fängt dann an, seinen sondierenden Blick über die Gästeschar wandern zu lassen. Plötzlich hält er inne. Schlängelt sich dann seinen Weg zielsicher durch die Menge hindurch und peilt schließlich einen der Tische an, wo eine größere Runde drumrum hockt. Die Laune dort scheint wirklich bestens zu sein und jedes der Gläser ist noch randvoll. Acht Leute kann ich zählen, die gemütlich dort im Schatten sitzen. Ja, das könnte gut passen. Jetzt beginnt er das Gespräch, der Leopold, und ich bin sehr gespannt, was jetzt kommt. Und grad wie ich so die Arme vor der Brust verschränk, da spür ich einen Wasserstrahl in meinem Gesicht. Keinen Wimpernschlag später schon einen zweiten.

»Hä!«, rufen dann nur Sekunden später die Susi und der Papa quasi wie aus einem einzigen Mund. Und so wird mir schnell klar, dass ich nicht der Einzige bin, der grad einen Wasserschaden abgekriegt hat. Ich schau mich kurz um und werde gleich fündig. Zwei kleine Rotzlöffel kann ich ausfindig machen, nicht wesentlich älter, als es unser Paul ist, und die hocken keinen Steinwurf von uns entfernt auf einer Bank. Mit ihren riesigen Wasserpistolen schießen sie ebenso gezielt wie ungeniert auf sämtliche Gäste hier. Grad sind wohl wir im Visier und ganz offensichtlich ist ihnen eine diebische Freude ins Gesicht geschrieben. So bleibt mir praktisch gar keine andere Wahl und ich muss meine Pistole aus dem Holster holen. Ich leg an und ziele genau. Zunächst auf den linken der Schützen und danach auf den rechten. Und obwohl ich freilich und schon aus reinen Vernunftgründen heraus keinen einzigen Schuss abgebe, haben wir in Nullkommanix eine relativ umfangreiche Auswahl an diversen Sitzmöglichkeiten.

»Was ist denn passiert?«, fragt der Leopold gleich bei seinem erneuten Eintreffen.

»Dein Bruder, der hat grad zwei kleine Kinder mit seiner Waffe bedroht«, berichtet der Papa, was allerdings nur der halben Wahrheit entspricht.

»Aber er hat sie doch gar nicht bedroht, Opa«, sagt mein kluger Paul gleich darauf, und zwar sehr überzeugt, während er seinen Großvater recht eindringlich anschaut. »Er hat sie ihnen doch nur gezeigt, seine Waffe.«

»Genau«, pflichtet ihm die Oma bei, während ihr Blick über all die leeren Tische schweift.

»Du hast zwei kleine Kinder mit deiner Waffe bedroht?«, fragt der Leopold und macht einen auf fassungslos. »Das ist jetzt nicht dein Ernst, oder?«

»Nein, das hab ich natürlich nicht. Hast du nicht gehört, was der Paul grad gesagt hat? Ich hab sie ihnen bloß gezeigt«, entgegne ich grinsend.

»Du … du bist doch nicht ganz dicht, Franz«, knurrt er noch kurz zurück.

»Das mag schon sein, Leopold. Aber dafür haben wir jetzt die freie Auswahl. Was wär den Herrschaften denn genehm? Mehr Schatten, mehr Sonne?«, frag ich und plötzlich bin ich bestens gelaunt.

»Mehr Sonne«, sagt die Susi und grinst mich kurz an, während sie ihre nagelneue und sündhaft teure Sonnenbrille aufsetzt. Leider muss ich gestehen, dass sie damit umwerfend ausschaut.

Nach einem Wurstsalat auf Sterneniveau und ein paar Radler, da schnappen sich die anderen ihre Badesachen und gehen zum See. Die Sonne knallt wunderbar runter und es ist ziemlich heiß. Also ziemlich perfekt, um sich in die kühlen Fluten zu schmeißen. Die Oma und ich, wir ziehen dann um. Gehen jetzt lieber an einen der schattigeren Tische, wo wir schon mal die Auswahl haben. Anschließend schlemmen wir uns gemeinsam einmal durch die Kuchenkarte. Einmal rauf und wieder runter. Wie am Ende einfach gar nix mehr reingeht, da halten wir ein kleines Nickerchen. Das ist schön.

Grad da, wo wir später die Oma in ihr Zimmer zurückbringen, da krieg ich einen Anruf aus der Münchner Pathologie. Dran ist der Günther und eigentlich ist das jetzt eher ungewöhnlich, weil der grundsätzlich freihat an einem Feiertag wie heute. Da er aber schon seit dem gestrigen Nachmittag mit seiner werten Gattin so dermaßen am Streiten ist, hat er kurzerhand beschlossen, lieber das heimatliche Feld zu räumen, bevor er ihr noch den Kragen umdreht. Das wär ja quasi schon rein aus beruflichen Gründen heraus eher kontraproduktiv, sagt er. Doch um dem Tag wenigstens noch irgendeinen Sinn zu geben, da hat er sich dann eben lieber an den Seziertisch gestellt und meine Leiche sozusagen unter die pathologische Lupe genommen.

»Also, aufgepasst, Dorfgendarm«, leitet er den Befund seiner Leichenschau ein.

»Dann schieß los, Leichenfledderer«, muss ich noch schnell loswerden.

»Drei Schläge auf den Hinterkopf, keiner davon tödlich. Will heißen, hätte man das Opfer rechtzeitig gefunden, dann … Aber hätte, hätte, Fahrradkette. Am Ende ist er dann verblutet, der gute Mann. Wie gesagt, die einzelnen Schläge waren jeweils nicht sonderlich heftig. Möglicherweise von einer Frau oder einem eher schmächtigen Mann. Oder es war einfach nicht die notwendige Wut vorhanden, um fester zuzuschlagen.«

»Aber wenn man gleich drei Mal auf jemanden einschlägt, dann dürfte man schon ziemlich wütend sein. Findest du nicht?«

»Ich bin ein Pathologe, Eberhofer. Kein Psychologe. Und jetzt unterbrich mich gefälligst nicht mehr, weil ich jetzt heimwill.«

»Nicht vergessen, du hast mich angerufen, nicht ich dich.«

»Schnauze jetzt. Also, wo waren wir? Ach ja, die Tatwaffe war ein Golfschläger. Mit großer Wahrscheinlichkeit ein Siebener-Eisen.«

»Ein was?«

»Ein sogenanntes Siebener-Eisen. Das ist ein Golfschläger. Also einer von Maximum vierzehn Golfschlägern, die so ein ambitionierter Spieler eben braucht. Die sind durchnummeriert, verstehst?«

»Allerhand. Woher weißt du das? Spielst du etwa selber auch …«

»Nein«, unterbricht er mich hier gleich. »Aber ich hab recherchiert. Das gehört zu meinem Job. Zu deinem übrigens auch. Der Mann von meiner Schwester, also mein Schwager, also der Scott, der ist Schotte, wie ja witzigerweise sein Name schon sagt. Und außerdem ist er ein Pro.«

»Er ist was? Ein Pro. Ist das die Abkürzung für Prolet?«

»Nein, wobei er das manchmal auch ist. Aber nein, er ist ein Pro. Also ein professioneller Golfer. Ein Golflehrer auf Deutsch. Und dadurch weiß er natürlich auch alles darüber.«

»Und den hast du gefragt?«

»Nein, ich hab in meine Glaskugel geschaut. Herrschaftszeiten, ja natürlich hab ich den gefragt.«

»Pack mal deine aggressive Feiertagsdepression schön wieder weg. Also, ich fass noch mal zusammen. Das Opfer wurde mit einem Golfschläger und vermutlich mit dem berühmt-berüchtigten Siebener-Eisen erschlagen. Es wurde drei Mal auf den Hinterkopf gezielt, aber keiner dieser Schläge war tödlich. Die Todesursache war letztendlich Verbluten. Der Täter war mutmaßlich eine Frau oder ein eher schmächtiger Mann.«

»Oder nicht wütend genug. Exakt. Und jetzt Ende der Durchsage«, sagt er abschließend, weil er jetzt nämlich heimwill. Und zwar sofort. Nur noch schnell an irgendeiner Tanke anhalten und einen Blumenstrauß kaufen. Und dann … dann wird er diesem Miststück endlich mal zeigen, wo der Hammer hängt und was ein richtiger Hengst ist. Dann hängt er ein.

Kurz vor der Heimfahrt beschließt unser Paul, dass er lieber im Admiral mitfahren möchte. Er mag diese alte Kiste. Mit Ausnahme vom Papa selbst ist er da wohl der Einzige. Vermutlich ist es heute allerdings weniger deswegen, sondern vielmehr, weil er dann hinten auf der Rückbank neben der Julika sitzen kann. Arschbacke an Arschbacke sozusagen. Und da freut er sich drauf, weil er die ziemlich toll findet, selbst wenn er von ihrem Gulasch relativ hysterische Anwandlungen kriegt. So steigt er also rotbackig, wie er nun zwischenzeitlich ist, und mit tropfnassen Haaren in das Vehikel und uns begleitet stattdessen die Hinkelotta nach Hause. Dann geht's auch schon los. Wenn man mal von meinen lädierten Gliedmaßen absieht, dann war das heute schon ziemlich gut. Ein entspannter Tag, wirklich. Die Oma schaut so erholt aus wie seit Jahrzehnten nicht mehr, die Stimmung war prima und selbst die alte Schleimsau ist mir heute deutlich weniger auf die Eier gegangen, wie er es sonst immer tut. Dazu kommen dann quasi noch die ersten Ermittlungsschritte, die mir der Günther praktisch frei Haus geliefert hat. Zum Abschluss jetzt vielleicht ein Frischgezapftes beim Wolfi, oder auch zwei, und dieser Tag, der wär beinah preisverdächtig. Ich lehn mich zurück, so weit es diese Nussschale hier eben erlaubt, und schließe die Augen. Und auf der Zungenspitze, da kann ich ihn dann direkt schon schmecken, den allerersten Schluck, und das gibt meiner Sehnsucht danach auch gehörigen Aufwind. Dann aber kreuzt plötzlich ein anderer, ein weiterer Gedanke meine nahen Zukunftspläne, und der verträgt sich gar nicht mit dem ersten. Möglicherweise will nämlich meine Lebensgefährtin heut wieder kuscheln. Ich hab keine Ahnung, weswegen, aber Sonntagabend und natürlich auch feiertags hat sie neuerdings immer Kuschel-Time auf ihrer Agenda. Um genau zu sein ist es, seit wir in diesem Neubau wohnen und auf dem neuen Sofa liegen. Es ist fast so, wie es in diesen unerträglichen Werbespots immer ist. Ein glücklicher Mann liegt mit einer glücklichen Frau auf einer Designercouch im frisch bezogenen Eigenheim und das glückliche Paar freut sich über sein glückliches Kind. Oder den glücklichen Hund. Oder über beides. Brechreiz im Nachspann quasi vorprogrammiert.

Schon ein zweites Mal kann nun meine Zungenspitze das Bier schmecken. Kalt und süffig und herb. Es läuft mir schon die Kehle runter.

»Schläfst du?«, fragt plötzlich die Susi in meine ganz private Yogastunde hinein.

Ich antworte nicht.

»Also, du schläfst?«, fragt sie noch mal. Diese Frage kann man genauso wenig bejahen wie die, ob man tot ist. Das müsste sie eigentlich selber wissen, die Susi. Drum schlafe ich weiter.

»Wenn du nicht schläfst, Franz, dann würde ich gerne mit dir über meine Kandidatur reden. Also die Kandidatur für das Bürgermeisteramt. Irgendwie hab ich das Gefühl, du nimmst mich da nicht richtig ernst.«

Jetzt hab ich die Tiefschlafphase erreicht und beginne leise zu schnarchen. Das lässt sie mir tatsächlich durchgehen. Ich bin überrascht. Sie fährt einfach weiter, sagt nichts mehr und schnauft nur ein paarmal theatralisch durch. Was ich natürlich nicht hören kann, so mitten im Schlaf. Es ist mein Telefon, was eine gute Stunde später die himmlische Ruhe unterbricht und mich aus meinen Bierträumen reißt.

»Ja«, sag ich, gleich wie ich abheb, gähne ausgiebig und kann sofort ausmachen, dass es vollkommen unmöglich ist, auch nur eines meiner Körperteile ansatzweise schmerzfrei zu bewegen.

»Franz, hörst du mich?«, kann ich im Anschluss den Leopold vernehmen. Im Hintergrund ist auch der Papa zu hören. Sehr deutlich sogar, weil er rumtobt und flucht und dabei Ausdrücke benutzt, die einen jeden angesoffenen Bierkutscher vor Neid erblassen ließen. »Pass auf, du und die Susi, ihr müsst umdrehen. Und zwar sofort. Wir haben nämlich eine … wir haben eine Autopanne.«

»Eine Autopanne? Ja, was ist denn passiert?«

»Ja, das kann ich dir auch nicht sagen. Wir sind da so ganz normal dahingefahren und auf einmal, also praktisch von einem Moment auf den anderen, da hat sie einfach irgendwie angefangen zu stottern, die alte Kiste. Und plötzlich hat's halt aus der Motorhaube gequalmt. Dann sind wir natürlich gleich rechts rangefahren. Ja, und jetzt … jetzt geht gar nix mehr, verstehst. Da kommt praktisch kein einziger Muckser mehr.«

»Mensch, Leopold, wir sind schon kurz vor Niederkaltenkirchen«, sag ich mit einem Blick auf die Uhr. »Wo steht ihr denn?«

»Ja, weit sind wir nicht gekommen. Wir sind in … Nein, pass auf, am besten, ich schick dir gleich mal den genauen Standort durch, damit könnt ihr uns finden«, antwortet er und muss sich inzwischen wohl ein paar Schritte weit entfernt haben, weil man den Papa jetzt nur noch leise toben hört. Trotzdem ist es klar und deutlich, dass er mit Ausdrücken um sich wirft, die keiner von uns je vor dem Paul sagen darf. Sonst würde die Susi Zuckungen kriegen.

»Du, Leopold, es wird besser sein, du schickst euern Standort lieber gleich an die Susi durch. Weil ich grad seh, dass mein Akku gleich leer ist.«

»Auch gut, dann machen wir das so. Aber bitte beeilt euch ein bisschen. Weil die Stimmung hier ist … Wie soll ich jetzt sagen. Die Stimmung ist echt grad ein bisschen unentspannt, weißt. Der Papa, der brüllt den ganzen Landkreis zusammen und der Paul weint, weil der Papa brüllt. Und die Julika, die weint auch, weil der Paul weint oder weil der Papa brüllt. Das kann ich nicht genau sagen. Außerdem …«, kann ich ihn grade noch hören. Dann ist mein Akku leer.

»Was ist los?«, will die Susi nun freilich wissen und hat inzwischen auch angehalten. So stehen wir jetzt relativ mittig zwischen der Landstraße und einem Kartoffelacker. Ich informier sie halt kurz über den familiären Status quo, lass den Part vom Papa aber besser weg.

»Ja toll! Also müssen wir umdrehen?«, fragt sie weiter und ich starr auf mein Handy.

»Nein, Susi, da musst du jetzt leider alleine umdrehen«, sag ich und öffne schon mal die Beifahrertür. »Schau, wir haben ja gar keinen Platz. Weil, da ist der Leopold, der Papa, die Julika und der Paul. Das wird ohnehin schon ziemlich eng, wenn ihr den Admiral am Ende tatsächlich nicht mehr flottkriegt.«

»Franz! Das … das kann ja wohl nicht dein Ernst sein, oder?«

»Ja, ich hätte es mir natürlich auch anders gewünscht, Susimaus. So ein gemütlicher Abend mit dir auf der Couch und ein bisschen kuscheln und so. Aber da kann man nichts machen, gell. Das ist höhere Gewalt. Fahr vorsichtig«, sag ich noch so, wie ich die Hinkelotta hinten von der Rückbank zerre. Und dann fällt auch schon die Tür ins Schloss.

Kapitel 6

Am Freitag in der Früh führt mich mein allererster Weg direkt zum Golfclub. Ich will mir den Tatort noch einmal etwas genauer anschauen und vor allem ungestört. Doch wie es der Teufel so will, ist dieser Wunsch noch nicht mal richtig zu Ende gedacht und zerplatzt schon wie eine Seifenblase, weil dem Rudi sein Auto bereits auf dem Parkplatz steht. Und kaum, dass ich dann einen Fuß im Gebäude drin hab, da hör ich ihn auch schon rufen. Und weil es von oben herkommt, so lauf ich halt die Treppe hinauf. Gegenüber der Tür, die zum Tatort Schrägstrich Spa-Bereich führt und die wir bereits kennen, ist eine weitere und die steht aktuell sperrangelweit offen.

»Huhu, hier bin ich«, kann ich meinen kleinen Gschaftelhuber prompt aus dieser Richtung vernehmen.

»Morgen«, sag ich, gleich wie ich reinkomm, und schau mich kurz um. Das hier scheint ein Büro zu sein, sehr großzügig und hell, und auch hier ist alles vom Feinsten. Der Raum, die ganze Einrichtung, alles wirkt nobel und modern, auch der Schreibtisch, an dem ich den Rudi nun entdecke.

Dort lümmelt er nämlich vor einem Computer und hat den konzentrierten Blick auf den Bildschirm gerichtet. Sein Outfit ist nach wie vor unverändert und auch der Frisörbesuch ganz eindeutig ins Wasser gefallen.

»Ja, auch guten Morgen«, entgegnet er, ohne jedoch aufzublicken.

»Wie lange bist du schon hier?«, frag ich, trete näher und versuch, ihm über die Schulter zu schauen.

»Ich war gar nicht weg«, antwortet er, während er sich nun zu mir umdreht.

»Wie, du warst gar nicht weg? Du wirst doch nicht den ganzen Feiertag lang hier rumgehangen haben?«

»Von rumgehangen kann keine Rede sein. Aber wenn du meinst, ob ich hier war, dann ja, Franz, das war ich«, sagt er voller Stolz und nicht ohne eine kleine Portion Vorwurf in seinen Tonfall zu packen. »Während du nämlich mutmaßlich einen geruhsamen Tag mit deiner trauten Familie verbracht hast, da hab ich schon mal angefangen, deine Arbeit zu machen.«

»Wie einsam und verzweifelt muss man eigentlich sein, um so was zu tun, Rudi?«

»Sehr. Ja, sehr einsam und sehr verzweifelt, Franz. Aber das ist egal. Weil dank meiner Einsamkeit und meiner Verzweiflung hab ich nämlich schon einiges rausfinden können.«

Doch noch bevor er überhaupt dazu kommt, von seiner kriminalistischen Entdeckungsreise zu berichten, da können wir vom Treppenhaus her Schritte vernehmen, die zweifelsohne in unsere Richtung steuern. Und ein paar Augenblicke später, da lüftet unser Bürgermeister auch schon das Geheimnis um die Frage unseres Neuzugangs. Er ist gekommen, weil er mein Auto draußen auf dem Parkplatz gesehen hat, und will jetzt wissen, wann denn der Golfclub eigentlich wieder aufmachen kann. Weil halt einerseits seit der Schließung sein verdammtes Telefon nicht mehr stillstehen will und auf der anderen Seite auch etwas äußerst

Wichtiges ansteht. Und zwar ein Turnier. Ein großes, traditionelles und mordswichtiges Golfturnier, das hier in ein paar Tagen bereits stattfinden soll. Und bis dahin, da wär ja immerhin noch allerhand vorzubereiten und obendrein müsste auch unbedingt noch ein neuer Präsident gefunden werden.

»Kann man beim zweiten Mal eigentlich schon von traditionell sprechen?«, überleg ich mehr so vor mich hin. »Weil dann hätt ich nämlich heute Morgen traditionell den Geschirrspüler ausgeräumt.«

»Papperlapapp«, entgegnet er patzig. »So ein Turnier dieser Klasse, das kann man doch nicht mit Ihren häuslichen Tätigkeiten vergleichen, Eberhofer! Und das spielt ja auch gar keine Dings nicht. Keine Rolle. Aber dieses Turnier, das muss unbedingt stattfinden, und zwar um jeden Preis. Immerhin ist es schon seit Monaten angekündigt und es kommen Spieler aus dem In- und Ausland. Italien, Österreich und ich glaub sogar Südtirol. Verstehens das? Also, wie schaut's aus? Wann können wir hier wieder aufsperren?«

»Wenn die Spusi mit ihren Untersuchungen fertig ist und mir die Ergebnisse schickt, dann kann meinetwegen wieder aufgemacht werden«, sag ich und der Rudi pflichtet kopfnickend bei.

»Ja und wann schickt die Spusi die Ergebnisse, wenn die Frage gestattet ist?«, will unser Häuptling nun wissen. Sein Telefon fängt an zu bimmeln, was ihn offenbar tierisch zu nerven scheint. Er wirft nur einen kurzen Blick auf das Display und steckt es dann wieder weg.

»Das weiß ich nicht, ich bin ja kein Hellseher nicht. Aber vermutlich krieg ich eine E-Mail, wenn es so weit ist.«

»Eberhofer, tuns mir einen Gefallen und sind Sie bitte so gut und schauen nach. Also, ob diese E-Mail möglicherweise schon da ist«, fleht er jetzt beinah, während das Telefon in seinem Jackett bimmelt und bimmelt.

»Wie? Jetzt gleich, oder was?«

»Ja, jetzt gleich, Herrschaftszeiten! Das ist ja zum Verrücktwerden. Das sehen Sie doch selber«, antwortet er und zerrt das klingelnde Handy wieder aus seiner Jackentasche heraus.

Ich verdreh kurz die Augen, zieh mein eigenes Handy hervor und check mal kurz die Lage. Und tatsächlich, wie der Zufall es so will, ist der Abschlussbericht von der Spusi bereits im Posteingang. Und das sag ich ihm auch, dem Bürgermeister.

»Bürgermeister«, sag ich. »Das scheint ja heute direkt Ihr ganz persönlicher Glückstag zu sein. Der Abschlussbericht von der Spusi, der ist schon da.«

Und keinen Herzschlag später, da fällt er mir um den Hals. Ja sag einmal, geht's noch! Und als wär das nicht schon ätzend genug, kommt jetzt auch noch der Birkenberger von hinten heran und schmiegt sich dazu. Haben die eigentlich noch alle Latten am Zaun?

Irgendwie aber schaff ich es gleich, mich aus dieser perversen Umarmung rauszuzwängen, und dann stehen wir drei für einen Moment ein bisschen verklemmt umeinander. Unser Dorfoberhaupt fasst sich am zügigsten wieder. Er räuspert sich kurz und streift sich über den Hinterkopf. Und grad wie er sich dann verabschieden will, da fällt ihm noch etwas Wichtiges ein. Ich soll mit meiner Susi reden, sagt er, da ist er schon zwischen Tür und Angel. Unbedingt soll ich mit ihr reden. Weil sie sich da nämlich in was verrannt hat. Die kann doch jetzt nicht so mir nix, dir nix so einfach glauben, dass sie fürs Bürgermeisteramt kandidieren kann. Ja, wo kämen wir denn da hin! Das ist doch eine

Position, die Dings fordert. Also praktisch Verantwortung. Und Weitblick. Und Kompetenz. Menschenskinder! Und bloß, weil man seit zwanzig Jahren in der Gemeindeverwaltung arbeitet, da heißt das ja noch lange nicht, dass man so einem gewaltigen Posten gewachsen ist. Da könnte ja hinterher wohl ein jeder daherkommen und glauben, das Ganze, das wär ein Kinderspiel.

»Und warum sagen Sie ihr das nicht selber?«, frag ich nach seinem ausführlichen Monolog. Der Rudi steht mit verschränkten Armen daneben, hat aufmerksam gelauscht und pflichtet mir erneut kopfnickend bei. Irgendwie geht mir das auf den Senkel.

»Das hab ich getan, Eberhofer. Das hab ich alles getan. Hab ihr alles aufgezählt, was da auf sie zukommt, und hab ihr berichtet von dem immensen Arbeitsaufkommen eines Bürgermeisteramtes. Und ich hab sie auch gefragt, wie sie sich das vorstellt. Noch dazu mit einem Kind. Mit Engelszungen hab ich auf sie eingeredet, das können Sie mir glauben. Aber nix. ›Wenn Sie das geschafft haben, Bürgermeister, dann schaff ich das auch‹, hat sie gesagt. Und ob ich nicht die Eier hätte, gegen sie anzutreten, das hat sie mich auch noch gefragt.«

»Und? Haben Sie die Eier?«, muss ich jetzt auch fragen und kann mir ein Grinsen nicht wirklich verkneifen. Der Rudi grinst auch.

»Was ist denn das für eine Frage, für eine saublöde«, zischt der Bürgermeister jetzt und kriegt eine feuerrote Birne dabei. »Und Sie … Sie haben da gar nichts zu grinsen, Birkenberger. Verstanden? Schauen Sie sich doch einmal an. Wie laufen Sie eigentlich wieder rum? Sie sehen doch aus, als wären Sie schnurstracks aus irgendeiner Dings … aus einer Tonne gekraxelt.«

»Das bringt Sie jetzt auf die Palme, gell«, sagt der Rudi nun und hat noch immer das fette Grinsen in seiner Visage.

»Was, bitte schön, soll mich denn da auf die Palme bringen? Ha, was soll mich auf die Palme bringen, Sie ignoranter Gammler, Sie?«, zischt sein Kontrahent und jetzt könnt ich fast schwören, er hat ein bisschen Schaum vorm Mund.

»Dass an Ihrem Thron gesägt wird. Und dass es ausgerechnet auch noch eine junge Frau ist, die da sägt.«

»So ein Schwachsinn. Was hat denn das mit einer jungen Frau zu tun. Ich möchte einfach nicht, dass sie … dass sie sich lächerlich macht, unsere Susi. Das ist alles.«

»Aber das wäre ja dann das Problem von der Susi und nicht Ihres, gell. Sie sollten sich aber nicht den Kopf von der Susi zerbrechen, Bürgermeister, sondern Ihren eigenen. Weil Sie in diesem Kaff nämlich schon ganz schön abkacken würden, wenn Sie das Amt verlieren, das Sie wie viele Jahre schon ausüben …?«

»Siebzehn Jahre, acht Monate und zwölf Tage«, schnauft der Bürgermeister im Schweiße seines Angesichts und tupft sich mit einem Taschentuch die Stirn.

»Das Sie siebzehn Jahre, acht Monate und zwölf Tage schon ausüben. Ja, das wär bitter. Da müssten Sie wohl am Ende mit eingezogenem Kopf, Ihrer kleinen Kakteensammlung und ein, zwei Kartons aus dem Rathaus schleichen. Und zwar am besten durch die Hintertür«, beendet der Rudi nun seine düsteren Prognosen. Und ich kann gar nicht gut einordnen, ob es mehr Mitgefühl ist, was in seiner Stimme liegt, oder doch eher ein Hauch von Triumph.

Weil mir das jetzt alles zu blöd wird, beschließ ich, diese Freakshow fürs Erste mal kurz zu verlassen. Immerhin gibt es ja auch Wichtigeres in meinem Leben, als diesen zwei Spinnern hier auch noch als Publikum zu fungieren. Und so schlag ich kurzerhand den Weg zum Spa ein, um einen kurzen prüfenden Blick auf das Meisterwerk vom Flötzinger werfen zu können. Doch nach wie vor ganz einwandfreie Arbeit, wirklich. Und wie der Zufall es will, kann ich ausgerechnet heute einen kleinen Hammer in meiner Jackentasche entdecken. Und so bleibt mir praktisch gar nix anderes übrig, als einige dieser wunderbaren Kacheln zu zerschmettern. Und irgendwie komm ich dann richtig in Fahrt. Eine nach der anderen zerspringt vor meinen Augen und bei aller Anstrengung macht es eindeutig Spaß. Einen klitzekleinen Freundschaftsdienst würde ich das vielleicht nennen. Weil unserem Heizungspfuscher damit sicherlich etwas geholfen ist und einem anderen tut es nicht weh.

Kurz darauf, also auf dem Rückweg ins Büro, da kann ich eine ungewöhnliche Stille vernehmen. Die lautstarken Auseinandersetzungen, die grad noch vorgeherrscht haben, sind komplett verstummt und im ersten Moment befürchte ich tatsächlich das Schlimmste. Aber schon beim Eintreten kann ich erkennen, dass kein zweiter Mord passiert ist. Eher im Gegenteil, könnte man sagen. Die zwei Streithähne von soeben noch, die hocken jetzt nämlich einträchtig auf der kleinen Sitzgruppe vorne an der raumhohen Fensterfront und atmen gemeinsam ein und wieder aus. Sitzen einfach bloß da mit geschlossenen Augen und atmen und atmen.

»Was wird das, wenn's fertig ist?«, frag ich, während mein ratloser Blick zwischen den beiden pendelt.

»Pass auf, Franz. Vielleicht willst du ja mitmachen. Ich zeig dem Bürgermeister nämlich grad eine ganz wunderbare Atemtechnik. Damit er sich nicht immer so aufregen muss und viel mehr Gelassenheit in seinen ganzen stressigen Alltag bringen kann«, antwortet der Rudi nun atmenderweise, ohne jedoch dabei seine Augen zu öffnen.

»Es funktioniert aber nicht«, sagt nun der Bürgermeister und klingt ein wenig frustriert, während er sich erhebt. »Aber wie soll es auch? Bei mir funktioniert ja auch Yoga nicht. Das macht mich höchstens aggressiv. Richtiggehend aggressiv. Diese depperten Dehnereien mit den ganzen sinnlosen Bezeichnungen und diesen bis zur Unerträglichkeit entspannten Menschen. Da schwillt mir ja schon beim bloßen Zuschauen der Hals.«

»Aber das muss man ja auch zulassen, Bürgermeister«, atmet der Rudi weiter.

»Ja, das kann zulassen, wer will und wer auch immer die Zeit hat für so einen Scheißdreck. Ich bin das jedenfalls nicht«, entgegnet der Bürgermeister jetzt mit einem hastigen Blick auf die Uhr. »Also, meine Herrschaften, ich bin dann mal im Rathaus, wo ich auch hingehöre. Und Sie, Eberhofer, Sie schauen zu, dass Sie mir den Golfplatz so schnell wie möglich wieder aufmachen. Ach und by the way, Birkenberger: Wenn Sie dann endlich fertig sind mit Ihrer ganzen Atmerei, dann fangen Sie bitte an, dieses unsägliche rot-weiße Bandl zu entfernen. Das schaut ja aus, als wär der Dings … äh, der Christo höchstselbst am Werk gewesen. Grundgütiger, wie viele Rollen Absperrband haben Sie denn dafür eigentlich verbraucht?«

»Vierzehn«, antwortet der Rudi und nun öffnet er seine Augen. Sie funkeln. Der Bürgermeister zeigt ihm jetzt nur noch kurz einen Vogel und hebt danach die Hand zum Gruße.

»Und nicht vergessen, Eberhofer. Redens mit Ihrer Susi. Das hat höchste Priorität«, ruft er noch im Weggehen über die Schulter.

Nur ein paar Augenblicke später, da beschließen auch wir, uns auf den Weg ins Rathaus zu machen. Weil wir uns nämlich zum einen die Auswertungen von der Spusi anschauen wollen, zum anderen aber auch nur dort ein ordentlicher Kaffee abzukriegen ist.

Und schon vor dem zweiten Haferl, da bin ich deutlich gescheiter, als ich es davor grad noch war. Gut, gescheiter vielleicht nicht, das hat auch schon vorher ganz prima gepasst, schlauer aber allemal. Weil sich der Rudi natürlich nicht für umsonst den ganzen Feiertag um die Ohren gehauen hat. Und großzügig, wie er nun einmal ist, teilt er seinen Vorsprung auch gerne mit mir. So lässt er mich beispielsweise auch wissen, dass unser ermordeter Paulus bereits der zweite Präsident des Golfclubs hier war, was in Anbetracht dessen blutjunger Geschichte durchaus ungewöhnlich erscheint. Der Vorgänger, ein gewisser Lanz übrigens, der muss das allerdings jedoch selbst verkackt haben. Weil er nämlich im Laufe eines heiteren Abends eine leider noch minderjährige Golfschülerin zunächst durch Alkohol gefügig gemacht haben soll, um ihr anschließend an die jugendliche Wäsche zu gehen. Was wiederum der Paulus mitbekommen hat und somit wohl letztendlich auch zur feindlichen Übernahme dieses begehrten Ehrenamtes geführt haben muss. Doch der Paulus, der war ebenfalls kein unbezwingbarer Herrscher seiner Libido, wie der Rudi weiter erzählt. Weil der nämlich bis noch vor einigen Tagen eine leidenschaftliche Liaison mit einer ebensolchen, aber auch verheirateten Golferin gehabt haben soll. Zumindest bis deren Gatte davon Wind bekommen hat und dann quasi über die Gesamtsituation wenig amused gewesen ist. Alles in allem sind das äußerst aufschlussreiche Informationen. Und wenn's nach meiner kriminalistischen Erfahrung geht, dann haben wir dadurch zwei astreine Tatverdächtige. Und einfach mal angenommen, dass der Paulus seine verhängnisvolle Affäre womöglich gegen den Willen seiner Geliebten beendet hat, dann haben wir sogar drei. Addiert man dann noch die Namen dazu, die von der Tessa Paulus stammen, dann dürfte da schon was zusammenkommen.

Na, bravo!

»Das hat er aber fein gemacht, der Onkel Rudi«, sag ich am Ende seiner Ausführungen.

»Danke«, entgegnet er und ich seh ganz genau, wie sehr ihn das freut. »Und wie wollen wir jetzt weitermachen, Franz?«

»Hier trennen sich unsere Wege, Rudi. Zumindest vorerst«, antworte ich, während ich schon mal zur Tür geh, um sie zu öffnen. »Weil ich mir das Zeug von der Spusi jetzt anschau ...«

»Und ich?«, fragt er, nachdem sich meine Pause ein bisschen in die Länge zieht.

»Und du, du fährst in der Zwischenzeit brav zum Golfplatz zurück und entfernst diese vierzehn Rollen Absperrband«, sag ich noch und schieb ihn dann zur Tür hinaus.

Die Auswertungen von der Spusi sind im etwa gleichen Maße unübersichtlich, wie sie auch aufschlussarm sind. Der einzige Hinweis ist der, den wir bereits kennen. Nämlich, dass es sich beim Tatwerkzeug eindeutig um den besagten Golfschläger handeln muss, was natürlich in Anbetracht des Tatorts keine allzu große Verwirrung auslöst. Alles andere aber ist fast gänzlich wertlos für meine Ermittlungen. Einfach, weil es in diesem beschissenen Golfclub vierhundertachtundachtzig Mitglieder gibt und dementsprechend viele Fingerabdrücke gibt es dort auch. Freilich kommt in regelmäßigen Abständen ein Putzpersonal, was dann wieder zur Folge hat, dass vielerorts überhaupt kein brauchbares Material gefunden wurde, wie etwa an den Armaturen. Alles zusammengenommen, ist das ein Wirrwarr von vielen Spuren und keinen Spuren, aus dem ich kaum schlau werden kann. Allein schon beim Durchlesen qualmt mir der Schädel. Und mitten in diese Rauchwolke hinein platzt plötzlich der Bürgermeister in all seiner Pracht und mit einem großen blauen Plastiksack, den er mir vor den Schreibtisch stellt.

»Was ist da drin?«, frag ich, während ich diesen Beutel betrachte.

»Ich hab meine Dings ein bisschen aussortiert. Also meine Schränke. Hab einige Sachen ausrangiert. Also ein paar Hosen und Hemden meinetwegen. Drei, vier Pullover. Zwei Sakkos, vier Pullunder und eine Strickweste. Lauter einwandfreie Sachen, wissens. Kein Glump nicht. Alles 1-a-Qualität. Und kaputt ist da auch nix. Und wenn doch, dann hat das meine Sabine fein säuberlich genäht.«

»Prima«, sag ich und weiß noch immer nicht recht, was ich damit soll.

»Geh, sinds so gut und gebens die Sachen dem Birkenberger«, sagt er und trommelt auf das azurblaue Plastik. »Damit er nicht weiterhin rumlaufen muss wie ein Kretin. So kann er doch nicht unter die Menschen gehen. Also, was ist, auf was wartens noch? Auf geht's. Ab in den Kofferraum damit.«

»Fangens«, sag ich und schmeiß ihm meinen Autoschlüssel über den Schreibtisch. Und wie nicht anders erwartet, kracht er vor ihm auf den Boden.

»Herrschaftszeiten, was machens denn da?«, fragt er und bückt sich.

»Schmeißens das Zeug gefälligst selber in meinen Kofferraum, Bürgermeister.«

»Wie komm ich dazu? Bin ich Ihr Hausl, oder was?«

»Natürlich sind Sie nicht mein Hausl. Sie sind der Bürgermeister, Bürgermeister. Und das wollen Sie doch auch bleiben, oder? Das hat doch höchste Priorität, oder nicht?«, sag ich noch so und er versteht mich auf Anhieb. Schnappt sich den Sack vom Fußboden und fluchenderweise verlässt er dann mein Büro.

Kapitel 7

Wie man sich natürlich unschwer vorstellen kann, ist die höchste Priorität von unserem werten Bürgermeister selbstverständlich auch die meinige. Ganz besonders, wo mein Kofferraum dann unglücklicherweise doch schon voll gewesen ist, von der Rückbank ganz zu schweigen. Und das ausgerechnet auch noch mit diesen dämlichen Wahlplakaten, wo praktisch die Susi, der Paul und die Hinkelotta drauf sind. Ich selber hab die da freilich nicht reingemacht. Wozu auch? Nein, das war die Susimaus schon höchstpersönlich. Einfach, weil halt in ihr Matchboxauto diese Riesenteile gar nicht erst reingepasst hätten. Und deswegen hat dann eben der arme Bürgermeister quasi im Schweiße seines Angesichts und mit hochroter Birne diese Kartons mit den ganzen Plakaten erst mal aus dem Heck meines Wagens heraus- und dann in das Büro von den Verwaltungsschnepfen hineinschleppen müssen. Stimmungsaufheiternd war das wohl nicht grad für ihn. Ganz besonders, wo er ja praktisch heute Vormittag durch den Birkenberger schon schwer vorgeschädigt war.

Allein aus diesem Grund heraus und selbstverständlich auch aus männlicher Solidarität muss ich mich jetzt glasklar auf seiner Seite positionieren. Koste es, was es wolle. Deswegen ist meine Brust schon relativ angeschwollen, wie ich am Abend die Küche betrete.

»Bist du ganz allein da?«, frag ich, gleich wie ich reinkomm, und hol mir ein Bier aus dem Kühlschrank. »Wo sind denn die andern?«

Die Susi sitzt auf der Eckbank und schneidet Gemüse. Ein Glück, dass ich mir vorher noch zwei Fleischpflanzerlsemmeln beim Simmerl einverleibt hab. Manchmal, da hat man wirklich so eine Art Vorahnung, das ist kaum zu erklären.

»Der Papa und der Paul, die sind im Wohnzimmer drüben und hören die Beatles. Ich glaub, der Paul, der mag die Beatles. Aber natürlich liest er auch ein Buch nebenbei«, antwortet die Susi und hackt gelbe Rüben.

»Natürlich«, antworte ich und merke genau, wie sie jetzt eine ihrer Augenbrauen hochzieht. Es ist die linke. Sie mag es nicht besonders, wenn ich mich über unseren kleinen Streber lustig mache. Aber wenn ein Kind lesen und schreiben kann, noch bevor es auf dem Topf sitzt, dann löst das bei mir gelinde gesagt so was wie Verwunderung aus. Erst recht, wenn dasselbe Kind absolut unfähig ist, ein dämliches Fußballtor zu treffen. Selbst wenn es nur lächerliche drei Meter davon entfernt ist und noch nicht einmal ein Keeper drinsteht.

»Und wo ist die Julika?«, frag ich, allein schon, um das Thema zu wechseln.

»Die Julika?«, antwortet sie und es hört sich ziemlich abwertend an. »Ja, unsere ach so wundervolle Julika sollte heute eigentlich die Fenster putzen. Aber, oh Wunder, sie hat heute bedauerlicherweise einen ganz fürchterlichen Migräneanfall gehabt. Übrigens schon den zweiten in diesem Monat. Dann hat eben der Papa die Fenster geputzt und das arme, arme Mädchen hat sich derweil lieber ein bisschen hingelegt.«

»Aber die Fenster sind tipptopp sauber«, sag ich mit Blick auf die blitzblanken Scheiben.

»Ja, er hat sich auch große Mühe gegeben.«

»Aha«, sag ich und merke, dass der Themenwechsel jetzt vielleicht nicht die beste aller Ideen war.

»Ja, genau. Aha. Aber was anderes, Franz. Ich hab heut Nachmittag meine ganzen Wahlplakate in dein Auto gelegt, weil ich sie in meins einfach nicht reingekriegt hab. Doch dann, stell dir vor, dann ist der Bürgermeister ins Büro gekommen und hat mir die alle wieder auf den Schreibtisch geschmissen. Weißt du zufällig etwas davon? Er jedenfalls hat gesagt, ich soll dich fragen«, sagt sie nun und ihre Augenbraue ist wie angetackert noch exakt dort, wo sie eben hinaufgefaltet wurde.

»Die Wahlplakate?«, frag ich und zieh mir einen Stuhl hervor. »Nein, davon weiß ich nix. Aber wenn wir grad schon zufällig davon reden, Susimaus. Bist du dir denn eigentlich sicher mit dieser … mit dieser seltsamen Idee?«

»Von was für einer seltsamen Idee redest du, Franz?«, will sie nun wissen und die Augenbraue wandert noch weiter nach oben.

»Mei, das mit der … mit dieser Bürgermeisterwahl halt«, antworte ich und geb mir große Mühe, ein Lächeln rauszuquetschen.

»Was genau findest du seltsam daran? Oder witzig?«

»Gar nix. Weder seltsam noch witzig.«

»Du grinst und hast die Idee gerade eben seltsam gefunden«, entgegnet sie und inzwischen ist durchaus eine gewisse Schärfe in ihrem Tonfall zu erkennen.

»Nein, nein. Ich mein halt nur, es ist schon verdammt viel Arbeit so ein Bürgermeisteramt. Also verdammt viel Arbeit, Susimaus. Und sei mal ehrlich, du bist doch oft schon mit deinem Halbtagsjob als Tippse überfordert.«

Jetzt ist sie ganz weg, die Augenbraue. Vollkommen verschluckt von ihrem Haaransatz. Ob das jetzt möglicherweise ein schlechtes Vorzeichen ist? Sagen tut sie nix. Momentan jedenfalls. Hat nur die Karotte beiseitegelegt und dreht ihr Gemüsemesser zwischen den Händen.

»Du, Susi, das darfst jetzt nicht falsch verstehen, aber …«

»Was genau könnte man an dem Begriff Tippse falsch verstehen?«, unterbricht sie mich und beide Augen, mit und ohne Braue, die sprühen Funken. Vielleicht ist ein erneuter Themenwechsel jetzt durchaus in Erwägung zu ziehen. Ich lass meinen Blick kurz durch die Küche schweifen, um auf irgendeinen brauchbaren Gedanken zu kommen, und entdeck die Tageszeitung.

»Was liest er denn für ein Buch, der Pauli«, frag ich und dabei fällt mir fast ein Stein vom Herzen.

»Der Pauli heißt Paul, und das schon seit über zwei Jahren. Und er liest den Harry Potter. Und zwar in der Originalausgabe. Schon irgendwie verwunderlich, dass ausgerechnet der Sohn eines ganz gewöhnlichen und eher durchschnittlichen Bullen und einer Tippse so begabt ist, oder?«, zischt sie und es besteht nun ein durchaus berechtigter Verdacht, dass ihre Augäpfel jeden Moment explodieren. Ich steh auf und geh lieber mal ins Wohnzimmer rüber, weil die Luft hier in der Küche grad zum Schneiden dick ist. Und dort find ich sie dann auch, die heimatliche Idylle. Der Papa, der flackt in seinem Sessel, raucht einen Joint und döst einfach entspannt vor sich hin. Und der Paul liegt bäuchlings auf einem der Fleckerlteppiche und liest äußerst konzentriert seinen Potter in der Originalausgabe. Im Hintergrund laufen die Beatles in Zimmerlautstärke und das letzte Abendlicht fällt durch die glasklaren Fenster. Keiner der beiden hier scheint Notiz von meiner Anwesenheit zu nehmen. Und hochsensibel, wie ich nun mal bin, beschleicht mich beinah der

Eindruck, ich wär eine Art Spanner, ein Eindringling hier, und würd diese vertraute Opa-Enkel-Harmonie grad aufs Gröbste verletzen. Einen Moment lang steh ich quasi wie bestellt und nicht abgeholt im Türrahmen rum, weil ich gar nicht recht weiß, wo ich jetzt hinsoll. In die Küche zurück will ich aus wohl nachvollziehbaren Gründen auch nicht. Und plötzlich weiß ich wieder haargenau, weshalb ich schon vor Jahren und quasi gegen den Rest der Welt meinen heiligen Saustall konsequent und äußerst erfolgreich gegen die Abrissbirne verteidigt habe. Verteidigen hab müssen. Irgendwie wird mir das jedes Mal wieder aufs Neue klar und deutlich. Doch so dermaßen klar und deutlich, wie es mir heute ist, war es mir tatsächlich noch nie.

Eigentlich könnte man sagen, dass die Stimmung am nächsten Morgen keinen Deut besser ist. Womöglich, weil sich mein kleiner Abstecher in den Saustall gestern doch ein bisschen in die Länge gezogen hat. Normalerweise, da wollte ich mich nämlich nur ein wenig aufs Kanapee hauen, gemütlich ein Bier trinken und meine Gedanken schweifen lassen. Gut, die kulinarische Vitaminbombe, die von der Susi als Abendessen angedacht war, hat mich jetzt auch nicht unbedingt vom Sofa gerissen. Von der vorherrschenden familiären Grundkonstellation ganz zu schweigen. Erst recht, wie ich dann auch noch vom Saustall aus gesehen hab, dass der Leopold angerollt kam. Da war sozusagen jeder Restgedanke an eine Rückkehr ins Wohnhaus quasi komplett durchs Raster gefallen. Und diese Mängelliste, die sich im Laufe des Abends so aufgestaut hat, war wohl am Ende auch der Grund, weshalb ich irgendwann einfach auf meinem Kanapee eingeschlafen bin. Aufgewacht bin ich dann erst wieder gegen sieben Uhr morgens, und das war halt scheiße. Weil, was die Susi auf den Tod nicht ausstehen kann, ist, wenn ich in meinem Saustall schlafe. Weil sie nämlich der Meinung ist, dass das ein Relikt aus meiner Junggesellenzeit ist. Und die sollte nun ein für alle Mal vorbei sein. Selbst wenn wir immer noch nicht einmal ansatzweise verheiratet sind und es auch nicht auf der Agenda steht. Trotzdem ist sie der Meinung, dass wir nun ja immerhin zusammenwohnen und auch ein gemeinsames Kind haben. Und da erwartet sie schlichtweg, dass ich mich so verhalte, wie es ein erwachsener Mann zu tun hat. Und ein Vater, der eben weiß, wo er seine Nächte zu verbringen hat. Und zwar in unserem Haus, in unserem Bett und an ihrer Seite. Womit sie wohl recht hat und was ja grundsätzlich auch klappt. Meistens jedenfalls.

Wie ich jetzt ins Badezimmer komm, da sagt sie noch nicht mal Guten Morgen zu mir. Und das, obwohl ich es sogar zweimal sage.

Da bin ich ja direkt heilfroh, dass mich zumindest mein erster Weg heut nicht gleich in mein Büro im Rathaus führt. Und nicht nur allein wegen der Susi. Nein, auch auf unsern Bürgermeister hab ich nach dieser doch eher unerfreulichen Kofferraumaktion von gestern grad so gar keinen Bock. Und da auf meiner Ermittlungsliste heute ohnehin der Dottinger-Clan ganz oben steht, fahr ich da jetzt einmal hin. Weil, ob man will oder nicht, irgendwo muss man ja mal anfangen mit der Befragung etwaiger Verdächtiger, gell. Und wenn die eh, wie wir bereits wissen, im Rudel agieren, dann hab ich da ja möglicherweise gleich mehrere Fliegen mit einer Klappe und so …

Die Familie Dottinger wohnt irgendwo im Nirgendwo am Waldrand in einem alten und stattlichen Anwesen, wenigstens war es das wohl früher einmal. Inzwischen ist es nur noch alt und zudem auch ziemlich heruntergekommen.

Trotzdem ist noch glasklar erkennbar, was für eine Nummer das einmal gewesen sein muss. Das gesamte Außenareal des Grundstücks ist komplett eingefriedet, und zwar so, dass ich die Einfahrt tatsächlich kaum finde. Und wie ich sie dann endlich finde, steht plötzlich ein ganzes Rudel Hunde vor meiner Kühlerhaube und barfüßige Kinder, etwa in der gleichen Anzahl.

»Servus«, sag ich, gleich wie ich aussteig, und hoffe inständig, keinen Biss abzukriegen. Ob eher von der zwei- oder vierbeinigen Fraktion, kann ich gar nicht recht sagen. »Sagt's einmal, ist denn irgendwer daheim bei euch? Der Papa? Die Mama?«

Aber nix. Kein einziges Wort. Die seltsame Brut hier steht nur da und starrt mich an. Zwei weitere hocken zwischen Schubkarren, Europaletten, einem Stapel Autoreifen, ein paar maroden Gartenmöbeln und ebensolchen Wäscheständern auf einem Stapel Biertrageln und drei davon auf brandneuen Radln. Ein anderer, und es ist wohl der Kleinste, der steht ganz hinten direkt an der Hauswand und bohrt in der Nase. Sagen tut keiner was. Die Hunde laufen mit aufgestellten Schwänzen und Ohren ruhelos zwischen den Kindern hindurch und lassen mich dennoch keinen Wimpernschlag aus den misstrauischen Augen. Ich werf einen Blick auf die Gesamtsituation, schnauf einmal tief durch und zieh dann meine Waffe. Weil sicher ist sicher. Irgendwie schaff ich es schließlich, mich durch diese Meute hindurch und den Kiesweg entlang Richtung Eingang zu manövrieren. Steig eine wackelige Treppe empor und letztendlich steh ich vor einer Haustür, die sperrangelweit offen ist. Ich rufe hinein. Einmal. Zweimal. Und endlich, gefühlte Lichtjahre später, erscheint dann eine alte Frau auf einen Rollator gestützt aus der Finsternis einer geräumigen Diele.

»Schau einer an. Ein Bulle. Was will der hier?«, fragt sie mit einer kantigen, heiseren und irgendwie verrucht klingenden Stimme, wie sie mir nun langsam entgegenkommt. Ganz offensichtlich ist sie noch ein gutes Stück älter, als sie es vor drei Schritten war, und gehört wohl zu der Sorte Frau, die in ihren jüngeren Semestern relativ wenig bis nix hat anbrennen lassen.

»Eberhofer. Ich bin in einer Mordsache hier und hätt ein paar Fragen. Sind Sie die Frau Dottinger?«, sag ich nun, wie sie schließlich exakt vor mir einparkt. Aus den Augenwinkeln heraus kann ich sehen, dass sich die Kinderschar inzwischen meinem Streifenwagen genähert hat.

»Ich hab niemanden umgebracht, Eberhofer. Deswegen hättens nicht herkommen müssen«, antwortet die Alte nun.

»Kann ich reinkommen?«

»Nein.«

»Ich bin in der Mordsache Paulus hier«, versuch ich es noch mal in einem relativ freundlichen Tonfall.

»Dann erst recht nicht.«

»Jetzt passens einmal auf, Gnädigste. Ich hab ein paar Fragen, und die werden Sie mir jetzt beantworten. Sonst lass ich Sie vorladen und dann …«

»Sie lassen mich vorladen? Da hab ich jetzt aber Angst«, krächzt sie süffisant aus ihrem Rollator heraus.

»Sie müssen keine Angst haben, Frau Dottinger. Wir gehen jetzt einfach kurz rein und Sie beantworten mir brav ein paar Fragen«, entgegne ich immer noch ungewöhnlich freundlich und lüpfe meine Lederjacke so, dass sie einen kurzen, aber klaren Blick auf meine Knarre werfen kann. Und offenbar versteht sie diese Botschaft durchaus, und zwar augenblicklich. Dreht sich ein bisschen umständlich um und schließlich rollt sie vor mir her und über eine unbequeme Türschwelle hinweg ins Wohnzimmer. Oder das Zimmer, das wohl ein Wohnzimmer sein soll. Es schaut ungefähr aus wie bei Schweins hinterm Haus. Und zwar so, als wären Herr und Frau Schwein von einer Horde Vandalen überfallen worden und inzwischen schon einige Wochen lang tot. Geruchstechnisch ist es übrigens ganz ähnlich. Die Alte deutet mit dem Kinn auf eine Art Sofa, wo neben jeder Menge uralter Wolldecken zwei weitere und ebenso betagte Köter rumliegen. Doch irgendwie ist es mir lieber, stehen zu bleiben.

Wie sich jedoch gleich darauf herausstellen soll, hätt sich das Niedersitzen ohnehin nicht gelohnt, weil das Verhör schneller zu Ende ist, als unser ganzes Vorspiel gedauert hat. Um es auf den Punkt zu bringen, beantwortet sie nämlich meine allererste Frage ziemlich allumfassend.

»Wie wir ja beide wissen, Frau Dottinger, war das Verhältnis zwischen Ihrer Familie und dem Opfer, also dem ermordeten Paulus Sebastian, nicht das beste. Und meine Aufgabe ist es jetzt, alle Alibis, also praktisch von Ihnen und Ihren Angehörigen, zu überprüfen«, sag ich und hol mein Notizheft hervor. Einen Moment lang schaut sie mich jetzt an. Steht da vor mir mit ihrem Rollator und schaut mich mit einem ziemlich abwertenden Gesichtsausdruck und dennoch sehr eindringlich an. Von draußen her kann man jetzt die Kinder vernehmen, wie sie toben, kreischen und lachen. Die Hunde bellen vereinzelt dazwischen.

»Also gut, Eberhofer«, sagt sie schließlich, rollt Richtung Fenster und schaut dann hinaus. »Wir sind eine große Familie, wissens. Und eine der wenigen, denen das Wort Familie noch was Heiliges ist. Ja, sechs Buben und drei Mädels hab ich großgezogen und mein Mann … mein Mann, der hat uns alle ernährt. Vierzehn Enkelkinder haben wir und acht Urenkel sind es inzwischen. Und jedes Einzelne davon ist ein Prachtexemplar. Wir sind im Volksfestgeschäft, und das schon seit Generationen. Und bis auf unsere Jüngsten haben da alle gut zu tun. Jeder Einzelne von uns ist damit aufgewachsen und so wird es auch bleiben bis zum letzten Atemzug. Was den Steckerlfisch-Paulus betrifft, da hat ein jeder von uns eine diebische Freude gehabt, dem Dreckskerl die Pest an die Gurgel zu wünschen. Und das seit jeher. Sein Vater war schon ein Dreckskerl und sein Großvater auch. Und wenn er jetzt ermordet worden ist, dann mein Gott. Das tut keinem leid. Keinem von den Dottingers zumindest. Aber, und das ist der Knackpunkt, ein jeder von uns hat ein Alibi, verstehens. Ein wasserdichtes Alibi. Und wenn nicht, dann kriegt er eins von der Familie. So war das schon immer und so wird es auch immer sein. So, Ende Gelände. Sonst noch Fragen, Eberhofer?«

»Aber Sie haben ja noch nicht einmal nach dem Tatzeitpunkt gefragt. Wie wollen Sie denn dann wissen, ob Sie ein Alibi haben?«

»Das brauchts auch nicht. Weil das gilt für alle Tatzeiten auf der Welt«, sagt sie noch und dreht sich wieder vom Fenster ab. Rollt an mir vorbei, ohne mich eines weiteren Blickes zu würdigen, und verschwindet dann genau in der Finsternis dieser Diele, aus der sie vorhin erschienen ist. Ein paar schwere Atemzüge lang bleib ich noch stehen und schau mich um im Chaos dieses Zimmers. Werf einen Blick auf die zwei alten Hunde auf ihren alten Decken. Sie wirken sehr harmlos und zufrieden, die beiden. Machen auch durchaus nicht den Eindruck, als ging's ihnen schlecht. Ich geh rüber zum Fenster, genau an die Stelle, wo die alte Frau Dottinger gerade noch gestanden hat, und schau in den Garten. Die Kinder haben den Streifenwagen in Beschlag genommen. Hocken auf der Kühlerhaube, auf dem Heck und auch auf dem Dach. Der Kleinste hockt vor der Fahrertür am Boden, barfuß wie alle anderen, und bohrt unverdrossen in der Nase. Vielleicht ist ja der Potter in Originalausgabe gar nicht so schlimm, denk ich mir so. Selbst wenn man kein Fußballtor trifft. Noch nicht mal ein leeres.

Kapitel 8

Auf dem Weg ins Rathaus ruf ich schnell mal beim Birkenberger durch. Allein schon, um ihn über meinen aktuellen und zugegebenermaßen eher dürftigen Ermittlungsstand auf dem Laufenden zu halten. Weil, wenn ich das nicht tu, dann mutiert er aller Erfahrung nach zu einer Heulsuse, und das kann sich über Tage ziehen. Dass wir doch ein Team sein sollten, beklagt er sich dann. Dreamteam quasi. Und dass ich ihn eben in Anbetracht dieser Tatsache über alle möglichen Endungen und Wendungen gefälligst informieren sollte, denn immerhin täte er das ja umgekehrt auch. Und deshalb, um ebendiesem mutmaßlich wenig erquickenden Szenario erst gar keinen Anlauf zu geben, drum eben der Anruf. Zum Dank für meine transparente Kooperation kann ich nun aus der Birkenbergischen Ecke heraus ein hüstelndes, albernes Gelächter vernehmen und etwas von doch eher übersichtlichen Ermittlungserfolgen meinerseits. Und dass es mir doch in Anbetracht meiner jahrelangen Erfahrung als Polizeibeamter in Gottes Namen möglich sein sollte, von einem uralten Weib mit Rollator eine vernünftige Aussage zu ergattern. Das würde ja schon fast an Arbeitsverweigerung grenzen, was ich da abliefere, sagt er abschließend.

Jetzt aber hat er es genau beieinander. Aber sofort, da muss er äußerst Obacht geben mit dem, was er als Nächstes verzapft. Doch noch ehe ich auch nur Luft holen kann, um quasi zum Gegenschlag auszuholen, da fährt er auch schon fort mit seiner überheblichen Klugscheißerei. Und lässt mich nun wissen, dass er sich schon so was gedacht hat. Weil er nämlich in seiner Position als Privatdetektiv bereits vor Tagen angefangen hat, die Existenz der Dottingers und deren fragwürdige Connections zu unserem Opfer unter seine Lupe zu nehmen. Und ganz im Gegenteil zu meiner Person war er dabei auch äußerst erfolgreich. Das erzählt er mir alles so der Reihe nach. Und ich hab längst schon den Wagen geparkt und stehe vorm Rathaus, wie er immer noch redet und redet, als gäb's keinen Punkt und kein Komma. Seine stolzgeschwellte Brust kann ich direkt vor mir sehen. Und irgendwie geht er mir gewaltig auf die Eier.

»Also gut, Sherlock, spuck's schon aus«, sag ich, wie ich aus dem Wagen steig. »Also, was hat's auf sich mit dem Paulus und diesem Dottinger-Clan?«

»Eine Story wie aus einem Fünfgroschenroman, Franz. Und stell dir vor, es ist eine sehr alte und auch sehr, sehr lange Geschichte, weil diese Fehde ja praktisch schon bei den Großvätern …«

»Mach sie so kurz wie nur möglich, diese Geschichte«, muss ich ihn hier aber gleich unterbrechen, schließlich sind die Dottingers ja auch nicht die einzigen Verdächtigen auf meiner Liste.

»Franz, das kann man nicht einfach so …«

»Doch, Rudi, kann man. Versuch es wenigstens.«

»Also gut. Ururgroßvater Dottinger und Ururgroßvater Paulus haben beide eine Fischzucht«, beginnt er zu erzählen. »Damit sind sie auf Jahrmärkten unterwegs und davon leben sie auch. Und beide, der Klassiker sozusagen, beide sind in dasselbe Mädel verliebt. Und zwar in die Luise. Und diese Luise, die ist auch verliebt. Und zwar zuerst in den Paulus und dann in den Dottinger. Den heiratet sie schließlich auch und die zwei kriegen einen Sohn. Ihr ganzes Leben lang aber, da hat sie wohl weiterhin ein, sagen wir mal, ein äußerst inniges Verhältnis zum Paulus. Der hat dann auch irgendwann mal geheiratet und hat ebenfalls Nachwuchs mit seiner Frau. Zwei Töchter. Doch und jetzt kommt's: Viele Jahre später, wie er halt irgendwann im Sterben liegt, da vermacht er doch tatsächlich sein ganzes Vermögen dem Sohn von den Dottingers und behauptet sogar steif und fest, dass der Bub von denen sein Sohn wär. Und spätestens da war natürlich Schluss mit lustig. Die Paulus' haben dann noch versucht zu klagen. Haben behauptet, der Alte wäre dement und Pipapo. Doch letzten Endes erbt eben der Dottinger junior alles und die Paulus-Töchter, die gehen praktisch komplett leer aus. Und seitdem sind die beiden Familien halt verfeindet. Punkt und aus. So, war dir die Geschichte kurz genug?«

Jetzt will er natürlich gelobhudelt werden. Will hören, wie großartig er das alles recherchiert hat, und freilich möchte er auch, dass ich ihn frage, woher er denn das alles weiß. Doch diesen Gefallen tu ich ihm nicht. Und ich muss es auch gar nicht erst. Weil just in diesem Moment ein Audi hier anrollt, eine junge Frau aussteigt und mich somit komplett auf andere Gedanken bringt. Nur einen winzig kleinen Moment zögert sie noch und lässt ihren Blick über den Rathausplatz gleiten. Dann tritt sie relativ zielorientiert an meinen Wagen heran und trommelt mir gegen das Fenster.

»Ja, du, Rudi«, sag ich, während ich nun die Scheibe runterdreh. »Ich muss. Also, servus dann.« Und nachdem ich schließlich aufgelegt hab, da kann ich meine uneingeschränkte Aufmerksamkeit auch prompt diesem zarten blassen Wesen widmen, das hier vor meiner Fahrertür steht und trotz der sommerlichen Temperaturen zu frieren scheint.

»Herr … Eberhofer? Kommissar Eberhofer?«, fragt sie mit kaum hörbarer Stimme und ich nicke wie ferngesteuert und ohne dass ein einziges Wort aus mir rauskommen würde. »Mein Name ist Paulus. Ich bin die Tessa. Wir … wir haben doch telefoniert, nicht wahr.«

Die Tochter des Opfers. Also die aus Hongkong sozusagen. Hat nun praktisch zurückkehren müssen, um ihren ermordeten Vater zu Grabe zu tragen. Dieses arme Ding. Das arme, arme Mädchen. Kein Wunder, dass sie so zittert und friert. Das kann man dann schon irgendwie verstehen, gell. Nach so einem Schicksalsschlag, so einem harten und dann diese lange Anreise noch obendrein. Da ist es im Grunde doch vollkommen nachvollziehbar, wenn einem da langsam, aber sicher die Akkus ausgehen.

»Sie … Sie sind doch der Kommissar Eberhofer, oder etwa nicht?«, will sie nun wissen und ich nicke ein weiteres Mal. »Ist alles in Ordnung mit Ihnen?«

Ich nicke das dritte Mal wortlos und kann beim besten Willen nicht damit aufhören, sie anzustarren. Diese blassen Wangen, die hellblauen Augen, die vollen Lippen und diese drei, vier widerspenstigen, dunklen Locken, die ihr in das müde Gesichtlein fallen. Doch noch bevor ich überhaupt etwas entgegnen kann, was mir ohnehin nicht einfallen will, da läutet ihr Telefon und sie geht ran. Sie spricht Englisch, schnell und fließend, und sosehr ich mich auch bemühe, versteh ich doch kaum ein Wort. Vom Zusammenhang, da mag ich gar nicht erst reden. Das Einzige, was mir auffällt und ich sehr deutlich ausmachen kann, ist, dass sie von einer Sekunde zur anderen ganz anders redet, als sie es mit mir grad noch getan hat. Wie souverän und autoritär sie plötzlich wirkt und nun hat sie auch unverkennbar eine gewisse Schärfe in ihrer Stimme. Sie klingt klar und bestimmt, weiß wohl haargenau, was sie will, und offenkundig ist sie auch in der Lage, das in aller Deutlichkeit zu vermitteln. Wenn ich bedenke, wie zerbrechlich und zart sie hier vor mir steht, dann ist das fast ungeheuerlich. Grad so, als würde ein frisch geschlüpftes Küken krähen, wie es ein stolzer Hahn beim ersten Tageslicht tut.

»Gut«, sagt sie, als das Telefonat schließlich beendet ist, und hat postwendend wieder ihre sanfte Stimme zurück. »Wie wollen wir es denn machen, Herr Kommissar? Wollen wir vielleicht erst einmal zu meinem Elternhaus fahren? Ich bin noch nicht dort gewesen. Bin gleich vom Flughafen aus direkt hierher zu Ihnen. Ich weiß noch nicht mal, warum. Hab mich einfach irgendwie nicht recht getraut hinzufahren, nach … nach allem, was …«

»Ja, das ist eine gute Idee«, sag ich und überlege einen Moment. »So machen wir das. Am besten fahr ich einfach hinter Ihnen her, Frau Paulus.«

»Tessa«, antwortet sie, lächelt zaghaft und legt mir ihre kalte Hand auf den Unterarm.

»Tessa«, sag ich und lächle zurück. Jetzt laufen ihr Tränen über die Wangen.

»Mein Papsi«, fängt sie zu weinen an. Herrje, mir bleibt auch nichts erspart! »Mein Papsi und ich, wir waren wie Yin und Yang. Ein Herz und eine Seele, sozusagen. Von Anfang an. Ich war seine … ich war seine Prinzessin. Seine kleine, über alles geliebte Prinzessin. Er hat mich echt krass verwöhnt und mir jeden Wunsch von den Augen abgelesen. Wirklich jeden. Immer schon. Die Mami, die hat das manchmal schon ziemlich genervt. Geändert hat sich das erst, als sie so krank wurde. Dieser … der verdammte Krebs, der hat sie aufgefressen. Und den Papsi auch.«

Jetzt schluchzt sie und zittert. Und sie kriegt einen Schnackler, der sich gewaschen hat. So steig ich mal aus und nehm sie in die Arme. So stehen wir dann ein ganzes Weilchen auf dem dämlichen Parkplatz umeinander. Sie weint an mein Revers und ich versuche zu trösten. Ein paar Minuten später jedoch kann ich aus den Augenwinkeln heraus die Susi erkennen. Mit diesem riesigen Karton, wo ihre depperten Wahlplakate drin sind, versucht sie, sich mehr schlecht als recht durch unsere Rathaustüre zu quetschen. Ganz unverkennbar hat sie relativ schwer dran zu schaffen, dieses enorme Paket zu schleppen, auf den Beinen zu bleiben und irgendwie noch die Tür aufzuhalten.

»Kannst du mir vielleicht mal kurz helfen, Franz?«, ruft sie mir entgegen, kaum, dass sie mich entdeckt hat. Allerdings klingt es keinesfalls hilflos, eher fordernd. Und bilde ich mir das etwa bloß ein, dass ein klitzekleiner Befehlston da rauszuhören ist?

»Nein«, ruf ich retour. »Du siehst doch, dass ich beschäftigt bin.«

Jetzt bricht ihr der Karton unten durch und alle Plakate knallen vor ihr auf den Boden.

»Oje«, sagt daraufhin die Tessa und blickt Richtung Susi.

»Das ist nicht so schlimm, Tessa«, versuch ich sie wieder zu trösten.

»Nicht schlimm?«, fragt sie, während sie sich aus meiner Umarmung schält.

»Nein.«

»Also gut, wollen wir dann los?«, will sie nun wissen, fischt sich ein Tempo aus ihrer Handtasche und schaut mir beim Schnäuzen ganz tief in die Augen.

»Ja, wollen wir«, sag ich und dann drehen wir uns ab und jeder steigt in seinen Wagen.

»Franz!«, schreit mir die Susi noch hinterher und offenbar ist sie nun ein wenig aufgebracht.

»Was denn?«

»Was … was machst du denn jetzt?«

»Arbeiten. Das siehst du doch«, antworte ich noch. Dann starte ich den Motor und hau den Rückwärtsgang rein.

Schon von außen betrachtet, ist das Wohnhaus der Familie Paulus praktisch der komplette Gegensatz zu dem der Dottingers. Alles wirkt penibel sauber und äußerst gepflegt, kein Kieselsteinchen liegt in den Beeten und mit Ausnahme des Briefkastens ist es hier aufgeräumt und klar. Der allerdings droht aus allen Nähten zu platzen. Und so, wie es ausschaut, hat unsere dorfeigene Postlerin die Briefe, die sie dort nicht mehr reinquetschen konnte, gebündelt und mit einer Kordel zusammengezurrt vor die Haustür gelegt.

Auch drinnen ist es anders als bei den Dottingers. Gegensätzlicher könnte es wirklich kaum sein. Alles hier ist praktisch picobello, ausgesprochen geschmackvoll und obendrein auch sehr modern. Keiner der Räume ist überladen und jedes einzelne Stück wirkt edel und teuer, ohne auch nur ansatzweise protzig zu sein. So steh ich ein Viertelstündlein später mit meinem Kaffeehaferl vor einer Anrichte, wo ein paar gerahmte Fotos zu sehen sind. Das Ehepaar Paulus beispielsweise, die Tessa bei ihrer Einschulung und auch einige Urlaubsbilder sind offenbar darunter. Wenn ich mir unser Opfer so betrachte, dann erinnert es mich irgendwie an irgendwen. Freilich kenn ich sein Gesicht auch aus der Presse, das tut ja ein jeder in unserem Gäu. Doch das ist es nicht. Er erinnert mich an jemand anderen. Ich weiß nur nicht, an wen. Weil's mir eh ums Verrecken nicht einfallen will, schau ich mich noch ein bisschen um. Irgendwann steh ich dann vor der Tür zur Terrasse und schau in den Garten hinaus. Ein Rasenroboter dreht monoton seine Runden und die Hortensien am Rand lassen die schweren Köpfe hängen und scheinen regelrecht nach Wasser zu schreien. Ein Weilchen überleg ich noch so und geh schließlich nach draußen. Entdecke den Gartenschlauch, dreh ihn auf und erlöse somit die vor sich hin dörrende Flora von ihrer Durststrecke. Derweil ist die Tessa kurz nach oben verschwunden, um eine Dusche zu nehmen. Weil sie das nämlich seit über vierzig Stunden nicht mehr getan hat und sich inzwischen schon etwas eklig fühlt. Ja, das kann man wohl sehr gut nachvollziehen, denk ich mir grad noch so, wie plötzlich meine Wasserquelle versiegt. Ich glotz auf das Schlauchende in meiner Hand, aber nix. Kein einziger Tropfen.

»Sie setzen ja den ganzen Garten unter Wasser«, kann ich nun Tessas Stimme vernehmen. Sie steht etwas schräg hinter mir und trägt einen Bademantel, der einige Nummern zu groß für sie ist. Ich schau auf das Blumenbeet vor meinen Füßen und ja, sie hat recht.

»Oha«, sag ich, weil mir weiter nix einfällt, und begeb mich dann wieder nach drinnen. Sie folgt mir auf den Fersen.

»Was haben Sie jetzt vor?«, fragt sie und zurrt den Gürtel ihres Bademantels enger. »Ich meine, wenn Sie nicht grad eine Jahrhundertflut auslösen.«

»Ich würd mich hier gern mal umschauen«, sag ich, nehm den letzten Schluck Kaffee und stell die Tasse in die Spüle, was mir beinah ein schlechtes Gewissen bereitet. Man möchte hier einfach keine Unordnung hinterlassen. Noch nicht einmal, wenn es sich nur um eine einzige blöde Kaffeetasse handelt. Merkwürdig, zu Hause, da hatte ich so ein Gefühl noch nie.

»Ja, klar«, entgegnet sie nun, begibt sich zur Spüle, holt einen Schwamm aus dem Unterschrank und beginnt, mein Haferl abzuwaschen. So also funktioniert das hier. Man reinigt und putzt einfach alles weg, und zwar sofort, ehe auch nur ein zweites Teil dazustoßen kann. Ja, gut, so könnte man das machen, gell. Wer Zeit dazu hat. Und Lust.

»Wo wollen Sie denn anfangen, Herr Kommissar?«, fragt sie, während sie die Tasse abtrocknet. »Also, im Obergeschoss, da sind die Schlafzimmer, das Bad und auch das Büro vom Papsi ist oben. Und hier unten. Na, Sie haben es ja selber gesehen, Küche, da drüben das Esszimmer und eins weiter das Wohnzimmer. Und, ach ja, gleich am Eingang vorne, da ist noch die Gästetoilette.«

»Gibt es einen Keller?«

»Einen Keller gibt es auch. Da drunten ist die Sauna, das Golfzimmer vom Papsi und der Waschkeller.«

»Was ist denn bitte schön ein Golfzimmer?«, muss ich hier nachfragen, weil es mir schlichtweg unvorstellbar erscheint, dass man in einem Keller Golf spielen kann. Braucht man dazu nicht Platz? Und Höhe? Und Weite?

»Ein Golfzimmer?«, lacht sie jetzt aus ihrem blassen Gesicht heraus. »Na ja, ein Golfzimmer ist ein Golfzimmer. Da ist eine Puttingmatte drin und ein Golfsimulator. Da ist die gesamte Ausrüstung vom Papsi und jede Menge Trophäen. So genau weiß ich das gar nicht mehr. Ist Jahre her, dass ich da drin war. Ist wahrscheinlich Jahre her, dass überhaupt jemand da drin war. Die Mami hat das Zimmer gehasst, weil sie alles gehasst hat, was mit Golf zu tun hatte. Und der Papsi, der ist in jeder Minute, die er mit Golf verbracht hat, natürlich auf dem Golfplatz gewesen. Gerade seitdem er eben Präsident war.«

»Gibt's noch einen Speicher? Ein Dachgeschoss?«, frag

ich und hoffe inständig auf ein glasklares Nein. Es wird nämlich Tage dauern, allein die Räume zu durchforsten, die mir bis dato bekannt sind.

»Ja, einen Speicher haben wir auch. Da ist aber nur das Weihnachtszeug oben. Und ein paar Skiausrüstungen, die aber ebenfalls seit Jahren keiner mehr angefasst hat.«

»Werden Sie hierbleiben? Also ich meine, werden Sie hier übernachten?«, frag ich mit einem Blick auf die Uhr. Es lohnt sich nicht wirklich, heute noch ein großes Fass aufzumachen. Wenn wir morgen hier starten, ist das zeitig genug. Weil, bis der Rudi jetzt hier ist, vergeht gut und gern eine Stunde. Und dann ist es nur noch eine weitere Stunde bis zum Feierabend. Und wenn wir mal ehrlich sind, was will man auch schon groß schaffen in sechzig Minuten?

»Nein«, antwortet sie und schüttelt heftig den Kopf. »Das kann ich nicht. Ich würde gaga werden hier.«

»Gibt's irgendwas, wo Sie hinkönnen?«, frag ich, ehrlich gesagt eher aus Neugier heraus als aus ermittlungstechnischen Gründen.

»Ja, gibt es. Haben Sie bei der Polizei eigentlich auch so etwas wie eine Schweigepflicht? Dann verrat ich Ihnen ein Geheimnis«, entgegnet sie, und das verleitet sie zu einem kurzen Lächeln.

»Ein Geheimnis?«

»Ein Geheimnis!«

»Ich bin verschwiegen wie ein Grab. Also, raus damit«, sag ich und jetzt bin ich ehrlich gespannt. Einen kleinen Moment zögert sie noch. Legt den Kopf schief und schaut mich ganz eindringlich an. Dann aber wird ihr wohl klar, wie äußerst vertrauenswürdig ich bin. Und so beginnt sie zu erzählen. Der Dottinger Clemens, das ist der jüngste Enkel von der Dottinger-Hexe. So nämlich nennt sie die Alte, mit der ich erst heut Vormittag das fragwürdige Vergnügen hatte. Und dieser Clemens, der wär halt ganz anders, als es die restliche Sippschaft so ist, und er hat sich deswegen auch ziemlich abgenabelt, was seiner Familie übrigens gar nicht gefällt. Doch wie dem auch sei, sie und der Clemens sind seit Langem die allerbesten Freunde und manchmal auch mehr. Und bei ihm, da könnte sie auch übernachten, und zwar bis zum Jüngsten Tag, solang nur die andere Bagage keinen Wind davon kriegt. Darauf will sie auch mein Ehrenwort haben, die Tessa. Und das kann ich ihr geben.

»Hat Ihr Vater von dieser Verbindung gewusst?«, muss ich hier noch nachfragen.

»Der Papsi? Nein, never! Der hätte mir ganz schön den Hintern versohlt, wenn er davon erfahren hätte. Der Hass und diese Ablehnung, das beruht ja alles auf Gegenseitigkeit. Und das schon seit Generationen. Und bei aller Fantasie, Herr Kommissar, ich kann mir beim besten Willen nicht vorstellen, dass sich daran irgendwann noch einmal was ändert. Was denken Sie, wie lange werden Sie brauchen? Können Sie das schon abschätzen?«

»Brauchen wofür?«

»Na ja«, antwortet sie, während sie seitwärts ihre Arme ausstreckt. »Für das hier. Wann werden Sie fertig sein mit dem Haus?«

»Ach so«, sag ich und muss meine Gedanken ganz kurz sortieren. Wie lange werden wir brauchen? Oder besser gesagt: Wie lange wird der Rudi brauchen? Wenn er es so macht wie immer und jedes Staubkorn einzeln untersucht, dann werden wir das allesamt nicht mehr erleben. Ich hol mal mein Telefon hervor und ruf ihn kurz an. Sag ihm, was für eine klasse Arbeit er heute abgeliefert hat und dass ich total aufgeschmissen wär ohne seine unbezahlbare Unterstützung. Erzähl ihm vom Haus der Familie Paulus und von der Tessa und dass das arme Mädchen eine schnelle und saubere Arbeit verdient hat. Er versteht das auf Anhieb.

»Zwei Tage«, überlegt er so in den Hörer. »Plus minus eins. Je nachdem, wie es dort ausschaut.«

Es schaut tippitoppi aus, wie wir bereits wissen.

»Also dann bist du morgen Abend fertig. Prima«, sag ich noch so, dann leg ich auf.

Kapitel 9

Heute ist ein wichtiger Tag. Vielleicht ist es sogar der wichtigste Tag seit Wochen. Oder Monaten. Wenigstens für mich. Und das nicht nur, weil ein Sonntag ist und ich somit ausschlafen konnte. Sondern weil heute die Oma heimkommt. Nach langen und schier nicht enden wollenden Tagen kommt sie endlich zurück auf unseren Hof. Wo sie hingehört. Und gut erholt, wie sie nach ihrer umfangreichen Kur jetzt ja wohl ist, da dürfte sie nun zum Wohlbefinden der ganzen Familie wieder einen gewaltigen Beitrag leisten. Das ist schön.

Und freilich lasse ich es mir nicht nehmen, unser altes Mädel höchstpersönlich abzuholen und heimzubringen. Gut, wenn ich ganz ehrlich bin, dann hab ich aktuell eh grad keinerlei allzu großen Bock auf zu Hause. Weil die Susi nämlich noch immer leicht angesäuert ist wegen dieser etwas seltsamen Situation vorm Rathaus gestern. Irgendwie scheint sie da so generell gar kein Verständnis dafür aufbringen zu können, dass ich meinen Job machen muss und mich nicht um ihre dämlichen Plakate kümmern kann. Außerdem, und das ist ein echter Härtefall für mich, steht für heute Abend auch noch der allererste Auftritt von unserem Paul auf dem Plan. Weil er da mitsamt seiner dubiosen Ballettkombo auf dem Landshuter Altstadtfest seine Spagatfortschritte zum Besten geben soll. Obendrein ist er dabei auch noch der allerallereinzige Bub unter den ansonsten komplett weiblichen Strumpfhosentänzern. Wie man sich vielleicht unschwer vorstellen kann, ruft allein schon der Gedanke daran eine spastische Schnappatmung bei mir hervor. Da kann ich nicht hingehen. Beim besten Willen nicht. Drum eben lieber ab in den Streifenwagen, unsere Oma abholen und somit raus aus dem Schussfeld. Ich nehm die Julika mit. Allein schon, weil ich keinen Bock hab, das ganze Gepäck, das die Oma für ihren ausgedehnten Aufenthalt dort dabeigehabt hat, alleine zum Auto zu schleppen. Wenn ich allerdings hätt ahnen können, dass mir meine Co-Pilotin während der ganzen Autofahrt über quasi beide meiner Ohren ablabert, dann hätt ich meine Entscheidung vorher sicherlich zumindest gründlich überdacht.

»Sind wir denn zu Pauls Auftritt heute Abend wieder zurück?«, fragt sie mich aus ihrem Beifahrersitz heraus, da haben wir noch nicht mal unser Ortsschild passiert.

»Keine Ahnung«, antworte ich, wenn auch nicht eindeutig wahrheitsgemäß. »Mal schauen.«

»Aber da müssen wir zurück sein. Du musst doch dabei sein. Ich meine, immerhin ist es sein allererster Auftritt, Franz. Das kannst du dir doch nicht entgehen lassen.«

Und ob ich das kann.

»Hm«, sag ich, weil mir zum einen so spontan weiter nix einfällt und ich ohnehin keinen Bock hab, dieses heikle Thema großartig in die Länge zu ziehen.

»Er ist ja schon seit Tagen ganz aufgeregt und übt immer heimlich vorm Spiegel.«

»Allerhand.«

»Mensch, Franz. Versetz dich doch bitte mal in diese kleine Kinderseele hinein. Für den Paul, für den ist es wirklich unglaublich wichtig, dass du da dabei bist, unglaublich wichtig, wirklich. Und sicherlich wünscht er sich auch, dass du stolz bist auf ihn.«

Ich wär sehr stolz auf ihn. Wenn er Fußball spielen würde. Oder Eishockey. Meinetwegen könnt er auch gern ein Ringer sein, der seine Gegner unbarmherzig auf die Matte streckt. Aber das sag ich ihr natürlich nicht, der Julika. Im Grunde sag ich jetzt gar nichts mehr. Überlege nur krampfhaft, wie ich irgendwie und möglichst unauffällig dieses verdammte Thema umschiffe.

»Hast du eigentlich das Bett von der Oma frisch überzogen?«, frag ich völlig überflüssigerweise, weil ich praktisch höchstselbst anwesend war, wie sie gemeinsam mit dem Leopold das Bett von der Oma frisch überzogen hat. Zur gleichen Zeit nämlich hab ich das passende Kopfkissen frisch überzogen.

»Ist das eine Fangfrage, oder was?«, entgegnet sie prompt ziemlich pampig und kräuselt die Nase. »Sag mal, kannst du noch nicht einmal reden darüber, Franz? Was stört dich daran? Dass es Ballett ist? Nein, das wär echt zu primitiv. Also, was ist los mit dir? Du hast einen großartigen Sohn und eine großartige Partnerin. Da solltest du dich echt drüber freuen. Du kannst da sehr viel Schaden anrichten mit deinem dämlichen Macho-Gehabe, weißt du.«

»Weil ich nicht auf Ballett steh, oder was?«, frag ich und merke, wie nun meine Zündschnur im Sekundentakt kürzer und kürzer wird.

»Nein, weil du einfach nicht zu deinem Jungen stehen kannst, ganz egal, was er macht. Das ist erbärmlich für einen erwachsenen Mann und ja, möglicherweise wird es Wunden hinterlassen bei deinem Sohn. Und ich weiß, wovon ich rede, Franz. Mein eigener Vater ist nicht zu mir gestanden. Nicht zu mir und nicht zu meiner Mutter. Es hat ihn einfach nicht interessiert, was mit uns ist. Ich hab das bis heute nicht verarbeiten können und bin jetzt über dreißig. Und meine Mutter, die ist daran letztendlich gestorben.«

»Jetzt halt aber mal den Ball flach, Julika. Die Susi, die wird sicherlich nicht daran sterben, wenn ich nicht plötzlich zum Ballettfan mutiere. Und bei unserm Paul, da ist ja noch nicht Hopfen und Malz verloren. Möglicherweise wird ja doch noch ein brauchbarer Kicker aus ihm und er ist einfach nur ... einfach nur eine Art Spätzünder, wer weiß.«

»Möglicherweise, ja. Aber man sollte immer im Hier und Jetzt leben, Franz. Und im Hier und Jetzt, da ist der Paul eben ein Balletttänzer. Aktuell ist das der Status quo und mit dem muss man leben. Auch du.«

»Das mag schon sein. Aber ...«

»Nein, nichts aber, Franz«, unterbricht sie mich jetzt, und zwar unerhört lautstark. »Du hast die einmalige Gelegenheit, diesem kleinen Kerl eine wunderbare Kindheit zu bescheren. Und zwar, indem du einfach deine eigenen beschissenen Befindlichkeiten ein bisschen weiter hinten anstellst und ihm ein wenig Aufmerksamkeit widmest, ganz egal, wobei. Ist das so schwierig?«

Ja, wie redet denn die mit mir, dieser ungarische Haustrampel? Da wird's ja hinten gleich höher wie vorn! Und das sag ich ihr auch.

»Julika«, sag ich. »Misch dich gefälligst nicht in Familienangelegenheiten ein. Wenigstens nicht, wenn es sich nicht um deine eigene Familie dreht.«

»Aber, fuck! Genau das ist doch der springende Punkt. Wenn einer davon reden kann, dann bin ich das. Weil ich einfach nie eine richtige Familie hatte und ich nicht möchte, dass euer Paul einmal die gleiche traurige Geschichte erzählen muss, wenn er so alt ist, wie ich es jetzt bin. Kannst du nicht einfach mal dein Scheiß-Ego begraben und über deinen Schatten springen? Du solltest dir mal ein Beispiel an der Generation der heutigen Väter nehmen, da könntest du echt noch was lernen. Aber nein, der Eberhofer, der steckt ja noch mitten in den Fünfzigern des vergangenen Jahrhunderts fest.«

Jetzt fahr ich an den Seitenrand und tret so dermaßen auf die Bremse, dass sie beinah an die Frontscheibe knallt. Beug mich über sie hinweg und öffne die Beifahrertür.

»Aussteigen«, sag ich, ohne sie auch nur eines einzigen Blickes zu würdigen.

»Mit dem allergrößten Vergnügen, du Arschloch, du arrogantes«, antwortet sie noch knapp, springt dann aus dem Wagen und knallt die Türe hinter sich zu.

Zurück auf die Fahrbahn, AC/DC auf Höllenlautstärke, Vollgas und ab geht die Luzie.

Ein Beispiel an der Generation der heutigen Väter soll ich mir mal nehmen. Das wär ja quasi der absolute Jackpot für mich.

Weil das nämlich bedeuten würde, dass ich in Birkenstockklapperln auf irgendwelchen Spielplätzen rumhänge und aus diversen Tupperschüsseln heraus geschnipseltes Gemüse samt Körnern und Samen unter meinesgleichen und deren seltsame Brut bringe und Matetee mit Ingwer trinke, während wir über irgendwelche Schnupperkurse und Fördergruppen reden. Im Anschluss an diese Sternstunde würd ich wohl in meinen nachhaltigen Klamotten und freilich mit dem Radl samt Kinderfuhrwerk zum Biomarkt fahren, um ein paar vegane Schnitzel und Fenchelsalat zu besorgen. Sollte es bisher noch irgendeinen Zweifel an der Existenz der Hölle gegeben haben, dann wär der hiermit glasklar widerlegt.

Jetzt muss ich sagen, dass mich dieses Gespräch doch ziemlich aufgewühlt hat. Wobei es im Grunde ja gar kein Gespräch nicht war. Es war eine Moralpredigt. Und zwar von einer Person, die mich null Komma null kennt und den Paul auch nicht wirklich. Die bloß vor einigen Wochen auf unserem Hof Einzug gehalten hat, weil die Oma zeitweise ausgefallen ist. Ihre eigentliche Aufgabe wär es gewesen, schlicht und ergreifend die Arbeit von der Oma zu übernehmen. Was dann ja von Haus aus nicht wirklich geklappt hat, weil ohnehin das allermeiste vom Papa und dem Leopold gestemmt worden ist. Doch was soll's. Eigentlich will ich mir deswegen kein großes Hirn machen. In ein paar Tagen, da ist sie wieder weg, diese Julika. Und wird demzufolge auch relativ hurtig von meinem Radar verschwunden sein. Ja, dieser Gedanke gefällt mir schon besser und wirkt praktisch stimmungsaufheiternd auf mein ganzes Gemüt. Da kommt die Tankstelle da vorn echt wie gerufen, die nun keine hundert Meter vor mir erscheint. Dort halt ich kurz an und hol mir ein Bier, zur Feier des Tages am Sonntag sozusagen. Und weil mich dabei fast so was wie eine Glückswoge ereilt, da kauf ich für die Oma kurzerhand auch noch einen Blumenstrauß. Hock mich wieder hinter das Steuer und öffne die Halbe. Nehm einen Schluck und noch einen, und schon ist alles wieder gut. Wie die Flasche leer ist, überlege ich kurz, muss dann aber den Tankstellenshop ein zweites Mal aufsuchen. Weil man einerseits bekanntermaßen auf einem Bein schlecht steht und es andererseits auch einfach gut läuft heute.

Huihuihui! Jetzt ist es aber spät. Wenn ich mir von der Oma keinen Einlauf einhandeln will, dann muss ich mich sputen. Also Blaulicht an und Sirene und mit hundertachtzig über die Landstraße. Die weitere Fahrt bis zum Kurhotel hin, die macht sich dann quasi vollkommen von selber. Und wie ich am Ende das Auto einpark, da bin ich so guter Dinge, dass mir beinah die Freudentränen über die Wangen laufen. Unser altes Mädchen kommt heim. Jetzt wird alles wieder gut.

»Nelken«, sagt die Oma nicht wirklich begeistert, wie ich ihr meine Blumen überreich und ein Bussi auf die Wange geb. »Das sind Grabblumen, Bub. Das weißt du doch. Ich bin aber nicht gestorben, sondern nur auf Kur gewesen.«

»Grabblumen. Echt?«, frag ich relativ laut, wegen ihrer akustischen Defizite, und schau mir den Strauß noch kurz ganz genau an, ehe ich mir ihren ersten Koffer schnapp.

»Ja, Grabblumen. Nelken sind Grabblumen. Allerweil schon. Haben die denn nix anderes gehabt, dort an der Tankstelle?«

»Woher weißt du, dass die von der Tankstelle sind?«

»Weil ich erstens nicht blöd bin, das sieht man doch allein schon an der windigen Verpackung. Und weil du zweitens eine Fahne hast, was bedeutet, dass du unterwegs ein Bier getrunken hast. Oder auch zwei«, entgegnet sie und manchmal verfluche ich sie, weil sie mich halt immer durchschaut. Inzwischen bin ich beladen wie ein Packesel und versuche, auf dem Weg zum Wagen das Gleichgewicht nicht zu verlieren. Doch ein paar Augenblicke später, da ist inklusive der Oma auch schon alles verladen und wir können den Heimweg antreten. Wie ich kurz darauf an meiner inzwischen durchaus vertrauten Tankstelle einen kleinen Zwischenstopp einlege, da ist die sommersprossige Kassiererin leicht irritiert.

»Sie wollen den Blumenstrauß umtauschen?«, will sie wissen und macht nach jedem Wort eine arg lange Pause, während sie zwischen dem Grünzeug und mir hin- und herschaut.

»Ich möchte den Blumenstrauß umtauschen«, antworte ich. »Kluges Mädchen.«

»Warum?«, fragt sie und wirkt immer noch ratlos.

»Weil das hier Nelken sind und Nelken halt Grabblumen sind. Weil die Oma aber nur auf Kur war und nicht gestorben ist, drum möcht ich jetzt doch lieber andere Blumen haben. Ist das so schwer nachzuvollziehen, oder was?«, starte ich einen offenbar kläglichen Erklärungsversuch, weil sie mich immer noch anglotzt wie ein Kalb.

»Ich an Ihrer Stelle, ich würde ihm den Blumenstrauß lieber umtauschen«, kann ich plötzlich eine Stimme aus dem Hinterhalt vernehmen. »Weil der Typ hier, der ist nämlich sowohl psychopathisch als auch bewaffnet.«

Es ist die Julika, die nun zu uns an den Tresen stößt, was eigentlich nicht weiter verwunderlich ist, weil es ziemlich exakt die Stelle ist, wo ich sie vorher aus dem Wagen geschmissen hab.

»Soll ich … soll ich vielleicht die Polizei rufen?«, fragt nun die Sommersprosse relativ leise und schaut die Julika ganz eindringlich an.

»Nein, nein. Passt schon. Er ist die Polizei«, erwidert sie und deutet mit dem Kinn zum Streifenwagen raus.

»Dann … dann stellen Sie am besten die Nelken einfach wieder zurück und nehmen dafür einen anderen Strauß«, schlägt jetzt die Kassiererin vor und macht mit diesem simplen Satz einfach alle zufrieden.

»Kann ich mit zurückfahren?«, will die Julika anschließend wissen, grad wo ich mich für rote Rosen entscheide.

»Nur, wenn du deine blöde Klappe hältst«, kann ich grad noch entgegnen, dann läutet mein Telefon.

»Rudi, was gibt's?«, frag ich, geh zum Auto, öffne die Fahrertür und leg der Oma den Strauß auf den Schoß.

»Mei, rote Rosen«, trällert sie nun und lächelt zufrieden, wodurch ich leider nicht hören kann, was der Birkenberger durch die Muschel jagt. »Wunderbar! Und ein Packerl Frischhaltedünger ist auch noch dabei. Schau, Franzl.«

Und der Franzl schaut und freut sich mit ihr.

»Hörst du mir eigentlich zu?«, kommt es nun aus dem Hörer.

»Schlechte Leitung, Rudi.«

»Ich hab grad gesagt, dass ich heute schon mächtig Gas gegeben hab«, antwortet er und klingt dabei durchaus zufrieden.

»Prima, dann sind wir ja schon zu zweit. Also, Speedy, fang an zu erzählen«, sag ich, während ich rücklings vernehme, was für ein unsensibler und egoistischer Vater ich doch sei. Diese Botschaft ist wohl an die Oma gerichtet. Die aber ist so damit beschäftigt, ihre Rosen anzuhimmeln, dass sie der Julika gar keine Audienz gibt.

Und dann beginnt er zu erzählen, der Rudi. Erzählt und erzählt und wird mit jedem Satz stolzer und fast könnte man meinen, er hört gar nicht mehr auf. Tut es dann aber doch irgendwann, wenn auch nicht direkt freiwillig. Seinen fulminanten Redefluss muss ich dann nämlich selber jäh unterbrechen, wie wir schließlich und endlich den heimatlichen Hof erreichen.

»Du, Rudi, ich muss«, sag ich und öffne die Fahrertür. »Alles Weitere dann morgen, gell.«

»Das ist alles, was du dazu zu sagen hast?«, will er nun

wissen und klingt ein wenig angepisst. »Ich mein, ich reiß mir hier den ganzen verdammten Sonntag lang den Arsch auf, damit du deinen blöden Fall lösen kannst. Und du …«

Ups, plötzlich ist die Leitung tot.

Kapitel 10

Zugegebenermaßen muss ich jetzt schon ein bisschen beeindruckt davon sein, was mein Klugscheißerchen so alles rausgefunden hat. Aber das darf er natürlich nicht wissen, der Rudi. Nein, das heißt es aufs Tunlichste zu verhindern. Weil er dann nämlich zum Durchdrehen neigt. Dennoch sind seine Recherchen sowohl im Golfhaus als auch in den Räumen der Dottingers zweifellos äußerst erfolgreich gewesen. Von seiner privatdetektivischen Durchleuchtung des ehemaligen Golfpräsidenten Lanz mal ganz abgesehen. Letzterer hat zwischenzeitlich übrigens unserem Landstrich den Rücken gekehrt und ist mit seiner jugendlichen Liebschaft durchgebrannt, deretwegen er zuvor sein begehrtes Ehrenamt eingebüßt hatte. So hat das altersmäßig durchaus ungleiche Paar einfach den achtzehnten Geburtstag des Mädchens abgewartet, um diesen Schritt dann halt tun zu können. Da frag ich mich freilich, ob diese ganze Geschichte so überhaupt stimmt, dass er sie zuerst betrunken gemacht und dann angebaggert hat. Oder ob das nicht, wie so häufig in unseren Breitengraden, einfach ein böses Gerücht war, das vonseiten neidischer Zeitgenossen ausgestreut wurde. Was aber auch wurst ist, weil die beiden inzwischen wie gesagt über alle Berge und obendrein auch noch volljährig sind. Womit sie auch wissen dürften, was sie tun. Wohin es die beiden Turteltauben verschlagen hat, das weiß niemand so genau, noch nicht einmal der allwissende Birkenberger.

Punkt zwei seiner aktuellen Ermittlungsresultate ist der, dass einer der Golfschläger im Club fehlt, was der Spusi wohl gänzlich durch die Lappen gegangen ist. Wenn man aber bedenkt, dass die am Tag der Spurensicherung noch nicht mal in Mindeststärke aufgetreten sind, dann ist das auch weiter kein Wunder. Jedenfalls sind im Duschbereich, wie auch in all den anderen Räumen des Golfclubs, eben diverse Schläger an den Wänden befestigt. Wahrscheinlich zu Dekorationszwecken, ein anderer Grund erscheint mir nicht wirklich plausibel. Was aber hier keine Rolle spielt. Durchaus eine Rolle, und vermutlich sogar eine wichtige, dagegen spielt, dass eben einer dieser Schläger nun abgeht. Es ist nur noch die leere Halterung an der Wand zu erkennen, doch weit und breit kein Golfschläger. Und wenn man mal bedenkt, dass das Corpus Delicti, also die Mordwaffe, eindeutig ein solcher war, dann steht die Vermutung im Raum, dass nun eben genau diese fehlt. Ein Siebener-Eisen, übrigens. Auch das hat der Rudi eruiert.

Zu guter Letzt, da ist er sogar noch im häuslichen Umfeld der Familie Paulus tätig und fündig geworden. Und dort sind es diverse Tagebücher, die sein kriminalistischer Fühler aufgespürt hat. Es ist wohl ein ganzer Stapel davon und offenbar sind sie von der dahingeschiedenen Frau Paulus geschrieben worden. Also praktisch der Gattin unseres Opfers und der Mutter von der Tessa. Inhaltsmäßig kann er dazu allerdings noch nichts weiter sagen, der Rudi. Doch wären sie alle nach Jahren sortiert und die ersten Aufzeichnungen würden schon im Jahr 1993 beginnen. Quasi mit dem Kennenlernen des späteren Ehepaares. Sich durch all diese Seiten zu lesen, das würde wahrscheinlich Wochen dauern, wenn nicht gar Monate. Er wird mit dem letzten davon beginnen und sich zurückarbeiten. Einfach, weil er davon ausgeht, dass wenn etwas Brauchbares drinstehen sollte, würde er es vermutlich eher in der jüngeren als in der älteren Vergangenheit finden.

Ein Wechselbad der Gefühle würde ich das nennen, was ich heute so alles erlebe. Die Freude, um nicht Euphorie zu sagen, über die lang ersehnte Rückkehr von unserer Oma wurde ja durch die übergriffigen Belehrungen von der Julika schon während der Autofahrt stark dezimiert. Dann aber kam die Nachricht vom Birkenberger und seinen strebsamen Ermittlungstätigkeiten, was mein Stimmungsbarometer eher wieder nach oben schnalzen ließ. Wenn wir nämlich einmal ehrlich sind, dann ist es halt so, dass alles, was der Rudi in seinem umtriebigen Ehrgeiz bereits gemacht hat, das muss ich am Ende nicht mehr selber machen, gell. Doch jetzt – zack, da kommt die Susi auf den Plan und droht mir den restlichen Sonntag doch noch ruinieren zu wollen. Sie steht nämlich bereits im Hof, wie wir ankommen, und treibt uns schon zur Eile an, da ist die Oma noch nicht einmal aus dem Auto gestiegen und angemessen begrüßt worden.

»Also, auf geht's jetzt«, ruft sie, während sie die Tür von ihrem Kleinstwagen öffnet. »Wir sind schon spät dran.«

»Für was sind wir denn spät dran, Bub?«, fragt mich die Oma, grad wie sie vom Leopold bis hin zur Atemnot hin umarmt wird.

»Die Ballettpremiere von unserm Paulchen«, antwortet er artig und ein unüberhörbarer Stolz liegt in seinen Worten. »Heute ist doch sein allererster Auftritt, und das auch noch auf dem Landshuter Altstadtfest. Stell dir das vor, Oma. Aber hab ich dir das nicht beim letzten Besuch schon erzählt?«

»Prima«, sagt die Oma. Sie wirkt plötzlich wieder äußerst beschwingt, und das, obwohl sie mir grad noch auf dem Beifahrersitz weggenickt ist. »Dann geh ich nur noch schnell für alte Schachteln.«

Jesus Christus! Hab ich's vergessen? Oder hab ich's eher verdrängt? Warum bin ich nicht langsamer gefahren, um dieser Situation hier zu entgehen? Ich kann es wirklich nicht sagen. Und so steh ich jetzt im Kies vor unserer Haustür und schau mich hilfesuchend um.

»Pauli, wo bleibst denn«, schreit die Susi noch kurz in Richtung Wohnhaus, ehe sie sich danach an meine Wenigkeit wendet. »Mei, der ist so aufgeregt, Franz, das kannst dir gar nicht vorstellen. Der hat mir vorher sogar in die Hosen gebieselt.«

»Du, Susi«, sag ich und versuch, ein schmerzverzerrtes Gesicht hinzukriegen. »Ich fühl mich irgendwie gar nicht gut heut. Also praktisch schon vorher, weißt, während der ganzen Fahrerei, da war ich schon …«

»Glaub ihm kein Wort«, werd ich aber ebenso prompt wie dreist von der Julika unterbrochen. »Der Franz, der war quietschfidel während der ganzen Fahrt. Und jetzt versucht er bloß, sich zu drücken. Ich vermute mal, es ist ihm peinlich, dass ausgerechnet sein Sohnemann Ballett macht.«

»Oh, herzlichen Dank auch, Julika. Das sind ja wirklich ganz unglaubliche Neuigkeiten und von selber wär ich da wohl nie draufgekommen«, erwidert die Susi ein wenig süffisant, während sie voll Ungeduld zur Haustür rüberblickt.

»Ja, Burschi, da musst du jetzt ganz tapfer sein«, sagt nun der Papa relativ leise, der zwischenzeitlich neben mich getreten ist und mir seine Hand auf die Schulter legt. Statt seiner obligatorisch alten Latzhose trägt er heute tatsächlich so was wie richtige Kleidung und auch ganz generell wirkt er gewaschen und gekämmt. Offenbar soll er auch mit.

»Es ist Ballett, Papa«, flüstere ich retour und hoffe inständig auf sein Verständnis. »Ballett!«

»Ich weiß, Burschi, ich weiß. Ja, es ist nicht nachvollziehbar, was da heut so alles heranwächst. Unsereiner, der hätt sich in Grund und Boden geschämt und sich lieber einen rostigen Nagel ins Knie geschlagen. Aber da steckst halt nicht drin in der Jugend von heut, gell.«

»Und trotzdem willst du da jetzt mitfahren und dir dieses Drama anschauen?«, muss ich noch nachfragen, während ich verständnislos den Kopf schüttle.

»Nein, ich will nur mitfahren, sonst nichts. Anschauen werd ich mir das sicherlich nicht. Aber die Landshuter, die haben da immer eine ganz erstklassige Rotweinbude dort auf ihrem Altstadtfest«, sagt er und zwinkert mir zu.

Genau in dem Moment kommt der Paul durch die Haustür gehopst und exakt auf uns zu, was mir postwendend körperliche Schmerzen bereitet. Er steckt nämlich quasi wie die Weißwurst in ihrer Pelle in einem hautengen Anzug und hat obendrein noch eine güldene Krone auf dem Kopf. Ich schwör's, ich kann kaum noch atmen.

»Ich bin der Sonnenkönig«, versucht er jetzt, sein Outfit lautstark zu legalisieren. Und allein ein Kopfnicken hinzubekommen, das fällt mir unglaublich schwer. Dem Papa, dem geht es wohl keinen Deut besser, denn das Lächeln, das er sich grad abringen möchte, endet desaströs in einer Grimasse.

»Er ist der Sonnenkönig«, wiederholt nun die Susi völlig überflüssigerweise. Und ja, wir haben es alle kapiert.

»Gebt mir eine Minute«, sag ich noch knapp, während ich mich schon abdrehe. Umziehen, schießt es mir durch den

Kopf! Ich muss mich unbedingt umziehen. Tarnen würde es wohl deutlich besser beschreiben. Weil ich einfach keinerlei Risiko eingehen will, nicht eingehen darf, dass mich möglicherweise irgendwer erkennt, dort an der Seite des Sonnenkönigs sozusagen. Deswegen tausche ich kurzerhand mein Diensthemd und die Lederjacke gegen einen neutralen grauen Pullover, setz mir die Sonnenbrille auf und zieh ein Käppi tief in die Stirn. Der kontrollierende Blick in den Spiegel bestätigt es gleich. Ich wirke praktisch wie ein anderer Mensch. Die Tarnung ist somit geglückt und quasi perfekt. Und allein diese Erkenntnis entspannt mich zumindest einigermaßen.

»Schau einer an, der Eberhofer. Was treibt dich denn hierher?«, ertönt es genau in dem Moment neben mir, wo unser Sonnenkönig die Bühne betritt, um gleich darauf zehenspitzig, mit emporgestreckten Armen und geschlossenen Augen, eine Plastiksonne über seinem Haupt anzubeten. Es ist ein Kollege von der Landshuter PI und zählt nicht zwingend zu meinen dortigen Favoriten, sodass ich mir noch nicht mal seinen Namen gemerkt hab. »Sag bloß, du bist ein verkappter Ballettfan?« Nun tönt ein unangenehm hämisches Lachen aus seiner Kehle.

»Servus«, sag ich und dreh mich ein Stückchen weiter in seine Richtung und somit auch von der Bühne ab. »Ich bin äh … ich bin eher dienstlich hier.«

»Dienstlich? Soso. Ja, dann, Respekt. Und das am heiligen Sonntag«, entgegnet er und scheint tatsächlich ein wenig beeindruckt. »Ich bin privat hier. Wegen meiner Enkelin. Es ist die … warte … die Zweite von links. Da vorne die Kleine. Die mit den langen blonden Zöpfen, die da um diesen Kasperl mit seiner Krone herumtanzt.«

»Aha«, sag ich, weil mir weiter nix einfällt.

»Bist etwa wegen dem Mord da? Wegen dem auf euerm Golfplatz da draußen? Weißt schon, von diesem Präsi, diesem Paulus? Ich hab davon in der Lage was gelesen. Und in der Zeitung, da war ja auch eine halbe Seite voll«, sagt er und zieht ein Päckchen Zigaretten aus seiner Jackentasche hervor.

»Exakt wegen dem.«

»Ja, dann ist mir schon klar, warum du da sogar noch am Sonntag dienstlich unterwegs bist. Ich mein, da kannst dich ja praktisch gar nicht mehr retten vor lauter Verdächtigen, oder? Das Opfer, also dieser Paulus, der soll ja erst noch vor Kurzem eine … wie soll ich sagen, eine recht verhängnisvolle Affäre gehabt haben«, erzählt er munter drauflos und auch sein fürchterliches Gelächter soll jetzt einen erneuten Einsatz kriegen. »Aber da hat's wohl am End ein recht böses Erwachen gegeben bei dieser Romanze. Jedenfalls ist da eine ziemlich krasse Schlägerei gewesen. Also praktisch zwischen diesem Paulus und dem gehörnten Gatten, hahaha. Der muss die zwei ja volle Lotte in flagranti erwischt haben, gell, haha. Stell dir das doch nur einmal vor. Im »Hotel Goldene Sonne« ist das gewesen, hahahaha. Sehr delikat, wirklich. Wir haben da ja sogar ausrücken müssen, der Kämmerer Sepp und ich. So haben die sich geprügelt, die zwei. Keine vier Wochen ist das jetzt her. Delikate Sache, wirklich. Aber was erzähl ich dir das? Das weißt ja bestimmt schon längst alles selber, so dienstgeil, wie du bist. Wenn du da sogar am heiligen Sonntag noch ermittelst, gell.«

»Logisch«, lüg ich, während ich nun aus den Augenwinkeln heraus zweierlei Dinge beobachten kann. Das erste ist, wie der Paul grad mitten auf der Bühne so einen dermaßenen Spagat hinlegt, dass es mir augenblickliche Schmerzen im Schritt verursacht. Punkt zwei ist, dass die Susi freilich zeitgleich dasselbe sieht und schier zu platzen droht vor lauter Stolz.

»Eine reine Weibersach, sag ich immer, gell. So ein Bursch, der macht sich doch komplett zum Deppen dabei«, lacht nun mein Visavis wieder ausgesprochen höhnisch und zeigt mit dem Kinn in die Richtung der Tänzer. Ich merke, wie mir langsam der Kamm schwillt. »Aber wo waren wir stehen geblieben, Eberhofer? Ach, genau, beim Paulus und seinen möglichen Meuchlern, haha. Dann ist da ja auch noch diese Dottinger-Bagage, diese elendige. Gleich da drüben, da haben die ihren Stand. Hab mir davor schon eine Fischsemmel geholt. Weil, man kann über die sagen, was man will, aber Fischsemmeln ... ja, Fischsemmeln können die. Ganz einwandfrei.«

»Ja, Fischsemmeln können die«, antworte ich, weil es wahr ist.

»Aber ansonsten, da kannst von denen einkassieren, wen immer du magst, da machst nie was verkehrt, wenn du mich fragst. Einkassieren, sag ich immer, und alle andern gleich in Sippenhaft nehmen, das wär für die Menschheit das Beste. Leck mich fett, wie oft wir an denen schon dran waren, das passt auf keine Kuhhaut nicht. Da gibt's ja kaum was, wo die ausgelassen haben, die alte Dottinger und ihr gesamtes kriminelles Gschwerl. Aber da kannst anstellen, was du magst, denen kannst einfach nichts. Nicht ums Verrecken. Die geben sich ständig gegenseitig ein Alibi und halten zusammen wie Pech und Schwefel.«

»Genau«, antworte ich, wie er eine Pause einlegt, um sich eine neue Kippe anzuzünden.

»Aber was gibt's jetzt da ausgerechnet auf dem Altstadtfest zu ermitteln? Weil das tät mich jetzt schon interessieren.«

»Das glaub ich dir, dass dich das interessiert, du altes Waschweib, aber das ist alles noch topsecret«, antworte ich und seh, wie er ein paarmal hektisch mit den Augen zwinkert.

»Topsecret, verstehe«, sagt er jetzt und nimmt einen tiefen Zug von seiner Kippe.

Und keinen Wimpernschlag später, da setzt tosender Applaus ein, was wohl das heiß ersehnte Ende dieser fragwürdigen Veranstaltung einleiten soll. Langsam, aber sicher wär's für mich besser, Land zu gewinnen. Also praktisch noch bevor sich die ganze Truppe hier auflöst und die Kinder ihren zuständigen Erziehungsberechtigten wieder ausgehändigt werden.

»Hast du das gesehen, Franz?«, will die Susi nun wissen, strahlt von einem Ohr rüber zum andern und klatscht noch immer frenetisch in die Hände, während sie sich jetzt dicht zu mir her stellt. »Hast du gesehen, was für einen unglaublichen Spagat unser Paul da grad hingelegt hat? Weltklasse war das. Einfach Weltklasse. Und seine Krone, die ist keinen einzigen winzigen Millimeter gewandert. Dabei hat er zuvor doch noch so eine furchtbare Angst gehabt, dass sie ihm vom Kopf rutschen wird. Da kannst schon stolz sein auf deinen Sohn, das hat er einfach toll gemacht. Ganz, ganz toll. Wirklich.«

Ich starr auf den Boden. Doch sosehr ich auch suche und bete, die Erde will und will und will sich nicht auftun. Einen Moment lang sagt nun gar keiner was und ich hab das Gefühl, als wär ich halsabwärts gelähmt. Die zahllosen Menschen um uns herum scheinen grad irgendwie in der Ferne zu verschwinden, obwohl sie zweifellos noch immer anwesend und begeistert am Jubeln und Klatschen sind.

»Ja, äh, dann sag ich einmal servus, gell. Ich … ich glaub,

ich muss weiter«, unterbricht irgendwann der Kollege das ungute Schweigen, nickt der Susi kurz zu und wendet sich auch schon zum Gehen ab. »Und nix für ungut, gell.«

»Jetzt müssen wir gleich auf die Bühne, Franz«, reißt mich die Susi aus meiner Schockstarre und hakt sich bei mir unter. »Weil nämlich noch ein Erinnerungsfoto gemacht werden soll. Und zwar mit allen Eltern drauf. Das ist doch super, oder? Da musst aber fei schon die Sonnenbrille abnehmen, Franz. Und dein deppertes Kapperl auch, gell.«

»Unbedingt«, antworte ich und deute in die Richtung, wo ein Dixiklo steht. Die Schlange davor ist zwar relativ lang, aber es hilft nix. »Du, ich glaub, ich muss vorher aber noch schnell …«

»Ja, aber beeil dich, Franz«, ist das Letzte, was ich höre. Das Erste, was ich dann aber sehe, ist der Papa, und das ist ein Segen. Wie ich überhaupt zu ihm hingelangt bin, das kann ich gar nicht recht sagen. Wie ein Schlafwandler und wahrscheinlich auch mit derselben berühmten Sicherheit hab ich mir den Weg durch die Menschenmassen gebahnt und plötzlich ist er in meinem Gesichtsfeld erschienen. Wie eine Erscheinung praktisch. Dort steht er völlig entspannt an die Barbude gelehnt, hat seinen Wein in der Hand und eindeutig einen tiefen Seelenfrieden in seinem Gesichtsausdruck.

»Ich nehm das Gleiche, wie er hat«, sag ich zu der sehr offenherzigen Drallen, die hinter dem Tresen steht.

»Wirklich? Den Hippiefusel? Bist du dir sicher?«, fragt sie und versucht, die jugendliche Stirn zu kräuseln.

»Gib ihm einfach das Gleiche wie mir, du Dampfnudel, du ignorante«, brummt der Papa in seinen Plastikbecher.

»Ja, dann. Ein Achtel oder lieber ein Viertel?«, fragt sie mich weiter, ohne den Papa eines Blickes zu würdigen.

»Da kannst gleich die ganze Flasche hierlassen«, antwortet der Papa statt meiner. »Er zahlt.«

Nach der dritten Flasche bin ich pleite und vermutlich dürften die finanziellen Polster meines Erzeugers schon davor aufgebraucht gewesen sein. Weil wir aber quasi aus der guten Stimmung heraus und somit leichtsinnigerweise dann doch noch eine vierte bestellt und auch geleert haben, muss ich letzten Endes und notgedrungen die Susi anrufen, damit die uns halt auslöst. Aus diversen Gründen heraus ist sie so gar nicht erfreut über meinen Anruf.

»Du bist so ein Arsch, Franz. Weißt du eigentlich, dass ich seit zwei verdammten Stunden versuch, dich zu erreichen?«, keift sie, da hat sie noch nicht mal unsere Zeche bezahlt.

»Ups, da muss wohl mein Handy auf lautlos gewesen sein«, antworte ich und zieh mein Telefon hervor. Tatsache.

»Ups, da muss wohl mein Handy auf lautlos gewesen sein. Ah!«, äfft sie mich nach und kramt in ihrer Tasche. Wahrscheinlich sucht sie nach dem Geldbeutel. »Du wolltest eigentlich nur kurz aufs Klo gehen und plötzlich, ohne jede Vorwarnung, da warst du verschwunden. Die ganzen Leute dort, die haben geschlagene zwanzig Minuten auf dich gewartet. Damit du nur ja auch mit auf diesem blöden Erinnerungsfoto bist. Kannst du dir vielleicht einmal vorstellen, wie sich unser Paul da gefühlt hat. Wie er sich immer noch fühlt, weil sein Papa der einzige Papa ist, der jetzt nicht auf diesem verdammten Bild ist? Weil es dem nämlich wichtiger war, sich mit seinem Großvater zu besaufen.«

»Mich lässt gefälligst aus dem Spiel«, faselt der Papa in seinen Rotwein hinein. »Haben wir uns da verstanden? Ich brauch nämlich keinen Babysitter nicht, liebste Susi. Ich bin ein erwachsener Mensch und meine Kinder, die sind es übrigens auch.«

»Was man zweifellos sehen kann«, knurrt die Susi, öffnet nun relativ grantig ihren Geldbeutel und knallt zwei Zwanziger auf den Tresen. »Außerdem müsste der Paul längst schon im Bett liegen. Es ist gleich neun und morgen früh, da muss er wieder raus und fit sein für die Schule.«

Unsere dralle Bedienung steckt die Scheine ein und will sich grad wieder abdrehen. Da hat sie die Rechnung aber ohne die künftige Bürgermeisterin gemacht. Die wirft nun nämlich einen Blick auf die Preistafel an der Holzwand.

»Ich krieg noch zwei Euro«, sagt sie in die Richtung der Kellnerin.

»Gehört die zu dir?«, fragt die Dicke mit schief gelegtem Kopf und meint damit wohl mich.

»Mhm«, sag ich und nicke so unauffällig, wie es mir möglich ist.

»Ja, dann würd ich mich auch besaufen«, entgegnet sie noch und knallt der Susi einen Zwickel vor den Latz.

Mein Kopf ist mir inzwischen schwer geworden und ich kann der Gesamtsituation jetzt kaum noch folgen. Weder den Worten um mich herum, die pausenlos niederprasseln. Noch meinen Beinen. Auch nicht denen von der Susi, die kerzengrad und zackig Richtung Parkplatz marschieren. Irgendwie versuch ich, mich zu konzentrieren und auf ihren Fersen zu bleiben, doch kann ich mich nicht recht entscheiden, auf welches ihrer zwei Beinpaare ich letztendlich schauen soll. Erschwerend kommt obendrauf, dass sich der Papa relativ schwerlastig auf mich stützt. Es ist einfach nur furchtbar und der Weg ist Minimum doppelt so lang, wie er es beim Herkommen war. Auch auf der Heimfahrt wird es keinen Deut besser. Zumindest in der ersten Hälfte nicht, was vermutlich dem leicht aggressiven Fahrstil einer ebensolchen Lenkerin zuzuschreiben ist. Erst als sie dann notgedrungen anhält, weil ich dringend kotzen muss, da ist es hinterher nicht mehr allzu schlimm. Schwindelig ist es mir zwar immer noch vom ganzen Karussellfahren, aber die ständig ansteigende Übelkeit, die ist langsam, aber sicher wieder am Abklingen. Irgendwann leg ich erschöpft meinen Kopf auf die Schulter vom Papa und dann schlaf ich wohl ein.

Kapitel 11

Am nächsten Tag in der Früh, da ist es genau umgekehrt. Da liegt der Papa mit seinem Kopf auf meiner Schulter, hat den Mund sperrangelweit offen und mir den ganzen Brustbereich von meinem nagelneuen Pullover vollgesabbert. Kaschmir, hat die Susi gesagt, als sie ihn mir letztes Weihnachten geschenkt hat. Wir sitzen im Heck von ihrem Auto, und das tun wir vermutlich seit der Heimfahrt vom Altstadtfest gestern Abend. Es ist tierisch eng, saukalt, die Scheiben sind angelaufen und draußen beginnt es grad erst zu dämmern. Ein Blick auf die Uhr verrät mir: Es ist Viertel vor sechs. Wahrscheinlich bin ich vom Frieren her wach geworden. Oder wegen Platzangst. Keine Ahnung. Dem Papa dagegen scheint keines davon was auszumachen. Der schläft noch tief und fest wie ein Baby und gibt Töne von sich, die sich mit nichts beschreiben lassen. Ich versuch, ihn zu wecken. Erst mit Worten, dann mit Schütteln und dann mit einer Art Kombination aus beidem. Einen winzigen Moment lang blinzelt er schließlich ins Morgenlicht hinaus und scheint sich orientieren zu wollen.

»Geh, lass mir doch meine Ruh, du Saukopf, du blöder«, kommt es dann aus seiner trockenen Kehle. Wahrscheinlich ist er immer noch ein bisschen besoffen, wer weiß. Jedenfalls wendet er anschließend sein Haupt auf die andere Seite, um es dann gegen das klatschnasse Seitenfenster zu kleben.

Auch recht. Dann soll er halt hier sitzen bleiben. Wird er dann schon sehen, was passiert, wenn die Susi in einer guten Stunde zu ihrem Auto kommt, um damit ihrer neuen Karriere entgegenzudüsen.

Aus diesem Mikrovehikel heraus und ins Freie zu kommen, das ist ja rein generell gesehen schon eine ganz eigene Kunst. Von der Rückbank aus ist es beinah unmöglich, da es hinten keine Türen gibt. Wenn aber auch noch nicht mal jemand da ist, der dir aus dem Fond heraushilft, dann ist es ein schieres Ding der Unmöglichkeit. Versuchen muss ich es trotzdem. Dabei zieht eine ganze Weile ins Land. Wahrscheinlich bin ich selber auch noch ziemlich besoffen. Es ist mir ohnehin schleierhaft, wie wir beide die halbe Nacht lang dort drin zubringen konnten. Allein, dass uns der Sauerstoff überhaupt ausgereicht hat, grenzt schon an ein Wunder. Frag mich lieber nicht wie, aber irgendwann bin ich diesem motorisierten Enddarm schließlich entkommen und streck mich dann erst mal ausgiebig und in alle Richtungen durch. Jeder Knochen tut weh. Doch genau da, wo ich mich praktisch so recke und strecke, da bin ich plötzlich leicht irritiert. Weil ich nämlich nun bemerke, dass mein Streifenwagen hier steht. Keinen Meter weiter, also quasi neben dem Enddarm und mir, da steht tatsächlich mein Auto. Wie ist das nur dort hingekommen? Dazu muss ich vielleicht kurz erklären, dass wir gestern in Anbetracht der zahlreichen zu transportierenden Passagiere mit zwei Autos nach Landshut reinfahren mussten. Die Susi mit ihrem und ich eben mit meinem. Aber wenn keiner von uns beiden aus bekannten Gründen mit dem Streifenwagen heimgefahren ist, wer zum Teufel war es dann?

Jetzt radelt die Zeitungsfrau in unseren Hof.

»Morgen, Franz«, ruft sie gleich, wie sie mich sieht, und

rollt fröhlich auf mich zu. Wie man in aller Herrgottsfrüh schon so eine beschissen gute Laune haben kann?

»Morgen, Gülcin«, sagt irgendjemand aus meinem Kopf heraus. Ich bin es nicht.

»Schon früh auf die Beine und nix gute Nacht, hm?«, fragt sie, wie sie dann neben mir auf die Bremse drückt und die Tageszeitung überreicht.

»Sieht man das?«, frag ich retour.

»Ja, und riecht auch«, sagt sie, zurrt grinsend ihr Kopftuch enger, steigt wieder auf und danach radelt sie in die Richtung zurück, woher sie grad gekommen ist.

Es duftet nach Kaffee, wie ich in die Küche komm. Die Oma, die sitzt schon vor ihrem Haferl auf der Eckbank und schmiert sich ein Brot. Ihr gegenüber, da ist die Julika in einem flotten Pyjama, rührt mit einer Hand in einem Müsli und mit der anderen daddelt sie auf ihrem Handy rum. Nach einem kollektiven Morgengruß reich ich der Oma die Zeitung über den Tisch. Jetzt schenk ich mir auch einen Kaffee ein und hock mich dazu. Der erste Schluck. Tatsächlich scheint noch Blut in meinen Adern zu fließen.

»Wer hat den Streifenwagen gestern nach Hause gefahren?«, muss ich dann zuerst einmal wissen.

»Das war ich«, antwortet die Julika prompt, ohne jedoch dabei ihr Display aus den Augen zu lassen.

»Du hast keinen Führerschein.«

»Das weiß ich. Aber ich kann fahren, Franz. Und das konnte ich auch gestern. Du hast einen Führerschein und konntest es nicht.«

Eine weitere Morgenkommunikation findet dann nicht mehr statt. Die Julika daddelt, die Oma liest und ich bin beleidigt. Trink zügig mein Kaffeehaferl aus und anschließend begeb ich mich unter die Dusche. Erst heiß, danach eiskalt und hinterher bin ich schon fast wieder der Alte. Auf dem Weg zum Streifenwagen kann ich die Susi sehen, wie sie gerad im Begriff ist, den Papa von den Vorzügen des Aussteigens überzeugen zu wollen. Doch anscheinend stößt sie dabei auf wenig Verständnis.

»Franz«, ruft sie dann zu mir rüber. »Kannst du mir vielleicht bitte mal helfen, den Papa aus meinem Auto zu bekommen? Der ist so was von stur.«

»Wie ist er denn hineingekommen?«, frag ich retour.

»Das willst du nicht wissen. Was glaubst du, was das für ein Stress war, euch zwei Suffköpfe da gestern hineinzukriegen.«

»Ich hab ihn nicht hineingemacht, dann muss ich ihn auch nicht hinausmachen«, sag ich, öffne die Fahrertür meines Autos und gleich darauf saus ich auch schon vom Hof. Im Rückspiegel kann ich sie noch sehen, die Susi. Rumpelstilzchen ist ein Dreck dagegen. Da der Start in den Tag eh schon eher so lala war, drum kann ich den Rest davon auch gut mit Arbeit verbringen. Zumindest in dem Umfang, wie mir das in meinem leicht desolaten Zustand möglich ist. Und so mach ich mich auf den Weg zum Krakauer, also einem der Kandidaten, die laut Tessa jetzt nicht unbedingt zu den Lieblingsmenschen ihres Vaters gezählt haben dürften. Der lebt mittlerweile in einem Alten- und Pflegeheim in Landshut drinnen, wo ich mein baldiges Eintreffen bereits soeben telefonisch prophezeit hab. Mal sehen, was mich dort erwartet.

Der Krankenpfleger, der mich schließlich zum Krakauer bringen soll, wirkt selber so, als würde er dringend Pflege gebrauchen, und seine Deutschkenntnisse stecken noch nicht mal in den Kinderschuhen. So wandern wir stumm die kargen Gänge entlang und landen schließlich vor einer

Zimmertür, an der ein großes Schild angebracht ist. *Aufenthaltsraum. Bitte Ruhe einhalten!*, steht dort in roten Lettern drauf. Drinnen ein paar Tische, Stühle und Sofas in diversen Ausführungen. Und an einer Wandhalterung läuft ein Fernseher, der tonlos einen Zeichentrickfilm zeigt. Es ist etwa ein halbes Dutzend Menschen hier auszumachen, von denen die meisten regungslos rumhocken und den starren Blick auf die stumme Mattscheibe fixiert haben. Mein menschliches Navi dirigiert mich nun zu einer Couch vor dem Fenster und dort sitzt er dann auch, der Krakauer. Einen Moment lang tasten wir uns visuell ab. Sein wacher Blick passt ganz zum restlichen Erscheinungsbild. Er ist mager und schmal, trägt ein Hemd samt Fliege und Sakko, und unter der Wolldecke, die seine Beine umhüllt, lugen zwei blitzblanke Schuhe hervor. Er hat einen Laptop auf dem Schoß, sitzt kerzengerade und hat die schmalen Schultern gut nach hinten gestrafft. Die einzig wirklichen Anzeichen, die sein Alter verraten, sind das schneeweiße Haar und zwei tiefe Furchen auf jeder Seite der Wangen, die vom Nasenflügel aus bis runter zum Kinn gehen.

»Ein Kommissar will mich sprechen«, sagt er zur Begrüßung, legt dabei den Kopf schief und klappt den Laptop zu. »Das ist ja einmal eine nette Abwechslung in meinem sonst eher lethargischen Dasein. Was kann ich für Sie tun, Kommissar …?«

»Eberhofer«, sag ich und jetzt streckt er mir sein kaltes Händchen entgegen. »Ich bin in einer Mordsache hier.«

»Eine Mordsache? Wie aufregend. Setzen Sie sich«, sagt er weiter und klopft neben sich auf das Sofa. »Kommen Sie, setzen Sie sich doch, Kommissar Eberhofer.«

»Also gut«, sag ich, hocke mich neben ihn und hol mein Notizheft hervor.

»Wer ist denn ermordet worden, Kommissar Eberhofer? Und das Wichtigste, was hab ich damit zu tun? Grundgütiger, ich hoffe inständig, ich habe überhaupt was damit zu tun. Sonst sind Sie gleich wieder weg und ich muss mich hier weiterhin mit dieser morbiden Eintönigkeit abfinden. Sehen Sie sich doch nur einmal um. Wissen Sie, dass ich manchmal ernsthaft anzweifle, ob ich noch am Leben bin. Dann muss ich mich zwicken, richtig fest. Sonst kann ich es nicht glauben«, sagt er, während er seinen Hemdsärmel aufknöpft und nach hinten schiebt. Dort auf seinem bloßen Unterarm kann ich nun zahlreiche Flecken erkennen. Und von einem ganz fahlen Gelb bis hin zum dunkelsten Blau ist jede Farbschattierung darunter. »Das Schlimmste ist, wenn ich mich dann zwicke und es wehtut, dann weiß ich, dass ich tatsächlich noch lebe. Und in diesen Momenten, da bin ich die unglücklichste Kreatur auf dieser Welt. Also bitte, Kommissar Eberhofer, seien Sie so gut und erretten Sie mich aus diesem trostlosen Dasein. Ich werde jeden Mord gestehen. Wirklich jeden.«

Er scheint mir noch ein recht helles Köpfchen zu sein, dieser Krakauer, und seine Art von Humor, die gefällt mir. Auch körperlich wirkt er ziemlich fit für sein Alter. Zumindest ist sein Unterarm straff und man könnte ihn durchaus als muskulös bezeichnen. Und wenn ich jetzt kurz so bedenk, wie der Günther unser Täterprofil eingegrenzt hat, dann dürfte der Krakauer hier zumindest nicht zweifellos durchs Raster fallen.

»Na, kommen Sie schon. Spannen Sie mich nicht so auf die Folter, Kommissar Eberhofer!«, sagt er nun und reißt mich damit aus meinen Gedanken.

»Den … den Golfplatz, also den in Niederkaltenkirchen, kennen Sie den, Herr Krakauer?«, frag ich, weil ich nun beschlossen hab, das Pferd von hinten aufzuzäumen. Jetzt beginnen seine hellen Augen augenblicklich zu blitzen und einen Moment lang wirkt er sehr konzentriert. Dann nickt er langsam und kaum merklich huscht ihm ein kurzes Lächeln übers Gesicht.

»Ja, Kommissar Eberhofer, den kenne ich. Es gibt hervorragende Cannelloni dort im Lokal. Sie sind hausgemacht, wissen Sie. Und die Füllung ist mit frischen Pilzen gemacht, in einem Tomaten-Weißwein-Sugo auf Sterneniveau. Sehr fein, in der Tat. Die sollten Sie wirklich mal kosten«, sagt er, formt mit den Fingern ein O und lässt die Zunge schnalzen.

»Wann sind Sie zuletzt dort gewesen?«, frag ich weiter und mach mir ein paar Notizen.

»Das war am Dienstag vor einer Woche. Gegen Abend«, kommt es wie aus der Pistole geschossen. Das geht mir zu glatt. Ich könnte drauf wetten, dass er zumindest die Tageszeitung auswendig gelernt hat, wenn er nicht sogar den Polizeifunk abhört. Gut, alles, was er bis jetzt gesagt hat, das könnte er tatsächlich aus der Presse wissen. Bis auf die Sache mit den Cannelloni vielleicht. Doch das haben wir gleich, lässt sich ja schnell überprüfen.

»Es gibt keine Cannelloni auf der Speisekarte vom Golfclub«, sag ich schon ein paar Augenblicke später und steck mein Telefon wieder in die Tasche zurück. »Also?«

»Also was, Kommissar Eberhofer?«, fragt er und beugt sich jetzt weit zu mir rüber. So nah, dass ich seinen Atem spür, und das kann ich nicht haben. So steh ich lieber wieder auf, zerr einen der Stühle quer durch den Raum und setz mich danach ihm vis-à-vis.

»Es gibt weder Cannelloni im Clubhaus noch sind Sie am Dienstagabend dort gewesen, Krakauer. Warum zum Teufel behaupten Sie dann so was?«

»Herr Krakauer. So viel Zeit werden Sie ja wohl aufbringen können. Außerdem, woher wollen Sie wissen, dass ich nicht dort war? Das hieße es erst mal zu beweisen.«

»Trügt mich mein Verdacht, oder würden Sie den Mord an Sebastian Paulus tatsächlich gestehen, nur um von hier fortzukommen?«

»Nein, Ihr Verdacht trügt Sie durchaus nicht. Ich würde jeden verdammten Mord auf diesem Planeten gestehen, nur um von hier fortzukommen. Aber den Mord am Paulus, den würde ich besonders gerne gestehen. Mit dem größten Vergnügen sozusagen. Und wissen Sie, warum? Weil er es einfach nicht verdient hatte, dieses Leben. Weil er nämlich gegenüber sehr vielen unserer Zeitgenossen ein regelrechter Unmensch war. Ein Egomane vor dem Herrn. Das Einzige, was für ihn zählte, das war er selber, das Geschäft und seine Tochter. Genau in dieser Reihenfolge. Gut, später dann, als sie bereits im Sterben lag, da war es vielleicht auch noch seine Frau. Aber das würde ich noch nicht mal unterschreiben. Ansonsten jedoch, da ist er stets über Leichen gegangen.«

»Das mag schon alles sein, Herr Krakauer. Und trotzdem können Sie doch nicht einfach einen Mord gestehen, den Sie nicht begangen haben.«

»Warum denn nicht. Was würde passieren? Verhaften Sie mich dann? Nur zu. Wissen Sie, wer immer diese Tat auch begangen haben mag, er hatte sicherlich gute Gründe dafür. Und er wird sich diese Entscheidung nicht leicht gemacht haben. Jemanden zu töten, ist nie eine Sache, die man sich leicht macht. Und ich bin der Meinung, derjenige, der hat schon genug Mut bewiesen und seine Aufgabe tapfer erfüllt. Warum sollte er oder möglicherweise auch sie dafür bestraft werden? Nein, diesen Part der Geschichte, den würde ich nur zu gerne selber übernehmen. Dann hätte ich zumindest das Gefühl, etwas dazu beigetragen zu haben. Endlich etwas wirklich Sinnvolles in meinem Leben getan zu haben.«

»Er hat Ihnen einmal ein Grundstück abgeluchst, der Paulus. Stimmt das? Eins mit einem Fischweiher drauf. Und hat Sie dabei ganz schön über den Tisch gezogen, oder?«, frag ich nun weiter.

»Ach, herrje! Diese alte Geschichte. Das ist schon Lichtjahre her. Aber ja, das hat er getan. Er hat mich tatsächlich über den Tisch gezogen, der Paulus. Wieder eins seiner Meisterstücke. Doch wenn Sie die Augen aufmachen, Kommissar Eberhofer, dann werden Sie viele, viele Menschen finden, die im Laufe ihres Lebens schon mal von irgendjemand irgendwann und irgendwo über den Tisch gezogen wurden. Wissen Sie, Geld hat mich noch nie interessiert, das spielt für mich einfach keinerlei Rolle. Ich persönlich, ich hab solcherlei Vorkommnisse wie die mit diesem leidigen Grundstück stets als Lehrgeld verbucht. Nicht mehr und nicht weniger.«

»Sie haben ihn also nicht umgebracht?«

»Donnerwetter, sind Sie ein Fuchs«, lacht er jetzt hämisch aus seinem Sakko heraus, während er die Wolldecke über seinen Beinen zurückschlägt. Sie stecken in einer Schlafanzughose und wirken trotz seiner ohnehin schmalen Gestalt im Verhältnis viel zu schmächtig. »Nein, ich hab ihn nicht umgebracht. Leider. Früher oder später wäre es eh aufgeflogen. Sehen Sie, seit vier Monaten … seit vier Monaten habe ich keinen einzigen Schritt mehr getan. Eine Hüftoperation, verstehen Sie. Es war schon die zweite. Da kann man wohl nichts mehr machen.« Jetzt schlägt er mit der rechten Hand einige Male auf das nutzlos gewordene Laufwerkzeug ein, während die linke den Laptop umklammert.

»Verstehe«, sag ich und nun tut er mir fast irgendwie leid. »Das wird schon wieder.«

Er hält den Kopf gesenkt und lächelt ein trauriges Lächeln. Einen ganzen Moment lang schweigen wir beide. Auch sonst ist es totengleich still in diesem freudlosen Zimmer. Alle anderen hier dümpeln nur weiter wie sediert vor sich hin oder starren vollkommen desinteressiert auf die lautlosen Fernsehbilder. So steh ich mal auf und bring meinen Stuhl dorthin zurück, wo ich ihn grad hergeholt hab. Wenn ich nicht gleich depressiv werden will und dann möglicherweise ebenfalls ohne jegliche Motivation auf den Bildschirm starre, dann muss ich unbedingt weg von hier. Und zwar umgehend.

»Wissen Sie, Kommissar Eberhofer«, sagt der Krakauer und nun ist seine Stimme sehr leise und rau. »Es hätte mir tatsächlich ein großes Vergnügen bereitet, wenn Sie mich einfach verhaftet und von hier fortgebracht hätten. Wenn ich in einem Gefängnishof sitzen und lebendige Menschen sehen könnte. Menschen, die noch einen Puls haben, verstehen Sie. Menschen mit Geschichten. Mit Muskeln. Mit Tätowierungen. Menschen, die atmen und reden und fluchen und streiten. Keine Scheintoten, die furzen oder rülpsen und sabbern beim Essen.«

»Haben Sie denn niemanden, der Sie besucht?«

»Niemanden«, sagt er nach einer kleinen Pause und schüttelt den Kopf.

»Sonst irgendeinen Zeitvertreib? Ein Hobby? Irgendwas Positives?«, frag ich und glaub, ich tu das schon meinetwegen. Es ist so erbärmlich, dass ich mir schon für mich selber wünsche, es gäbe einen Lichtblick in seinem Leben.

»Sonntagabend. Am Sonntagabend, da haben meistens zwei Pfleger Dienst, die beide watten können. Watten ist tendenziell natürlich ein proletarisches Kartenspiel. Doch immerhin ist es ein Kartenspiel, womit es ein Zeitvertreib ist, und die beiden sind der Spielregeln mächtig. Und da es in den Nächten in der Regel eher ruhig zugeht hier, drum watten wir dann. Leider ist es nur ein Dreier-Watt und dementsprechend weniger spaßig. Sie können nicht zufällig watten?«

»Es ist ein proletarisches Kartenspiel. Natürlich kann ich es.«

»Hätten Sie dann zukünftig am Sonntagabend Zeit?«

»Ich befürchte nein. Tut mir leid«, antworte ich kopfschüttelnd und mein es auch genau so, weil am Sonntagabend neuerdings Kuschel-Time mit der Susi ist.

»Sagen Sie mir, was ich tun muss, damit Sie mich verhaften können?«

»Sie könnten mir jetzt vielleicht einfach meine Waffe entreißen und mich damit bedrohen«, schlag ich mal so vor.

»Könnten Sie dann eventuell so gut sein und mir dabei ein kleines bisschen entgegenkommen? Zwei, drei Schritte würden genügen.«

»Nein«, sag ich und jetzt muss ich grinsen. Er lächelt zurück. Müde und irgendwie desillusioniert. Dann geh ich die kargen Gänge entlang wieder zurück. Dieses Mal alleine. Die Luft hier scheint voll von Ammoniak.

Auf dem Weg zum Streifenwagen, da läutet mein Telefon, und zwar gleich einige Male hintereinander. Und obwohl es sich dabei jeweils um diverse Anrufer handelt, ist die Botschaft doch jedes Mal wieder die gleiche. Der Bürgermeister ruft an und auch die Susi. Und obendrein noch eine äußerst besorgte Mitbürgerin. Und alle miteinander haben die gleiche, wenn auch sonderbare Botschaft für mich. Der Simmerl Max, seines Zeichens Sohn vom Metzger meines Vertrauens und obendrein auch so was wie mein gelegentlicher Hilfssheriff, der ist am Boden festgeklebt. Genauer gesagt, hat er sich vor unserem Rathaus und somit praktisch mitten auf der Hauptstraße mit einem Klebstoff fixiert und tut dabei kund, dass er die Letzte Generation wär. Na, bravo! Was es nicht alles gibt in unserem beschaulichen Landstrich und wie viele geistig Verwirrte sich da auch so tummeln.

Kapitel 12

Wie man sich wohl unschwer vorstellen kann, ist es allein schon die Neugier, die mich jetzt trotz der Hitze heute relativ zügig auf diese Hauptstraße und dadurch auch vors Rathaus treibt. Und weil ich die Letzte Generation nur vom Fernseher her kenn oder aus der Tageszeitung, drum bin ich ziemlich gespannt, so einen aktiven Kleber jetzt einmal quasi so live im Einsatz zu erleben. Noch dazu, wenn es sich dabei um den Simmerl Max handelt. Außerdem interessiert es mich, ob der weiß, was er da überhaupt tut, oder ob es einfach nur mal wieder ein neuer Spleen ist, den er da hat, und dieser ganzen Sache womöglich aus reiner Langeweile heraus quasi auf den Leim gegangen ist. Weil sagen wir einmal so, auf seinem bisherigen Lebensweg, da war er jetzt noch nie so der richtige Überflieger oder Durchstarter, gell. Hat ein paar Beziehungen genauso elegant gegen die Wand gedonnert wie den Bioladen, der ebenso wie seine Eigentumswohnung von Mama und Papa finanziert worden ist. Aus der er übrigens, noch bevor der letzte Nagel in die Wand geschlagen war, wieder aus- und stattdessen lieber wieder daheim eingezogen ist. Was ich damit sagen will: Eine echte Peilung hatte er noch nie, der Max. Trotzdem darf er mir gelegentlich unter meine dienstlichen Arme greifen. Damit er weg ist von der Straße, keine Eigeninitiative mehr entwickelt und zumindest ansatzweise irgendwas Sinnvolles zu tun hat. Sicherheitswacht haben wir diesen Posten getauft. Was heißen will, dass er sozusagen die Befugnis bekommen hat, etwaige Strafzettel unters Volk zu verteilen. Wegen Falschparken meinetwegen oder weil ein Mitbürger den Haufen von seinem Wastl einfach auf dem Bürgersteig hat liegen lassen. Das ist eine astreine Win-win-Situation, wenn du mich fragst. Es spült ein bisschen Geld in die gemeindeeigene Kasse und der Bub ist beschäftigt.

»Was machst du da?«, ist das Erste, was ich wissen will, wie ich jetzt bei ihm ankomm. Also gleich nachdem ich mir mit Blaulicht und Sirene zuerst einen Weg durch den Stau und anschließend durch all die Schaulustigen hier bahnen musste.

»Servus, Franz«, entgegnet der Max mit aufgeblähter Brust und strahlt mich an. Mit der Hand, die nicht angepappt ist, schreibt er grad Autogramme für ein paar Jugendliche, die um ihn herumstehen und offenbar seine Fankurve bilden. »Gell, da schaust.«

»Jetzt frag ich dich noch einmal, Max. Was machst du da?«, sag ich und geh einmal komplett um ihn und seine Jünger herum, um mir einen ersten Überblick zu verschaffen. Da hockt er tatsächlich in aller Seelenruhe mitten auf unserer Hauptstraße, die durchs ganze Dorf führt, und hat seine linke Hand auf dem Teer festgeklebt, während sich die hupenden Autoschlangen und deren aufgewühlte Besitzer zu beiden Seiten hin inzwischen kilometerlang stauen.

»Versteht ihr das denn nicht?«, brüllt der Max nun in die Menge hinein und sorgt damit schlagartig für Stille. »Es wird keine Zukunft mehr geben, wenn wir, wir Menschen, wir, wie wir alle hier sind, wenn wir nicht sofort was dran ändern. Für nichts und niemanden wird es dann noch eine Zukunft geben.«

»Zumindest wird es für ihn keine Zukunft mehr geben«, kann ich nun den Wolfi vernehmen, der plötzlich schräg hinter mir steht. »Zumindest nicht, wennst nicht sofort was unternimmst, Franz. Ich hab nämlich gefühlte zweihundert Grad in meinem Kofferraum, und der ist voll. Randvoll, verstehst. Mit lauter Aperol und Prosecco. Und wenn ich das Zeug nicht kalt krieg, bis heut Abend der Weiberstammtisch kommt, dann werden mich die Mädels teeren und federn, und da hab ich überhaupt keinen Bock drauf. Lass dir also lieber was einfallen. Und zwar schnell.«

Das ganze Szenario hier ist grad wirklich ein bisschen skurril und so, wie's ausschaut, muss ich jetzt sehen, wie ich die Kuh vom Eis krieg, ehe hier alles komplett eskaliert. Also heißt es, sich erst mal einen Überblick zu verschaffen. Gut, auf der einen Straßenseite, da ragt das Hauseck ein Stück weit nach vorne, was ein Durchkommen eh schon erschwert. Und genau gegenüber, da steht ein relativ mächtiger Blumentrog und exakt dazwischen, also ziemlich mittig zwischen dem Eck und dem Trog, genau dort klebt der Max. An irgendeine Art von Verkehrsfluss ist somit freilich überhaupt nicht mehr zu denken. Um alternativ aber von einem Dorfende zum anderen zu gelangen, da würde man ja einen Umweg von knappen zehn Kilometern in Kauf nehmen müssen. Und wer hat da schon Lust drauf, gell? Dennoch könnten die Reaktionen der Anwesenden hier unterschiedlicher gar nicht sein. Während unter den behinderten Autofahrern nämlich verständnislose Wut vorherrscht, was freilich zwischenzeitlich einen recht lautstarken Protest nach sich zieht, da ist quasi die gegnerische Fraktion, also die Fanbase sozusagen, schwer damit beschäftigt, ihn frenetisch anzuhimmeln, zu jubeln und pausenlos Fotos, Filme und Selfies zu machen.

»Ja, Max, schaut schlecht aus«, schrei ich durch die Menge hindurch und geh dann zum Streifenwagen zurück. Dort hol ich ein Abschleppseil aus dem Kofferraum und befestige eines der Seilenden an meiner Anhängerkupplung. Die kollektive Brüllerei, die bis soeben noch vorgeherrscht hat, geht allmählich eher in ein Raunen über.

»Du, Franz?«, sagt der Max und seine Stimme ist jetzt ein bisschen wackliger. Auf einmal wirkt er gar nicht mehr so cool wie grade noch eben. Ganz im Gegenteil, in seinem roten Gesicht haben sich sowohl auf dem Nasenrücken als auch über der Oberlippe zahlreiche Schweißperlen angesiedelt.

»Ja, Max?«, frag ich, wie ich das Seil festzurre.

»Was … was hast du da vor, Franz? Bist du bescheuert, oder was? Du kannst mir doch nicht einfach ein Seil umbinden, um mich hier loszubekommen. Das wird mir … das wird mir doch die ganze Haut von der Handfläche reißen!«

»Max«, sag ich, während ich mich dem anderen Seilende widme. »Aktion, Reaktion. Schon mal was davon gehört?«

»Sag mal, bist du wahnsinnig, oder was?«, schreit er nun aus vollem Halse und auch das Raunen ist inzwischen deutlich lauter geworden.

Ich geh zum Blumentrog rüber und befestige dort dann das andere Ende des Seils. Anschließend geh ich zum Streifenwagen zurück und trete aufs Gaspedal. So langsam wie möglich und so kräftig wie nötig, praktisch wie aus dem Lehrbuch. Und keine Minute später, da ist der Trog um knappe zwei Meter verschoben und somit die Fahrbahn auch schon wieder frei. Und zwar in beide Richtungen, wohlgemerkt. Problem erkannt – Problem gebannt, quasi.

Gut, der Max, käsig, wie er zwischenzeitlich ist, der sitzt noch immer dazwischen, aber dieses Problem ist nicht meins, sondern komplett selbst gemacht. Drum bin ich alles in allem mit dieser mittelfristigen Lösung durchaus zufrieden und die Autofahrer, die sind es offenbar auch. Wenigstens scheinen sie sich beruhigt zu haben und gehen schweigsam zu ihren Fahrzeugen zurück. Steigen ein und starten den Motor. Prima. Zu guter Letzt, da hol ich aus dem Kofferraum dann noch ein paar Pylonen und die stell ich so kreisförmig um den Max herum auf. Nicht, dass dem am Ende noch was passiert, gell. Seine Anhänger machen davon noch ein paar finale Aufnahmen, dann verlassen auch sie den Ort des Geschehens.

»Du lässt mich aber jetzt nicht so einfach hier sitzen, oder«, kann ich den Max dann noch hören, grad wie ich ins Auto steig. »Franz. Fuck! Das kannst du doch nicht machen, du Scheißbulle, du blöder, blöder Scheißbulle!«

Keine Minute später, da betret ich dann auch schon die Metzgerei und der Simmerl begrüßt mich mit denselben Worten, wie er es meistens tut.

»Servus, Franz. Drei Warme to go?«, fragt er, schon während er eine Semmel aufschneidet und ich nicke. »Und, irgendwas Neues von deinem Golfplatzmord?«

Und so erzähl ich ihm halt ein bisschen über meinen mörderischen Job, während ich ihn bei der Ausführung des seinigen beobachten kann. Das tu ich ab und zu wirklich sehr gerne, weil es fast was Meditatives hat. Dem Simmerl bei seiner Arbeit zuzuschauen, ist wirklich schön. Mit welcher Liebe er da immer ans Werk geht. Wie viel Leidenschaft und Herzblut er da ausstrahlt, wenn er so vor sich hin wurstelt, hat beinah was Zärtliches. Allein, wie er ganz simpel drei exakt gleich dicke Scheiben Leberkäs abschneidet, dann zwischen die halbierten Semmeln bettet und zu guter Letzt den Senf draufmacht. Da solltest du seinen Blick einmal sehen. So hat er seine Gisela noch nie angeschaut, jede Wette. Zumindest nicht in meiner Anwesenheit. Fast feierlich überreicht er mir jetzt meine Brotzeit im Beutel.

»Heut Abend auf ein Bier beim Wolfi?«, fragt er, wie ich ihm einen Zehner übern Tresen lang.

»Heut Abend, da sind doch die Weiber dort«, geb ich die soeben empfangenen Informationen vom Wolfi weiter. »Und dieses Gelächter und das ewige Quatschi-Quatschi. Nein, da ist mir der Lärmpegel wirklich zu hoch. Abgesehen davon wird dann immer nur Musik gespielt, die sowieso kein Schwein aushalten kann.«

»Ach, stimmt ja. Meine Alte, die hat da was beim Frühstück erwähnt«, sagt er noch, verdreht seine Augen, ehe er mir mein Wechselgeld hinzählt.

»Geht's ihr gut, der Gisela?«

»Zumindest hat sie nicht erwähnt, dass es ihr schlecht geht. Gut, vorher, da hat sie sich wegen dem Max ein bisschen aufgeregt.«

»Ach, stimmt. Hätt ich jetzt beinah vergessen. Der hat sich vorn am Rathaus auf die Fahrbahn geklebt.«

»Ja, ja, ich weiß schon. Die Gisela, die ist ja vorher schon kurz bei ihm vorne gewesen und hat ihm eine Ingwerschorle und eine vegane Fleischpflanzerlsemmel gebracht«, antwortet er und wischt seine Theke sauber.

»Du hast vegane Fleischpflanzerl?«

»Ja freilich. Vegane Fleischpflanzerl. Erstklassig, magst probieren?«

»Du hast wirklich vegane Fleischpflanzerl, Simmerl. Ist das dein Ernst, oder was? Du bist doch abartig«, sag ich und nehm den allerersten Bissen. Mir trieft direkt der Zahn.

»Ich? Nein, ich bin nur geschäftstüchtig, Franz. Abartig ist meine Kundschaft. Zumindest ein Teil davon. Ein wachsender Teil, zugegeben.«

»Aha«, sag ich, weil mir zum einen gar nix drauf einfällt und ich zum anderen grad eh den ganzen Mund voll hab.

»Aber der Verkehr läuft anscheinend wieder«, sagt er jetzt, den Blick durchs Schaufenster gerichtet, wo grad pausenlos Autos vorbeifahren.

»Ja, läuft wieder alles astrein. Ich hab ihn übrigens nicht losgemacht, euren Max. Hab nur den Blumentrog versetzt und ein paar Pylonen um ihn herumgestellt, damit halt nix passiert.«

»Meinetwegen musst ihn nicht abmachen. Von mir aus, da kann er dort noch pappen bleiben bis zum Nimmerleinstag, verstehst. Was haben wir da bloß falsch gemacht? Ich mein, ganz generell, verstehst. Ich frag mich wirklich manchmal, was das noch alles werden soll, Franz. Was ist nur los mit unseren Jungen? Wenn diese Letzte Generation das ist, was nach uns kommt, ja, dann kann man im Grunde sowieso nur beten und hoffen, dass es auch tatsächlich die Letzte Generation bleibt und die sich am Ende nicht doch noch weiter fortpflanzen.«

»Also meinetwegen kann er da auch bis zum Nimmerleinstag pappen bleiben, Simmerl. Aber ich glaub, das wird auf Dauer nicht funktionieren. Spätestens morgen früh, da muss ich ihn nämlich wieder abmachen. Weil da die Müllabfuhr kommt. Und die werden da beim besten Willen nicht durchpassen.«

»Das heißt, wir kriegen ihn morgen früh wieder zurück, oder was?«, fragt er nun und ich hab beinah den Eindruck, er klingt tatsächlich verzweifelt.

»Ich befürchte schon.«

»Und man kann ihn nicht wegmachen und einfach woanders anpappen?«

»Ich befürchte nicht.«

»Dann geh ich heute Abend trotzdem zum Wolfi. Weiberstammtisch und Scheißmusik hin oder her. Nüchtern kann ich das kaum noch ertragen.«

»Mach, was du willst«, sag ich abschließend und heb die Hand zum Gruße.

Dem Simmerl, dem muss man sein Leben auch nicht wirklich neiden. Denn obwohl die Metzgerei läuft wie die Nase eines Allergikers mitten im Pollenflug, ist alles andere drum herum weniger prickelnd. Ganz abgesehen davon, dass er ohnehin zwei Drittel seiner kostbaren Zeit im Schlachthaus oder im Verkaufsraum fristet, hat er nämlich auch rein familiär gesehen nicht grad so den Jackpot, gell. Da kann man dann schon verstehen, wenn's einen gelegentlich mal zum Wolfi rüberzieht, damit man sich die Familie ein bisschen schönsaufen kann.

Nachdem ich dann durch die kulinarische Grundversorgung wieder ein wenig gestärkt bin, mach ich mich auf den Weg zur Geliebten vom Paulus. Oder besser gesagt zur Ex-Geliebten vom verstorbenen Paulus. Immerhin steht die ebenso weit oben auf meiner Verdächtigenliste, wie es ihr Gatte tut. Und weil der Rudi im gleichen Maße strebsam wie erfolgreich war, hat er mir die Adresse der beiden bereits ausfindig gemacht. Vor einem Reihenmittelhaus parke ich schließlich ein und dort steht der Name Heimerl auf dem Klingelschild, womit ich hier richtig sein müsste. Es ist ein Dackel, der mich dann zunächst begrüßt, und das macht er ganz schön laut. Sein Frauchen dagegen schaut mich nur an. Steht barfüßig im Türspalt, hat den Kopf schief gelegt und schaut wortlos an mir einmal runter und dann wieder rauf.

»Frau Heimerl?«, frag ich und jetzt nickt sie zaghaft. »Eberhofer. Kommissar Eberhofer. Ich ermittle im Mordfall …«

»Paulus. Sie ermitteln im Mordfall Paulus. Es war ja nur eine Frage der Zeit, bis Sie kommen«, unterbricht sie prompt und jetzt öffnet sie auch die Tür. »Mach den Weg frei, Pauline.«

Die Dackeldame gehorcht ihr aufs Wort, dreht sich ab und o-beinig, wie sie nun mal ist, wandert sie dann vor uns her und ins Wohnzimmer rein.

»Ich hab grad einen Kaffee gekocht. Möchten Sie auch einen haben?«, fragt sie mich dann als Nächstes und verschwindet hinter der Arbeitsfläche ihrer offenen Küche.

»Ja, wenn's keine Umstände macht«, antworte ich und der Geruch von frischem Kaffee löst gleich eine Art Vorfreude aus. Schöner Raum. Klein, aber oho, könnte man sagen. Wenige Möbel, gar kein Chichi und eine Zimmerpflanze, die bis an die Decke reicht und gut ein Viertel des Wohnraums einnimmt. Draußen im Garten ist es nicht anders. Von allem sehr wenig, perfekt strukturiert, doch ohne dabei unbehaglich zu sein. Hier hat jemand ein gutes Händchen für besten Geschmack.

»Ihr Gatte, Frau Heimerl, der ist nicht zufällig auch in der Nähe?«, ist das Erste, was ich wissen will, wie sie kurz darauf mit einem Tablett zu mir an den Wohnzimmertisch stößt.

»Nein. Der ist arbeiten und wird heute auch nicht heimkommen. Eine Geschäftsreise, verstehen Sie. Er ist erst morgen Abend wieder zurück. Doch das ist wohl gut so. Sonst könnte ich nicht reden, wie ich es jetzt gerne täte. Ich … ich möchte gern offen sein zu Ihnen, Herr Kommissar. Keine Geheimnisse, verstehen Sie?«, antwortet sie, überreicht mir meine Tasse und nimmt dann in einem der Sessel Platz. Ich tu es ihr gleich und nehme den zweiten. »Ich werde gar nicht lang drum herumreden. Das bringt Sie nicht weiter und mir würde es am Ende ja auch nichts nützen. Und außerdem muss unter diese ganze Geschichte ohnehin auch einmal ein Schlussstrich gezogen werden.«

»Sehr schön, Frau Heimerl«, sag ich und zücke mein Notizheft. »Dann wäre meine allererste Frage wahrscheinlich …«

»Nein, Sie werden keine Fragen stellen«, unterbricht sie mich nun ein zweites Mal und nimmt dann einen Schluck Kaffee. Und ich kann noch nicht mal erklären, warum, aber ich lass ihr das durchgehen. »Zumindest werden Sie vorerst keine Fragen stellen. Ich erzähle Ihnen meine Version der Geschichte, das wird ohnehin nicht allzu lange dauern. Danach können Sie mich ja noch was fragen, sollte dann noch was ungeklärt sein. Wollen wir das so machen?«

»Meinetwegen«, antworte ich, obwohl ich mich grad ein bisschen überfahren fühl.

»Schön, am besten ich fang ganz von vorne an. Also, mein Mann und ich, wir sind seit achtundzwanzig Jahren verheiratet und seit zweiunddreißig Jahren sind wir ein Paar. Wir führen eine gute Beziehung, sind ein Dreamteam, verstehen Sie. Wir haben die gleichen Hobbys, lieben die gleiche Musik, das gleiche Essen und die gleichen Urlaubsorte. Es gibt praktisch keine Streitpunkte zwischen uns, keine Meinungsverschiedenheiten, keine Reibereien. Es ist wirklich perfekt. Dazu kommt noch, dass jeder von uns beiden genug Geld verdient, um auch allein sehr gut leben zu können. Wissen Sie, wir brauchen einander nicht, es ist … wie soll ich sagen? Es ist einfach nur schön zusammen.«

»Prima«, sag ich und bin dabei mit Rechnen beschäftigt. Zweiunddreißig Jahre. Allerhand. Wenn dieses Traumpaar also nicht schon im Kindergartenalter liiert war, wovon ich nicht ausgehe, dann hat sie sich gut gehalten, die Frau Heimerl. Respekt.

»Ja, prima. So könnte man unsere Beziehung durchaus bezeichnen. Aber, und jetzt kommt genau der Punkt, der für Ihre Ermittlungen die wohl entscheidende Rolle spielen dürfte. Mein Mann und ich, wir leben seit Jahren wie Bruder und Schwester zusammen. Seit fünfeinhalb Jahren, um genau zu sein. Verstehen Sie, was ich damit meine?«

»Kein Sex?«

»Kein Sex. Das ist nicht weiter tragisch, weil ja sonst alles passt. Und weil wir uns lieben. Doch dann ... Ja, dann kam plötzlich Sebastian in mein Leben. Und glauben Sie mir bitte, ich bin da nicht stolz drauf, aber es ist halt passiert. Es hat übrigens keinen einzigen Moment gegeben, wo ich meinen Mann für ihn verlassen hätte. Nein, um keinen Preis dieser Welt hätte ich meinen Mann für ihn verlassen. Dieser Gedanke, der kam mir nie in den Sinn. Wissen Sie, rein menschlich gesehen, da habe ich auch keine allzu großen Stücke auf Sebastian gehalten. Aber er war souverän, ein Geschäftsmann, der wusste, wie man sich benimmt. Wie man sich verhält und bewegt. Wusste, was er wollte und wie er dieses Ziel erreicht. Ja, er wusste genau, wie man Menschen auf sich aufmerksam macht. Das hat mir gefallen. Oder ich wollte einfach, dass es mir gefällt. Schließlich und endlich hat dann halt alles angefangen. Mit einer ganz harmlosen gemeinsamen Golfrunde hat es angefangen und im Bett hat es geendet. Ja, so ist das gewesen und so was passiert Tausende Male jeden Tag. Und jetzt ... jetzt müsste ich wirklich lügen, wenn ich behaupte, ich hätte diese ... diese

Liaison nicht in vollen Zügen genossen. Das hab ich getan, jede einzelne Sekunde davon. Vielleicht einfach, weil ich plötzlich wieder als Frau begehrt wurde.«

Jetzt entsteht eine kleine Pause, weil sie verstummt und ich auch nicht gleich weiß, was ich sagen soll. Es geschieht nicht so häufig, dass Menschen derart offen über ihr Privatleben reden. Zumindest nicht dienstlich gesehen.

»Und dann?«, sag ich, nachdem ich mich wieder gefasst hab. »Dann ist irgendwann mal Ihr Mann dahintergekommen? Wie ist das passiert?«

»Ja, wie ist das passiert? Wie so was eben passiert. Es funktioniert eine Weile und im Taumel der Glückseligkeit wird man halt zunehmend unvorsichtiger. Bei Telefonaten zum Beispiel. Bei Nachrichten oder auch bei Ausflügen mitten in der Nacht. Was gestern geklappt hat, das wird auch heute klappen. Aber so ist es eben nicht. Ich kann noch nicht einmal genau sagen, wann mein Mann es gemerkt hat. Aber wahrscheinlich musste ja auch alles so kommen. Es hätte ohnehin nicht so weitergehen können. Mein schlechtes Gewissen hat mich zerfressen.«

»Und dann … dann hat's wohl diesen Vorfall in Landshut gegeben? Also ich mein, den im Hotel, in der ›Goldenen Sonne‹, wenn ich recht informiert bin. Ihr Mann, der hat Sie dann mit dem Paulus in flagranti erwischt und es hat eine wilde Schlägerei gegeben.«

»Ja, da sind Sie richtig informiert«, sagt sie und erhebt sich. Geht zur Kochinsel rüber und holt sich ein Päckchen Zigaretten aus einer der Schubladen.

»Eigentlich hab ich's aufgegeben. Das hier ist nur meine Notfallration«, sagt sie und begibt sich zur Terrassentür. Zündet sich eine Kippe an, nimmt einen ganz tiefen Zug und bläst den Rauch ins Freie. So steh ich auf und geselle mich zu ihr. Schnorr ihr eine Zigarette ab. So rauchen wir dann ein Weilchen und schweigen. Nachdem sie fertig ist, beginnt sie dann, die Geschichte zu erzählen, die mir eh schon bekannt ist. Die von diesem Polizeieinsatz und wie erniedrigend das alles für sie war. Hinterher, wie sie endlich wieder zu Haus war, da hätte sie tagelang nur geweint. Zum einen, weil sie sich so sehr geschämt hat, zum anderen aber auch, weil sie nicht wusste, wo ihr Mann eigentlich war. Nach diesem ganzen Desaster, da wär er nämlich einfach weggeblieben und nicht heimgekommen. Sie hatte keine Ahnung, wo er war, kein Lebenszeichen, keinerlei Anhaltspunkt. Zwei Wochen lang wär das so gegangen und bis heute weiß sie nicht, wo er diese Zeit überhaupt verbracht hat. Als er dann schließlich wieder zurückgekommen ist, da hat er ihr gnädig vergeben und im Gegenzug hat sie ihm quasi reumütig die endlose Treue geschworen.

So weit, so gut. Ein wasserdichtes Alibi kann sie mir allerdings keines kredenzen. Weil sie sich eben zum Tatzeitpunkt in ihrem Leid gesuhlt hat, ebenso wie wohl auch ihr Gatte, der noch dazu weiß der Geier wo war. Den werd ich mir folglich ebenfalls bald zur Brust nehmen müssen. Wären diese beiden nicht ohnehin ganz oben auf meiner Liste, dann hätten sie sich soeben auf Platz eins katapultiert.

Kapitel 13

Mit baumelnden Beinen und gesenktem Kopf hockt der Paul auf unserem Bankerl vorm Wohnhaus und die Hinkelotta liegt darunter und döst. Er bewegt sich keinen Millimeter, wie ich aus dem Wagen steig, und hebt noch nicht mal seinen Kopf. Und das, obwohl ein riesiger Regenbogen über Niederkaltenkirchen ist und er Regenbögen toll findet. Grad auf dem Heimweg, da hat es kurz aus Eimern geschüttet und jetzt lugt langsam die Sonne wieder hervor.

»Na, Paulchen, was ist dir denn über die Leber gelaufen?«, frag ich ihn, setz mich daneben und leg den Arm um ihn. Dann wuschle ich ihm durch die Haare und jetzt schaut er mich zumindest einen kleinen Moment lang an. Tränen kullern über seine schmutzigen Wangen und haben dort bereits die eine oder andere Furche hinterlassen. Eine Rotzglocke pendelt knapp über den Lippen, es muss wohl was Schlimmeres vorgefallen sein, wenn seine kleine Kinderseele so fürchterlich in Aufruhr ist.

»Ist was mit der Oma?«, frag ich deswegen nach und merk gleich, wie mir der Puls hochschnalzt. Er schüttelt den Kopf. Gut, dann kann es ja gar nichts mehr so Tragisches sein. Womöglich ist er bloß bei seinen Spagatübungen ausgerutscht und hat sich dabei die Eier geprellt, denk ich mir so und lehn mich zurück.

»Also, was ist es?«, frag ich weiter und schließe die Augen.

»Ich mag die Julika nicht mehr. Die ist blöd und gemein. Und eine Tierquälerin ist sie auch«, schnieft er jetzt in seine Armbeuge hinein. Die Rotzglocke bleibt ihm am Unterarm kleben. Das schaut scheiße aus. Ich zieh mal ein Taschentuch hervor, spuck drauf und damit reinige ich ihn dann großflächig. Genau so hat das die Oma früher immer bei mir gemacht.

»Das ist ekelhaft, Papa«, sagt der Paul nun.

»Ja, das weiß ich«, entgegne ich. »Warum ist die Julika eine blöde, gemeine Tierquälerin?«

Erst einmal sagt er nun gar nichts, sondern rubbelt sich mit beiden Händen genau über die Stellen, die ich grad noch bearbeitet hab. Danach aber wird er gesprächig. Und so erfahr ich, wenn auch wegen eines nun einsetzenden und offenbar hartnäckigen Schluckaufs eher stockend, was ihn grad so deprimiert an der Heimatfront. So ist er heut wohl gemeinsam mit der Oma und der Julika im Garten gewesen und die drei Hübschen haben den sommerlichen Nachmittag genossen, einen halben Kirschkuchen vertilgt und ihre Haxen im Planschbecken abgekühlt. Und bis dahin, da war alles tippitoppi, sagt er. Dann aber ist ebendieser Wolkenbruch niedergegangen, und da hat die Oma schleunigst das Geschirr ins Haus reingebracht, während die Julika die guten Gartenpolster eingesammelt und weggeräumt hat. Anschließend war er mit der Oma schon ein ganzes Weilchen in der Küche, wo die Julika immer noch draußen am Werk war. Also hat er sich halt auf den Weg gemacht, um nach ihr zu sehen. Und da ist es dann passiert. Weil er sie da nämlich beobachten konnte, wie sie quasi auf allen vieren durch den Garten gerobbt ist und Nacktschnecken mit einer Schere halbiert hat. Die hat sie einfach auseinandergeschnitten. Mitten durch die Mitte, eine nach der anderen und ohne mit der Wimper zu zucken sozusagen. Gut, die Oma, die macht das auch immer so. Aber bei ihr hat er es wohl noch niemals gesehen, weil die da schon aufpasst, dass der arme Bub nix mitkriegt. Jedenfalls ist er jetzt halt von dieser mörderischen Aktion ziemlich schockiert gewesen und im Grunde ist er es immer noch. Erst recht, wo er ihr doch gesagt hat, dass sie damit aufhören soll. Doch da hat sie nur gelacht. Hat gelacht und gesagt, wenn sie die Schnecken nicht tötet, dann werden die all unsere schönen Blumen auffressen und den ganzen Salat gleich dazu. Gut, wo sie recht hat, hat sie recht, muss man schon sagen. Aber das kann ich wegen der kleinen sensiblen Seele, die hier neben mir hockt, jetzt freilich nicht sagen.

»Pass auf, Paul. Erzähl mir doch mal, was du gesehen hast, wie sie die Schnecken auseinandergeschnitten hat«, sag ich stattdessen. Er überlegt einen Moment lang und blinzelt. Sein Schluckauf ist hartnäckig.

»Na ja, sie hat die Schere genommen und hat zack …«

»Nein«, muss ich hier gleich unterbrechen. »Ich mein nach dem Zack. Was hast du danach gesehen? Also ich mein, was ist aus den Schnecken geworden?«

»Schleim«, sagt er zwischen zwei Hicksern.

»Siehst du, Schleim. Ganz genau. Weißt, Paul, so eine Schnecke, das ist gar kein richtiges Tier. Also keins mit Nerven und Gefühlen und Schmerzen oder so was. Nicht so wie die Hinkelotta zum Beispiel oder der fette Nachbarskater. Wie heißt der gleich noch?«

»Hotzenplotz.«

»Genau. Nicht so wie der fette Hotzenplotz. Eine Schnecke, das ist … das ist im Grunde einfach nur Schleim.

Schleim mit einer Haut drum rum, sonst nix. Ich mein, du hast es ja selber gesehen, oder nicht?«

»Aber wenn ich bei der Hinkelotta die Ohren anfasse oder auch beim Hotzenplotz, dann bewegen sie ihre Ohren immer gleich. Weil sie diese Berührung halt gespürt haben. Verstehst du das, Papa?«

»Ja, klar versteh ich das«, sag ich. Ich bin ja kein Depp.

»Aber bei den Schnecken, da ist es genau dasselbe, Papa. Wenn ich bei denen die Fühler berühre, dann bewegen die sich auch. Weil sie es spüren, verstehst? Die Schnecken, die ziehen ihre Fühler zusammen, weil sie die Berührung spüren. Also werden sie ja wohl auch spüren, wenn sie auseinandergeschnitten werden. Das ist doch wohl logisch.«

Huihuihui. Kinder können so anstrengend sein. Was soll man darauf schon sagen? Dass ich sie auch nicht ausstehen kann, diese Spezies der Natur? Erst recht nicht, wenn ich morgens im Bademantel schlaftrunken und barfuß über den Hof geh und ständig auf eins von diesen unzähligen schleimigen Scheißerchen latsche. Weil das tatsächlich widerlich ist.

»Warum sagst du jetzt nichts mehr, Papa? Hicks«, will er nun wissen, während mich seine großen, verweinten Augen ganz eindringlich anschauen.

»Weißt du, Paul, die Franzosen … Also die Franzosen, zum Beispiel, die essen ja sogar Schnecken«, ist das Einzige, was mir grad einfallen will. Keine Ahnung, weswegen.

»Es sind nicht nur die Franzosen, die Schnecken essen, das tun auch andere Menschen. Allerdings sind das dann Weinbergschnecken und keine Nacktschnecken. Aber trotzdem ist das natürlich genauso schlimm«, antwortet mein kleiner Klugscheißer und jetzt muss ich ihn anschauen. Eine lange Haarsträhne klebt in seinem nassen Gesicht, die Wangen sind rot und der Schluckauf scheint völlig im Takt zu sein. Und genau in diesem Moment, da rollt ein Wagen in unseren Hof und wie ich hinschau, da kann ich den Rudi erkennen. Selten zuvor war mir seine Anwesenheit so wertvoll wie heute.

»Schau mal, wer da kommt, Paulchen«, sag ich und versuch's mit einem heiteren Tonfall. »Der Onkel Rudi. Freust dich?«

»Papa, man kann sich doch nicht gleichzeitig freuen, wenn man traurig ist. Wie soll das denn gehen?«, sagt er und steht auf. Grüßt den Rudi nur knapp beim Passieren und verschwindet dann mit hängenden Schultern in Richtung vom Neubau.

»Welche Laus ist dem denn über die Leber gelaufen?«, will der Rudi dann auch gleich wissen.

»Schnecken, Rudi. Es sind Schnecken, keine Läuse. Um genau zu sein, sind es Nacktschnecken«, antworte ich, während er nun neben mir Platz nimmt. Er hat die Klamotten vom Bürgermeister an. Ein Hemd, eine Hose und ein Sakko. Jedes dieser Teile ist ihm ein oder zwei Nummern zu groß und deshalb hat er alles aufgekrempelt. Diese Tatsache in Kombination mit dem konservativen Kleidungsstil unseres Ortsvorstehers, ist generell schon kaum zu ertragen. Wenn aber oben aus diesem Klamottendebakel auch noch der Kopf vom Rudi rauslugt, dann ist es ohne Alkohol schlichtweg unmöglich. Drum hol ich uns zwei Bier aus dem Kühlschrank. Und weil ich jetzt weder über sein neues Outfit noch über den Paul und dessen schleimige Depressionen reden mag, drum bring ich meinen Neuzugang hier lieber kurz auf den aktuellen Stand meiner Ermittlungen.

»Womit der Heimerl ja schon mal kein Alibi hat. Gut, sie auch nicht, aber warum sollte sie den Paulus ums Eck bringen?«, sagt er am Ende und leert den Rest seiner Flasche. »Nicht schlecht, Franz. Aber ich war auch ziemlich fleißig. Ich hab nämlich rausgefunden, wo sich der Vorgänger vom Paulus grad aufhält.«

»Was für ein Vorgänger denn?«

»Sag mal, Franz, spinnst du jetzt, oder was? Welcher Vorgänger … Na, der wo eben vor dem Paulus der Präsident von diesem Golfclub war.«

»Logisch, wollte dich nur testen«, sag ich und nun leere auch ich meine Flasche. Irgendwie läuft's heut nicht so besonders. »Und? Wo hält er sich auf, der Vorgängerpräsident vom Golfclub?«

»Kann es sein, dass du die Sache nicht ernst nimmst?«

»Doch. Tierisch ernst sogar. Also?«

»Also, pass auf, dieser Vorgänger, der heißt Hundhammer und hält sich zum aktuellen Zeitpunkt mit seiner Frau in Amsterdam auf. Die beiden sind grad in den Flitterwochen dort.«

»Wie in den Flitterwochen? Ich dachte, der ist verheiratet und hat eine blutjunge Geliebte.«

»Stimmt. Zumindest hat es in der Vergangenheit gestimmt. Aber die Sache mit dieser Geliebten, die ist ja schon vor über einem Jahr aufgeflogen und gleich darauf hat er dann quasi Nägel mit Köpfen gemacht und die Scheidung eingereicht. Und da er ja selber Anwalt ist, war das Ganze wohl ruckzuck erledigt. Jedenfalls ist er eben seit ein paar Tagen wieder verheiratet, und zwar mit seiner jugendlichen Liebe. Er hat jetzt übrigens ihren Namen angenommen, einfach weil er nicht mehr so heißen wollte wie seine drei Ex-Frauen.«

»Drei Ex-Frauen?«

»Drei Ex-Frauen.«

»Allerhand«, sag ich und kann gar nicht so schnell denken, wie mir hier die Informationen um die Ohren fliegen. »Und hat er ein Alibi für die Tatzeit, der nagelneue Hundhammer?«

»Ja und nein. Aber das ist jetzt gar nicht der springende Punkt, Franz«, sagt der Rudi nun weiter, lehnt sich in seinen gekrempelten Spenden an die Hauswand zurück und hat plötzlich einen sehr überheblichen Gesichtsausdruck in seiner Visage. Und weil ich diese albernen Spielchen längst von ihm kenne, drum spiel ich es halt mit.

»Was ist dann der springende Punkt, du Ermittlungsgenie, du ausgefuchstes?«, frag ich deswegen.

»Der springende Punkt ist, dass ich in seiner Mülltonne, also wir reden hier von der Mülltonne vom Hundhammer, dass ich da einen Golfschläger gefunden habe.«

»Du hast in seiner Mülltonne einen Golfschläger gefunden? Was zum Teufel hast du denn in seiner Mülltonne gesucht?«

»Beweismaterial. Was ja offenbar funktioniert hat«, antwortet der Rudi und dabei kann ich gar nicht recht ausmachen, ob sein Tonfall nun eher ins Beleidigte oder Überhebliche reintendiert. »Ich war vor seinem neuen Anwesen, das er mit seiner aktuellen Gattin grad bezogen hat. Todschick übrigens, 1-a-Lage an der Isar in Landshut. Ja, und dort hab ich halt geläutet und es hat niemand aufgemacht. Dann hab ich natürlich in den Briefkasten geguckt und in die Mülltonne. Das hättest du doch auch gemacht, oder etwa nicht?«

»Ja, Rudi, das hätte ich. Aber ganz im Gegensatz zu dir bin ich auch im Besitz sämtlicher polizeilicher Befugnisse, verstehst. Du jedoch hast sie eben nicht und hast dich mit dieser Aktion möglicherweise sogar strafbar gemacht.«

»Ach, leck mich doch am Arsch!«, sagt er jetzt, steht auf, drückt mir die leere Bierflasche in die Hand und geht zu seinem Wagen zurück.

»Du hast den Golfschläger nicht zufällig in deinem Kofferraum?«, ruf ich ihm hinterher.

»Nein.«

»Schade.«

»Ich hab ihn auf der Rückbank. Ordnungsgemäß gesichert und verpackt.«

»Dann kannst du ihn mir ja ordnungsgemäß aushändigen.«

»Aber … aber ich hab ihn gefunden.«

»Und was willst du jetzt? Einen Finderlohn, oder was?«

Nun reißt er die hintere Autotür auf, holt den dämlichen Schläger aus seinem Heck hervor, rast über den Hof und drückt ihn mir gegen die Brust. Dreht sich wortlos wieder ab, rast retour, steigt ein, knallt die Autotür zu, startet den Motor und legt den Rückwärtsgang ein, dass das Getriebe nur so kracht. Er wirkt ein bisschen hysterisch. Ich stell mich ihm in den Weg.

»Rudi«, sag ich und trommle gegen sein Seitenfenster. Einen Moment lang starrt er mich jetzt mit zusammengekniffenen Augen an. Dann aber will er doch die Scheibe nach unten drehen, bleibt aber mit seinen aufgekrempelten Ärmeln ständig an der Fensterkurbel hängen, was ihn ganz ohne Zweifel schier wahnsinnig macht. Irgendwann aber ist sie dann schließlich offen, diese dämliche Scheibe. Wenigstens einen Spalt weit.

»Ich«, zischt er dann durch das halb offene Fenster hindurch, »ich hab übrigens die Susi gesehen. Vorher, wie ich durch euer Scheißkaff gefahren bin. Und weißt du was, Franz? Sie war fleißig am Plakatekleben, überall, an jeder freien Stelle. Sie scheint diese Bürgermeistersache wirklich ernst zu nehmen. Wirklich sehr ernst. Und wenn du mich fragst, Franz, dann hoffe ich inständig, dass sie das auch schafft. Dass sie tatsächlich Bürgermeisterin wird. Und dass sie Karriere macht. Und dass sie dann einen ganz tollen Mann auf ihrem Niveau findet, der sie am Ende glücklich macht und der sie heiratet. Weil mit dir … mit dir ist sie die ärmste Sau auf diesem Planeten, und das wird auch immer so bleiben.«

»Ja, und wenn sie nicht gestorben sind, dann leben sie noch heute.«

»So, und wenn du jetzt bitte deinen blöden Ellbogen aus meinem Fenster nehmen würdest.«

Ein paar Sekunden später, da fährt er von dannen, dass der Kies nur so fliegt. Ich setz mich jetzt noch mal aufs Bankerl, weil ich das alles noch mal sacken lassen muss. Der Rudi, der kleine Giftzwerg. Ist wieder mal ein bisschen übers Ziel hinausgeschossen in seinem dienstlichen Eifer, der ihm ja gar nicht mehr zusteht und den er dennoch nicht loslassen kann. Andererseits, wenn ich ehrlich bin, da wär ich schon oft aufgeschmissen ohne sein tatkräftiges Zutun. Das muss man schon sagen. Und wenn ich so über unsern aktuellen Fall nachdenke, dann hat dieser Hundhammer jetzt das beste Alibi, das ich einem potenziell Verdächtigen auch nur zugestehen könnte. Weil, wer würde schon eine Tatwaffe in die eigene Mülltonne stopfen? Kein Mensch. Und ein Anwalt schon gar nicht. Denn das … das wär ja wohl völlig bescheuert.

Nun wird über mir im Wohnhaus ein Fenster geschlossen. Sehr bedächtig und leise. Und dennoch reißt es mich aus meinen Gedanken heraus.

Kapitel 14

Es ist ein gellender Schrei, der mich am nächsten Morgen aus dem Tiefschlaf reißt. Ich kann weder sagen, woher er kommt noch von wem, und fühl mich deswegen erst mal dazu genötigt, die Augen zu öffnen. Ein winziger Moment der Orientierung reicht mir allerdings aus, mich gleich wieder zu entspannen und weiterzudösen. Alles ist gut. Ich bin zu Hause und nicht etwa auf der Rückbank von der Susi ihrem Elefantenrollschuh. Glücklicherweise ist es auch nicht der Tresen vom Wolfi, wo ich grad aufgewacht bin, leicht verkatert und mit dem letzten, noch halb vollen Bierglas in der Hand. Gut, mein heiß geliebtes Kanapee im Saustall drüben ist es allerdings auch nicht, aber das ist halb so wild. Ich liege bequem, das Bett ist warm und weich und draußen ist es noch relativ dunkel. Also alles perfekt sozusagen. Nicht der geringste Grund, fluchtartig das Bett zu verlassen.

»Franz!«, hör ich nun einen weiteren, abermals gellenden Schrei, der nun jedoch eindeutig der Susi zuzuordnen und ziemlich offenkundig mir gewidmet ist. »Würdest du bitte mal deinen blöden Arsch hochkriegen und dich hierherbewegen, bevor ich noch Anfälle krieg.«

Ich hätte schwören können, die hätte sie schon.

»Was?«, ruf ich retour und zieh mir das Kissen über den Kopf.

»Hier! Her!«

Hab ich eine Schnauze und wedle mit dem Schwanz, oder was? Ich beweg noch nicht mal eine meiner Pfoten, roll mich auf die andere Seite und schon penn ich wieder ein. Irgendwie scheint mir die Nacht davor noch in den Knochen zu stecken. Nur ein paar Atemzüge später, da leckt sie mir mit der Zunge über die Wange. Ganz, ganz langsam, im Grunde bewegt sie sich kaum. So ein Luder, heute versucht sie es offenbar mit all ihren Tricks. Doch weil mich die Aussicht auf Schnackseln jetzt tatsächlich gleich viel munterer macht, drum öffne ich die Augen wieder. Aber sie ist gar nicht da, die Susi. Das heißt, da ist sie eigentlich schon, nur nicht dort, wo ich sie vermutet hätt. Nämlich direkt über mir mit der Zunge auf meiner Wange. Nein, vielmehr steht sie neben meinem Bett, hat die Arme in die Hüften gestemmt und schaut auf mich runter.

»Was … was ist das auf meiner Wange?«, will ich deswegen erst einmal wissen, weil es halt nicht die Zunge von der Susi sein kann, und setze mich auf.

»Eine Nacktschnecke«, antwortet sie mit der Gelassenheit eines Sprengmeisters.

Ich fass mir an die Backe und muss feststellen: Ja, sie hat recht. Es handelt sich eindeutig und zweifelsohne um ein etwas größeres Exemplar einer Nacktschnecke.

»Susi«, sag ich und schmeiß das widerliche Vieh einmal quer durchs ganze Zimmer. »Wie kommt eine Nacktschnecke in mein Gesicht? Wie kommt sie überhaupt ins Haus?«

»Auf dein Gesicht hab ich sie gelegt, weil du ja anders nicht wach zu kriegen warst. Wie sie ins Haus kommt, das kann ich allerdings nur vermuten. Ich glaub, da müssten wir den Paul einmal fragen«, antwortet sie und setzt sich dabei zu mir auf die Bettkante.

»Warum sollte der Paul das wissen?«

»Franz«, sagt sie und schaut mir ganz tief in die Augen. »Es sind Dutzende davon. Vielleicht sogar Hunderte, ich hab echt keine Ahnung. Ich kann dir nur sagen, dass diese Viecher überall im ersten Stock rumliegen und unten bin ich noch gar nicht gewesen. Und ich kann dir auch sagen, dass gestern Abend der Lego-Eimer direkt neben dem Paul seinem Bett gestanden hat. Das hab ich gesehen, wie ich noch einmal durch seine Tür geschielt hab. Doch da hab ich mir freilich nix dabei gedacht. Höchstens, dass eben seine Legos drin sind, sonst nix. So, wie's ausschaut, sind da aber die Viecher drin, weil ich grad gesehen hab, dass eben auf der Außenseite von diesem Eimer, dass da auch ein paar kleben. Wir müssen was machen, Franz. Und zwar sofort. Wir müssen die jetzt alle einsammeln und wieder aus dem Haus rausschaffen.«

»Das haben wir gleich«, sag ich und steh jetzt so ungestüm auf, dass die Susi gleich von der Bettkante rutscht. Der Weg zum Paul seinem Zimmer, der gestaltet sich in der Tat wie ein Hindernislauf. Die Viecher sind echt überall, es ist einfach nur ekelhaft.

»Aufstehen, Paul«, sag ich, gleich wie ich zu ihm reinkomm, und mach die Rollläden auf. Keinerlei Reaktion. Wenn er schläft, dann schläft er. Das hat er von mir und er braucht noch nicht mal ein Bier dafür. Ich reiß ihm die Bettdecke vom Pyjama und schüttle ihn. »Paul, Schluss mit lustig. Es ist ein Ernstfall eingetreten und aktuell bist du in Lebensgefahr.«

Nun öffnet er langsam ein Auge, nur um das zweite umso fester zuzudrücken.

»Was ist?«, fragt er nun zaghaft, während er versucht, seine Bettdecke zurückzuerobern. »Wieso bin ich in Lebensgefahr?«

»Weil ich dir gleich deinen kleinen Hals umdreh, wenn du nicht augenblicklich dafür sorgst, dass diese ganzen Schnecken wieder aus dem Haus verschwinden.«

Jetzt setzt er sich ruckartig auf und schaut zu seinem Lego-Eimer. Sein Blick gleitet weiter über den Boden, ehe er dann aufsteht und auf Zehenspitzen und, quasi der Schleimspur seiner Schutzbefohlenen folgend, in die Diele rauswandert.

»Mannomann«, kann ich ihn nun vernehmen und muss grinsen. »Ich dachte nicht, dass die so schnell sind. Ich wollte die heut auf dem Weg zur Schule auf der großen Wiese vor dem Neubaugebiet rauslassen.«

»Das solltest du unbedingt machen«, sag ich, wie ich mich nun neben ihn stell. »Vorher aber müssen sie zurück in den Eimer. Und zwar jede Einzelne davon.«

»Ich … ich wollte sie doch nur vor der Julika retten«, sagt er und seine Stimme klingt traurig.

»Was hat denn die Julika damit zu tun«, fragt nun die Susi aus der Badezimmertür heraus und so erklär ich ihr kurz den gestrigen Sachverhalt, was sie postwendend verständnisvoller stimmt. Jedenfalls kommt sie kurz aus dem Bad, gibt dem Paul ein Bussi und faselt irgendetwas Versöhnliches, ehe sie dann ihren Föhn anschmeißt.

»Aber wenn ich die alle noch vor der Schule einsammeln soll, dann komm ich zu spät«, sagt der Paul nun mit hängenden Schultern und irgendwie wirkt er grad leicht überfordert mit der Gesamtsituation.

»Wie voll ist er denn genau gewesen, dein Schneckenrettungseimer?«, frag ich und hoffe in Anbetracht dessen Größe auf eine milde, relativierende Antwort. Aber nix.

»Randvoll, Papa«, sagt der Paul und schaut dann zu mir rauf. »Kannst du mir helfen?«

Natürlich tu ich morgens um sieben nichts lieber, als auf allen vieren durchs Haus zu robben, um all die zahllosen, ungebetenen Mitbewohner einzusammeln, die sich dort an unserem Laminat festgesaugt haben. Das ist mein ganz persönlicher Jackpot sozusagen. Aber es hilft alles nix, die Dinger müssen raus. Doch irgendwann ist auch die mutmaßlich letzte Nacktschnecke im Eimer und so können wir los, der Paul und ich. Wir entlassen sie genau an der Stelle wieder in die Freiheit, die er zuvor schon ins Visier genommen hatte, nämlich auf der großen Wiese direkt hinter dem Neubaugebiet. Und anschließend setz ich ihn dann vor seiner Schule ab.

»Danke, Papa«, sagt er beim Aussteigen und macht danach die Autotür zu. Ich lass mal kurz das Fenster runter.

»Passt schon«, kann ich grad noch entgegnen, dann hören wir die Glocke zum Unterrichtsbeginn läuten. Das scheint ja direkt eine Punktlandung gewesen zu sein. Jetzt dreht er sich ab und fängt an zu laufen. Einen kleinen Moment lang schau ich noch hinter ihm her, diesem kleinen Kerlchen mit den schnellen Schritten und den kerzengeraden Beinen. Lieber Gott, lass es bitte nur ein einzelnes Restexemplar sein, das dort hinten an seinem Schulranzen klebt, denk ich mir noch so. Dann tret ich aufs Gas.

Den ganzen Weg bis rüber zum Rathaus will er mir dann nicht recht aus dem Kopf gehen, der Paul. Und das nicht nur wegen seiner Weltretter-Mentalität, sondern auch, weil er praktisch allgegenwärtig ist. Es scheint ja kaum noch eine Hauswand hier in Niederkaltenkirchen zu geben, wo er mir nicht grad entgegengrinst. Gut, die Susi tut das schon auch und selbst die Hinkelotta wirkt fröhlich auf all diesen Plakaten, die tatsächlich überall sind. Doch das ist was anderes. Die sind halt drauf, weil sie drauf sind. Punkt. Weil irgendein ansatzweise begabter Fotograf sie mehr oder weniger perfekt inszeniert und ausgeleuchtet hat, so, wie das zig Fotografen an zig Orten zu jeder Tages- und Nachtzeit tun. Doch was den Paul betrifft, da ist das irgendwie anders. Es ist, als hätte man … ja, als hätte man seine Seele abfotografiert. All das Kluge, Zarte und Liebevolle in und an ihm. Seinen Perfektionismus und seinen Gerechtigkeitssinn. Seine herzliche Offenheit und seine Würde, die selbst in läppischen Balletthosen nicht zu übersehen sind. Das alles, dieses ganze wunderbare Wesen scheint hier auf diesem einen simplen Foto eingefangen worden zu sein. Ich kann es nicht anders beschreiben. Meine Güte, was ist los mit mir? Vermutlich werde ich alt. Oder es ist der Hunger, der mich verwirrt. Denn solch rätselhaft sentimentale Gedanken sind im gleichen Maße neu für mich, wie sie mir auch unangenehm sind. Da bin ich jetzt regelrecht froh, wie ich schließlich vor dem Rathaus ankomm. Und noch bevor ich meinen Wagen parke, da fällt es mir auf. Der Max ist weg. Da, wo er gestern noch fixiert war, da sind nur noch die Pylonen. Die Verblüffung darüber wird aber gleich von einer Art Erleichterung abgelöst, denn eigentlich war ja mein Plan, ihn gestern gegen Abend noch zu befreien, spätestens aber heut früh vor der Müllabfuhr. Das muss ich jedoch irgendwie vergessen haben. Vermutlich wegen dem Paul und seiner Schneckendepression. Oder möglicherweise auch wegen dem pathetischen Abgang vom Rudi, wer weiß. Was aber jetzt auch keine Rolle mehr spielt. Der Max ist weg, und das ist auch gut so, dann kommt die Müllabfuhr gut durch. Wenn ich mir hernach meine Brotzeit beim Simmerl hole, dann werd ich schon rausfinden, wer für diese Befreiungsaktion verantwortlich war.

Es ist der Bürgermeister, der plötzlich aus dem Fußboden wächst und mir gegen das Fenster trommelt.

»Haben Sie das gesehen?«, kann ich ihn schon hören, da bin ich noch nicht mal aus dem Wagen gestiegen. »Haben Sie das gesehen, Eberhofer? Von jedem dämlichen Dings ... Äh, wartens. Genau. Von jedem dämlichen Zaunpfosten im ganzen Umkreis, da grinst mir jetzt Ihre Susi entgegen. Und auch Ihr Sohnemann. Und Ihr blöder Köter. Das geht mir so was von auf die Eier.«

»Ja, mir auch«, sag ich und schmeiß die Autotür zu.

»Wir hatten eine Vereinbarung, Eberhofer. Ein sogenanntes Dings ... ein Gentlemen's-Agreement sozusagen, was bedeutet ...«

»Upsala, Telefon«, muss ich ihn jetzt unterbrechen und zieh mein Handy hervor.

»Aber es läutet doch gar nicht.«

»Eberhofer«, nehme ich den imaginären Anruf entgegen und leg danach eine kleine Kunstpause für die ebenso imaginäre Antwort ein. »Ah, gut, dass Sie anrufen. Folgendes ...«, kann ich grade noch sagen, dann läutet es wirklich, mein Handy. Und irgendwie ist mir das im ersten Moment jetzt schon ein bisschen peinlich. Doch freilich lass ich mir davon nix anmerken, sondern geh zielorientiert einfach Richtung Verwaltungsschnepfen, sprich Kaffeemaschine. Ein herrlicher Duft strömt mir gleich entgegen, kaum, dass ich den Raum betrete, und voll Vorfreude hol ich mir ein Haferl aus dem Schrank. Den Bürgermeister, den hab ich unterwegs an einen unserer Mitbürger verloren, der ganz offenkundig vor unserer Rathaustür auf ihn gewartet hat und nun wohl eine Audienz bei ihm will. Und in Anbetracht der bevorstehenden Wahl kann er es sich selbstredend keinesfalls leisten, so jemanden einfach stehen zu lassen.

Mein Anrufer, oder besser gesagt meine Anruferin, ist übrigens die Tessa Paulus. Und sie will wissen, ob sie das Land nach der Beerdigung ihres Vaters wieder verlassen darf oder nicht. Was für ein aufmerksames Mädchen das doch ist. Und welch gute Manieren sie hat. Ich weiß gleich gar nicht, was ich drauf antworten soll, weil ich auf derlei Fragen so gar nicht vorbereitet bin.

»Stimmt, die Beerdigung, die ist ja heut«, sag ich, während ich mir meinen Kaffee einschenke. »Passen Sie auf, Tessa. Lassen Sie uns dann lieber später drüber reden. Also nach der Beisetzung.«

»Ja, klar. Kommen Sie doch im Anschluss einfach dazu. Es gibt einen kleinen Umtrunk und ja … es gibt auch Steckerlfisch. Mein Papsi, der hätte das so gewollt. Dann bis morgen also«, sagt sie freundlich in die Muschel.

Und noch bevor ich überhaupt antworten kann, wird die Zimmertür aufgerissen und der Bürgermeister erscheint mitsamt seinem Fürbitter von soeben. Ich komm mir grad vor wie in einem Bauerntheater.

»Hier sitzt sie«, sagt unser Dorfoberhaupt nun zu seinem Begleiter und deutet auf die Susi. »Sagen Sie's ihr. Los jetzt! Sagen Sie's ihr.«

»Was soll er mir sagen, Bürgermeister?«, will die Susi nun wissen und nimmt ihre Kopfhörer ab.

»Das mit Ihren depperten Plakaten«, antwortet er wie ein trotziges Kind. »Los, jetzt sagen Sie's ihr schon!«

»Ähm, ja, wegen den Plakaten, Fräun Susi«, sagt der ältere Herr nun ein bisschen arg hilflos und nimmt seine Schiebermütze ab. »Also, es sind … die Plakate … Eigentlich … eigentlich, da ist es ja nur wegen dem Wastl, wissens.«

»Der Wastl, das ist Ihr Hund?«, sagt die Susi milde lächelnd und klimpert mit den Wimpern.

»Genau, der Wastl, das ist unser Hund. Der von mir und meinem Weib. Dreizehn Jahr ist der schon alt, der Wastl. Und der schaut halt immer gern zwischen den Zaunlatten durch, verstehens. Das macht der schon immer, seit dreizehn Jahr schon. Und jetzt, wo der ganze Zaun voller Plakate hängt, da kann er nimmer durchschaun, der Wastl. Und deswegen wollt ich halt fragen, ob ich die Plakate vielleicht ein bisschen weiter raufhängen kann, damit er halt unten wieder durchschauen kann, der Wastl.«

»Nix, die kommen weg, diese blöden Plakate«, schreit nun der Bürgermeister und ringt dann nach Worten. Zweifellos, es ist ein Bauerntheater. »Der Wastl, der muss doch da nicht unten durchschauen! Also unter den Plakaten. Der muss eine freie Sicht haben und aus. Ja, wo kämen wir denn da hin, wenn ein jeder seine Plakate hinpappt, wo's ihm grad passt.«

Wimperklimper.

»Freilich können Sie die Plakate ein bisschen weiter raufhängen, Herr Schmidl. Weiter oben sieht man sie vielleicht sogar noch besser«, sagt die Susi und tut dabei so, als wär der Bürgermeister weder physisch noch psychisch anwesend. Wimperklimper.

»Danke, Fräun Susi«, sagt jetzt der Schmidl und knetet seine Mütze ein paarmal ordentlich durch, ehe er sie wieder aufsetzt. »Weil schön sind sie ja schon, die Plakate. Mit dem Buben drauf und dem Hund. Und Ihnen in diesem feschen Dirndl.« Dann deutet er eine Verbeugung an und verschwindet durch die Tür, durch die er grad erschienen ist. Einen ganzen Moment lang herrscht jetzt ohrenbetäubende Stille. Dann setzt die Susi ihre Kopfhörer wieder auf und fährt fort, auf ihre Tastatur zu trommeln.

»Donnerwetter, jetzt sagen Sie doch was, Eberhofer«,

seppelt der Bürgermeister jetzt weiter rum und tupft sich mit einem Taschentuch über die Stirn. Und dann sag ich halt was.

»Der Kaffee, der ist großartig heut, Bürgermeister. Schenken Sie sich einen ein, den sollten Sie wirklich probieren.«

Kapitel 15

Wie ich zum Simmerl reinkomm, glänzt nicht nur er selbst mit seiner Anwesenheit, sondern auch der Flötzinger. Beide stecken ganz zweifelsohne in ihren Golfklamotten, auf der Metzgerschulter hängt eine mordsgroße Tasche mit einem guten Dutzend Schlägern drin und so, wie's ausschaut, sind die zwei hier auch grad auf dem Sprung.

»Gisela«, schreit der Simmerl gleich nach einem kollektiven Grußwort durch die geöffnete Tür ins Obergeschoss hinauf. »Kundschaft!«

»Fahrts auf den Golfplatz, oder was?«, frag ich und schmeiß einen Blick in die heiße Vitrine.

»Ja, da kommt er wieder zum Vorschein, der Herr Oberkriminaler«, sagt der Simmerl und quetscht sich dabei mit Sack und Pack hinter dem Tresen hervor. »Mit seinem feinsinnigen Spürsinn für alles Verborgene und der ausgeprägten Fähigkeit, jede Art von undurchschaubaren Zusammenhängen am Ende doch zu durchschauen. Dir bleibt aber auch wirklich kein Geheimnis verborgen, Franz.«

»Hättest du auch nur halb so viel Ahnung von deinem Job wie ich von meinem, Simmerl, dann wär dein Leberkäs möglicherweise nicht nur dritt- sondern erstklassig«, schlag ich zurück. Der Flötzinger scheint amüsiert.

»Dann rat ich dir und deinem erlesenen Gaumen dringend zu den panierten Schnitzeln. Weil die sind nicht nur mäßig, sondern zumindest ansatzweise genießbar. Das Paniermehl, das war gut abgelagert, weißt. Minimum dreißig Jahre alt«, grinst der blöde Metzger und klopft mir dabei auf die Schulter. Dann drückt er dem Flötzinger seine Golftasche in den Arm und verschwindet wieder nach hinten, um noch ein weiteres und diesmal deutlich lauteres Mal nach seiner unzuverlässigen Gattin zu rufen. Wie auch dieser Versuch scheitert, da verschwindet er fluchend durch die Tür und rennt kurzerhand die knarzenden Treppen nach oben.

»Wir haben um halb Abschlag«, versucht der Flötzinger die offenkundige Ungeduld seines Sportsfreunds zu erklären.

»Es ist fünf nach halb, Flötz. Wird wohl knapp«, sag ich mit einem Blick auf die Uhr.

»Nicht um halb eins, sondern um halb zwei. Aber davor müssen wir ja auf der Ranch unbedingt noch ein paar Bälle schlagen. Zum Aufwärmen sozusagen.«

»Seids recht fleißig am Trainieren?«

»Der Simmerl eigentlich schon. Der ist ziemlich ehrgeizig, wenn du mich fragst. Jetzt hat er sich sogar nochmal einen Satz neuer Schläger gekauft. Der dritte übrigens. Weil er nämlich glaubt, dann fliegt die Kugel besser. Die wird aber nie fliegen, weil er einfach talentfrei ist, der Simmerl. Das war er ja auch früher beim Fußballspielen schon. Kannst dich noch erinnern?«

Und ob ich das kann.

»Und du?«

»Mei, mir ist das relativ wurst. Einmal klappt's halt und dann wieder nicht. Heut ist es halt gut, weil die Beerdigung ist, und da dürfte der halbe Golfplatz leer sein.«

»Ach, stimmt ja. Geht's ihr gar nicht hin? Ich mein, ihr habt ihn doch auch gekannt, den Paulus, oder?«

»Ja, ja, freilich haben wir den gekannt. Aber der Simmerl, der will unbedingt auf den Golfplatz, weil da heut eben nix los ist. Außerdem hat er gesagt, einkaufen wird er bei mir eh nicht mehr, der Paulus. Und wo er recht hat, hat er recht, gell.«

»Ja, dann könnts ja heut Bälle klopfen, ohne dass ihr euch blamierts, das hat ja auch was.«

»Mei, weißt, ich fahr ja eigentlich eher wegen der Nathalie hin«, erzählt er weiter und schiebt sich die Brille nach oben.

»Wegen der Nathalie. Wer genau ist die Nathalie?«, frag ich, obwohl's mich nicht wirklich interessiert. Der Flötzinger und seine Weibergeschichten, die ebenso permanent wie kurzlebig sind. Das ist jedes Mal wieder eine so dermaßen rasante Entwicklung bis hin zum Finale, dass es sich gar nicht erst lohnt, sich den aktuellen Namen zu merken.

»Die Nathalie? Die spielt halt auch Golf. Sogar in der Mannschaft, die ganz weit vorne dabei ist. Ein Wahnsinnsweib ist das, Franz. Das kannst du dir gar nicht vorstellen. Die hat einen Abschlag, dass es dir regelrecht schwindelig wird, und einen Hintern wie die Kardashian. Da kannst du ein Weißbierglas drauf abstellen. Und wie man sich wohl vorstellen kann, bin ich da nicht der einzige Interessent bei der Nathalie. Ganz klar bei dieser erstklassigen Ware. Aber heute … heute mach ich die Sache klar, Franz. Weil ja sonst keiner da ist. Sie schon, das hat sie gestern erzählt. Und heute, also nach unserer Runde, da werd ich sie im Clubhaus auf ein Rüscherl einladen. Und dann – Bingo!«

»Ich kann dieses dämliche Weib grad nicht finden«, sagt der Simmerl, wie er jetzt wieder in unserer Umlaufbahn erscheint, und wirkt ein bisschen genervt. »Wahrscheinlich ist sie immer noch sauer, weil ich mich geweigert hab, den Max vom Asphalt runterzukriegen. Sie hat es dann selber gemacht und dabei ein Mordstamtam veranstaltet. Weil sie wegen dem Gewitter Angst gehabt hat, dass ihr Kronprinz vom Blitz erschlagen wird. Manchmal, da ist sie wirklich zum Brüllen blöd, die Gisela.«

»Also bei der Nathalie, da ist das ja anders. Und das find ich auch so dermaßen toll an ihr. Dass sie praktisch immer …«

»Flötzinger, halts Maul«, kommt mir jetzt der Simmerl zuvor. »Wenn dich auch nur eine einzige von diesen ganzen Weibern, die du ständig so dermaßen toll findest, ebenfalls dermaßen toll finden würde und dich behalten tät, dann hätte das Elend endlich ein Ende und somit wär uns allen sehr geholfen.«

Gut, so ausführlich hätte ich es vielleicht nicht beschrieben, aber es kommt dem Kern der Sache schon relativ nahe.

»Was ist jetzt mit meiner Brotzeit?«, frag ich, weil mir bei all diesen Gerüchen hier langsam, aber sicher der Zahn trieft.

»Weißt was, Franz«, sagt der Simmerl und drängt mich dann mitsamt dem Flötzinger dem Ausgang entgegen. »Am besten, du ziehst los und suchst dir eine Metzgerei im erstklassigen Sektor und wir zwei, wir fahren jetzt endlich los und auf diesen verdammten Golfplatz raus, sonst krieg ich noch einen Vogel mit euch. Also, wenn ich bitten darf, Herrschaften. Auf geht's.«

Dann dreht er das Schild an seiner Ladentür um und somit steht »geschlossen« drauf. Und bis ich überhaupt check, was da grad passiert, da hocken die beiden schon im Auto und weg sind sie. Ja, herzlichen Dank auch.

Die nächstliegende Metzgerei, die ich so kurzfristig auf dem Radar gehabt hätte, die hat saudummerweise ausgerechnet jetzt Mittagspause, was mir in Anbetracht dessen, dass sie einen Mittagstisch draußen auf der Angebotstafel stehen haben, auf den ersten Blick gar nicht einleuchten will. Auf den zweiten übrigens auch nicht. Und da ich ja schon beim Simmerl und der völlig überflüssigen Fahrt zu diesem verschlossenen Fleischer hier meine ganze Zeit verplempert hab, bin ich mittlerweile auch ziemlich spät dran. Was bedeutet, dass ich jetzt schleunigst zu dieser blöden Beerdigung muss. Vermutlich bin ich dann eh wohl einer der Letzten, der schließlich auf unserem Friedhof eintrifft, der praktisch schon voll ist bis zum Gehtnichtmehr. Gut, dazu muss man vielleicht wissen, dass der gemeine Niederkaltenkirchner an sich, dass der ja schon rein generell dazu neigt, gern auf Beerdigungen zu gehen. Immerhin sieht man fast alle seine Mitbürger dort und gelegentlich sogar auch mal ein paar Fremde, so wie heut beispielsweise. Man kann mit Leuten ratschen, die man ohnehin nur auf Begräbnissen trifft, und freilich kann man auch in Erfahrung bringen, ob die Trauernden denn auch standesgemäß trauern, gell. Wenn man Glück hat, dann gibt es hinterher sogar noch einen zünftigen Leichenschmaus, und das alles für völlig umsonst. Das dürfte zumindest die Anwesenheit der meisten auch heute erklären. Weshalb diese Trauergemeinde trotzdem den üblichen Durchschnitt deutlich überschreitet, liegt sicherlich an der Fraktion der Golfspieler, die auch ohne Polo und Käppi eindeutig auszumachen sind. Rein von der Körpersprache her stehen sie da, als würden sie gleich die Kugel abschlagen, und auch der Blick ist bei den meisten hoch konzentriert in die Ferne gerichtet. Ich glaub, die kommen da gar nimmer gut raus aus ihrer sportlichen Nummer.

Gut, der eine oder andere unter den ganzen Leuten hier, der ist vielleicht auch nur gekommen, um einfach auf Nummer sicher zu gehen. Also praktisch, dass es auch stimmt und er wirklich maustot ist, der Paulus. Anders kann ich mir jedenfalls die schätzungsweise komplette Gegenwart vom Dottinger-Clan nämlich beim besten Willen nicht erklären. Und wenn ich jetzt von komplett rede, dann bedeutet das nicht, dass ich jeden Einzelnen davon kenn. Das freilich nicht. Aber wenn ich die alle mal durchzähl, wo da grad um die alte Frau Dottinger auf ihrem Rollator so rumstehen, dann komm ich inklusive der Kinder auf glatt vierzig Leut. Und das ist eine ganze Menge. Offenbar sind sogar zwei von ihren riesigen Kötern ebenfalls mit von der Partie, und das, obwohl ein Schild am Friedhofstor das Mitführen von Hunden ausdrücklich verbietet. Doch das gilt natürlich nicht für die Dottingers. Rein schon aus meiner Berufserfahrung heraus weiß ich, dass es Menschen gibt, für die keinerlei Regeln zu gelten scheinen. Höchstens noch die selbst gemachten. Also rein generell gesehen, da ist so eine ausgeprägte Menschenkenntnis doch ein enormer Vorteil, grad in einem Job wie meinem. Weil meistens, da kann ich ja schon nach wenigen Minuten exakt einordnen, wie jemand so tickt, und nur höchst selten lieg ich da daneben. Und wenn ich mir jetzt diese Dottingers einmal so anschau, dann weiß ich sofort, die kann man alle miteinander genau so, wie sie da stehen, verhaften. Nur ein einziger Kerl, so um die dreißig vielleicht, der sticht ein wenig heraus und wirkt fast wie ein Fremdkörper unter diesem halbseidenen Gschwerl hier. Aber, und jetzt kommt's, was ich eben auch sehe, es sind halt nur Halbkriminelle, von denen ich rede. Es sind Taschendiebe. Sind Hütchenspieler. Oder auch Kleinganoven meinetwegen. Einen kaltblütigen Mörder jedoch … nein, einen Mörder seh ich da keinen drunter. Allerdings, und das muss man der Vollständigkeit halber vielleicht jedoch auch noch erwähnen, sehen auch nur die allerwenigsten kaltblütigen Mörder wie kaltblütige Mörder aus.

Ganz vorne am Grab, da kann ich die Tessa sehen. Ganz allein steht sie dort in einem schwarzen Kleidchen und hält einen kleinen Strauß mit roten Rosen in den zitternden Händen. Der Kranz auf dem Sarg hat die Form eines Herzens und auch er ist mit roten Rosen gespickt.

Papsi – Für immer in Liebe, Tessa, steht auf der Schleife.

Unser Pfarrer scheint heut redetechnisch in seiner absoluten Höchstform zu sein. Also, was die einstigen und sagenhaften Tugenden unseres so derb Gemeuchelten betrifft. Fast bekommt man den Eindruck, er wär Sportler des Jahrhunderts und Mutter Teresa in einer einzigen Person gewesen. Und dann, quasi final ein herzergreifendes Ende – Legende. Der Dottinger-Clan nimmt das übrigens kollektiv gesehen eher reglos zur Kenntnis. Kein verständnisloses Raunen oder Kopfschütteln etwa. Nein, ganz im Gegenteil. Man könnte direkt meinen, sie trauern tatsächlich, so, wie sie dort alle stehen mit ihren betretenen Gesichtern und den hängenden Köpfen. Allerhand, wirklich.

Genau mir vis-à-vis, da ist übrigens der Niederkaltenkirchen-Block. Hier stehen sie zusammen, unsere Eingeborenen sozusagen, und dort kann ich nun auch die Oma entdecken. Sie befindet sich relativ mittig, und zwar an der Seite der ungarischen Tierquälerin, und die hält sie auch untergehakt. Ja, schwächeln tut sie inzwischen schon deutlich mehr als noch vor Kurzem, unser altes Mädel. Da hat auch diese Kur nix mehr groß ändern können. Aber gut, wenn man kerzengrad die Neunzig anpeilt, dann ist das wahrscheinlich ziemlich legitim, gell.

»Sagen Sie, Kommissar Eberhofer, entspricht es eigentlich der Wahrheit, dass der tatsächliche Mörder gemeinhin immer auf der Beisetzung seines Opfers aufzufinden ist?«, flüstert plötzlich eine mir durchaus bekannte Stimme und im ersten Augenblick ist das relativ seltsam, weil niemand hier ist, zu dem sie gehört. Doch kaum habe ich angefangen, mich darüber zu wundern, da werde ich auch schon am Ärmel gezupft. Und jetzt kann ich den Krakauer entdecken, der exakt neben mir in einem Rollstuhl und deswegen freilich auf meiner Bauchhöhe sitzt. Ein jüngerer Mann steht direkt dahinter, der aussieht, als wär er dem Cover eines Tattoo-Journals entsprungen, und ich vermute mal, es ist wohl sein Pfleger. Er nickt mir kurz zu und lächelt schneeweiß. Scheint ein fröhlicher Zeitgenosse zu sein.

»Kategorisch auszuschließen ist es jedenfalls nicht«, flüstere ich nun retour.

»Und? Sind Sie deswegen hier? Um Ihren Mörder zu finden?«, will der Alte nun wissen, legt den Kopf schief und grinst.

»Und Sie, Krakauer? Weswegen sind Sie hier?«

»Meine Güte, Sie enttäuschen mich, Eberhofer. Eigentlich müssten Sie das doch wissen. Hab ich Ihnen nicht erst neulich erzählt, dass ich die Wände hochgehen könnte? In diesem unsäglich deprimierenden Kerker, der nun mein Zuhause darstellen soll für den Rest meines Lebens. Da nutze ich natürlich jede sich ergebende Gelegenheit zur Flucht, darauf können Sie wetten. Erst recht, wenn man dann noch einen Pfleger dazubekommt und ein Auto. Weil Pfleger und Auto, das kriegt man beides nur in ganz bestimmten Ausnahmefällen, müssen Sie wissen. Für einen dringenden Arztbesuch bei einem Spezialisten beispielsweise. Oder eben für die Beerdigung eines verstorbenen Weggefährten. Aber dann selbstverständlich auch nur, wenn kein öffentliches Verkehrsmittel dafür infrage kommt. Ja, so sind die Regeln.«

»Aha«, sag ich, weil mir weiter nix einfällt.

»Ist Ihnen zufällig bekannt, ob es hinterher noch so etwas wie einen Leichenschmaus gibt? Oder einen kleinen Umtrunk wenigstens? In Requiem sozusagen?«

»Nein«, sag ich und muss mir ein Grinsen verkneifen. »Keine Ahnung.«

»Schade. Aber wenn man sich so umschaut, dann kann man wohl kaum davon ausgehen, bei diesen ganzen Menschen hier. Ich hab selten so viele Leute auf einer Beerdigung gesehen. Sie etwa? Ich bin sehr überrascht, dass er so viele Freunde hatte, der Paulus.«

»Wie Sie ja selbst wohl am besten wissen sollten, Krakauer, ist Freundschaft nicht immer das einzige Motiv, das Menschen zu einer Beerdigung treibt«, sag ich genau in dem Moment, wo der Sinatra anfängt *My way* zu schmettern und langsam der Sarg hinuntergelassen wird. Das erste Häufchen Erde wirft dann obligatorisch der Herr Pfarrer, ehe er die Schaufel mit viel Sanftmut und Güte in seinem priesterlichen Blick an die Tessa weiterreicht. Ich geh mal davon aus, dass sie in ihrer Traueranzeige darum gebeten hat, am Grab nicht kondoliert zu werden, weil diese Prozedur nämlich ansonsten jetzt starten würde. Tut sie aber nicht. Stattdessen sind es nur einige wenige, die Erde oder ein paar Blumen auf den Sarg fallen lassen, ehe sie gehen. Und fünf Minuten später ist es so gut wie leer gefegt hier.

»Na gut. Dann also los, Dennis«, sagt der Krakauer über seine Schulter hinweg. »Bringen wir es hinter uns und machen in Gottes Namen dieses Foto, dieses lächerliche.«

»Yes! Wir machen ein voll chilliges supermegacooles Freedom-for-Krakauer-Foto«, entgegnet der Dennis, während er, zutätowiert und vollgepierced, wie er nun mal ist, seinen Pflegling Richtung Grabstätte schiebt. »Wissen Sie, Herr Kommissar«, leitet der Krakauer nun lachend einen Erklärungsversuch ein. Wahrscheinlich hat er meinen aktuell verdutzten Gesichtsausdruck völlig richtig gedeutet. »Das werden Sie nun kaum glauben. Aber wir müssen fürs Heim jedes Mal eine Art Beweisfoto machen. Was heißen will, wir brauchen ein Foto, wo eben die frische Grabstelle drauf ist mit dem jeweiligen Heimbewohner, der in den Genuss eines Pflegers und eines Autos gekommen ist. In diesem Fall hier also ich. Das ist von der Heimleitung seit Neuestem so angeordnet worden, weil es da vormals einige Verfehlungen gab und ich war auch unter den Sündern. Drum eben jetzt diese Regel, damit wir nicht einfach so zum Spaß ausbüxen. Zu einem Kaffeekränzchen meinetwegen. Oder ins Kino. Oder in ein Freudenhaus. Irgendwie ist das Leben schon grotesk, finden Sie nicht auch? Früher, da waren wir voll im Saft, dafür hatten wir leider kein Geld. Und heute haben wir's und können es nicht mehr verjubeln. Ein Trauerspiel, wirklich. Ein einziges Trauerspiel.«

Während die beiden anschließend ihrem Fotoshooting frönen, kommt die Tessa auf mich zu.

»Es ist vollbracht«, sagt sie, kaum, dass sie mir gegenübersteht, und wirkt sichtlich erleichtert, trotz der rot geweinten Augen.

»Es war eine schöne Beisetzung«, stammle ich ein bisschen unbeholfen, weil ich sie jetzt grad gar nicht auf dem Schirm gehabt hab. »Und äh … so schöne Musik. Sehr, sehr schön, muss man schon sagen.«

»Ich hasse ihn, den Frankie-Boy. Aber der Papsi … der Papsi hat ihn geliebt. Ich glaube, es ist das Einzige an ihm, das ich echt nicht vermissen werde. Seinen unerklärlichen

Spleen für Sinatra«, sagt sie und lächelt ein winziges Lächeln.

»Da haben wir ja was gemeinsam«, sag ich und versuch, ihren hübschen verweinten Blick einzufangen.

»Aha. Und das wäre?«

»Ich hasse die Beatles und mein Papa, der liebt sie. Ebenso wahr wie unerklärlich.«

»Und wenn Ihr Papa, also wenn der in unzähligen Jahrzehnten einmal sterben wird, wären dann die Beatles das Einzige an ihm, was Sie nicht vermissen würden?«, fragt sie und streicht sich eine Haarsträhne aus der Stirn. Ich überlege für den Bruchteil einer Sekunde.

»Nein«, sag ich dann und muss grinsen. »Das eher nicht.«

»Ich glaube, manchmal fehlt ein Mensch erst richtig, wenn er tatsächlich fehlt, weil er nicht mehr unter uns ist. Und dann fehlt er eben total, also auch mit den Seiten, die man nicht so sehr an ihm mochte. Die man nicht verstanden hat und die einen oft zum Wahnsinn getrieben haben. Ist das nicht seltsam? Wissen Sie, wobei ich mich im Moment immer öfter ertappe? Ich ertappe mich dabei, dass ich den Sinatra hör.«

Ja, genau. Ich kann mir schon förmlich dabei zusehen, wie ich nach dem väterlichen Ableben rund um die Uhr Kopfhörer trage, nur um ungestört, heimlich und in voller Lautstärke die Beatles rauf und runter zu hören.

»Kommen Sie gleich noch zum Umtrunk?«, will sie nun wissen und ich nicke.

»Mein Beileid«, sagt der Krakauer, gleich, wie er nun neben uns anrollt, und vermutlich ist es was Ähnliches, was sein Dennis so murmelt.

»Danke«, entgegnet die Tessa.

»Gibt es einen Leichenschmaus?«, fragt der Alte völlig

ungeniert aus seinem Rollstuhl heraus und ich weiß gleich gar nicht recht, wo ich jetzt hinschauen soll. Irgendwie ist mir diese Frage zuwider.

»Nein, tut mir leid«, antwortet sie jedoch ebenso prompt wie souverän, nickt noch knapp in die Runde und dreht sich zum Gehen ab.

»Sind Sie eigentlich noch ganz dicht, Krakauer?«, muss ich dann fragen und schau der Tessa hinterher, wie sie auf ihren schwarzen Pumps über den Friedhofskies knirscht.

»Nein, ist er nicht«, antwortet der Dennis statt seiner und grinst ein sehr breites Grinsen. »Aber wir zwei, wir machen jetzt eh einen geschmeidigen Abgang. Hatten ja heute schon immens fun, der Opa und ich. Und jetzt gehen wir noch ganz chillig auf ein Eis. Salted Caramel. Ach ja, und wenn Sie mal watten wollen, Sheriff, dann schauen Sie doch einfach bei uns vorbei. Immer Sonntagabend, so gegen sechs.«

»Dennis, wie oft muss ich dir noch sagen, dass ich nicht kein Opa bin. Rein generell nicht und deiner schon gar nicht. Das weißt du. Und du weißt auch genau, dass ich es beim Teufel nicht ausstehen kann, wenn du mich so nennst. Also lass es, verdammt noch mal«, brummt nun der Krakauer und der Dennis grinst wieder ein sehr breites Grinsen. Jetzt muss ich aber doch einmal ganz kurz, aber genauso dicht an ihn herantreten und meine Arme dabei so in die Hüften stemmen, dass man die Knarre gut sehen kann.

»Ich kann es übrigens auch beim Teufel nicht ausstehen, wenn du ihn so nennst«, muss ich jetzt loswerden. Dann fasst der kleine Pisser die Griffe des Rollstuhls und schiebt den Herrn Krakauer an sämtlichen Gräbern vorbei in Richtung Friedhofstor. Und verschwindet schließlich hinter einer Kurve. Und so mach ich mich dann auch selber auf den Weg zum Wagen zurück. Ob ein Mörder auf der Beerdigung seines Opfers erscheint? Gute Frage. War heute ein Mörder unter der Trauergemeinde? Schwer zu sagen. Zumindest ist mir aufgefallen, dass die Frau Heimerl nicht hier war. Und ihr Gatte ebenfalls nicht. Aber gut, der kommt ja auch erst heute Abend von seiner Geschäftsreise zurück. Da werd ich mir den wohl bald mal vorknöpfen.

Kapitel 16

Draußen vor dem Friedhofstor geht's praktisch zu wie am Stachus. Augenscheinlich hat sich die ganze Sippschaft rund um diese Trauerfeierlichkeiten nun dorthin verlagert. Und wie bei annähernd jedem Anlass dieser Sorte ist die Stimmung auch hier relativ gut bis hin zu ausgelassen. Es wird geratscht und getratscht, über abwesende Zeitgenossen wird kräftig gelästert und hier und dort wird auch recht herzhaft gelacht und einander auf die Schulter geschlagen. Ich versuch, mir den Weg zu meinem Auto zu bahnen, was angesichts der Neugier der Leute gar kein so leichtes Unterfangen ist. Auf Schritt und Tritt werde ich nämlich gefragt, ob's denn schon irgendwelche Neuigkeiten gibt, was beispielsweise das Ergreifen des Mörders betrifft. Oder ob schon ein Tatmotiv vorliegt. Außerdem werde ich ernsthaft gefragt, ob ich eventuell weiß, wie viel der Paulus hinterlassen hat. Irgendwann aber erreiche ich den Streifenwagen, doch auch dort scheint der Fragemarathon einfach kein Ende zu nehmen. Weswegen ich dann kurzerhand zum Megafon greifen muss. Weil, warum sollte man die immer wiederkehrenden Fragen beantworten, wenn man das auch pauschal und in einem Aufwasch machen kann.

»Achtung, Achtung«, sprech ich nun in das Mikro und augenblicklich ist es mucksmäuschenstill. »Um es auf den Punkt zu bringen. Nein, bisher gibt's weder einen mutmaßlichen Mörder noch ein Tatmotiv. Und wie viel der Paulus hinterlassen hat, das geht euch nix an. Und alles, was euch was angeht, das steht ohnehin in der Zeitung. So, Ende der Durchsage und jetzt machts mir gefälligst den Weg frei. Und zwar hurtig.«

Dann steig ich ein und starte den Motor. Gleich darauf, wie ich praktisch auf der Höhe von der Oma ankomme, halt ich kurz an und kurble das Fenster herunter.

»Soll ich euch vielleicht heimfahren?«, frag ich und merk sofort, wie erleichtert sie ist.

»Ah, gut, dass du da bist, Bub«, schnauft sie mir durchs Fenster. »Kannst du uns vielleicht heimfahren. Das ist ja vielleicht eine Dreckshitz heut. Mir tun die Hühneraugen weh und meine Haxen sind dick. Die sind halt auch nicht mehr die besten, weißt.«

Ja, genau wie die Ohren, denk ich mir so. Und da öffnet die Julika auch schon die hintere Autotür und hilft der Oma beim Einsteigen. Sie selber nimmt bei mir vorne Platz und schnallt sich ordnungsgemäß an.

»Das kannst dir gleich einmal merken, Julika«, sagt die Oma jetzt weiter und beugt sich durch die Mitte hindurch zu uns vor. »Besser … besser wird das nimmer. Genieß deine Jugend, solange du sie noch hast. Weil Altwerden, das ist keine Gaudi nicht. Erst recht nicht für uns Weibsbilder. Alles verschleißt, und bevor du es noch richtig kapiert hast, da ist auch schon jedes einzelne Boandl im Leib marod. Und schöner werden tut man ja auch nicht dabei. Wenn man's genau nehmen will, dann ist der ganze Glanz im gleichen Maße dahin, wie die Mängel zunehmen. Ob es das alles wert ist? Ich weiß fei ned. Vielleicht wär's da am End ja doch wirklich gescheiter, man macht's wie der Paulus und geht, wenn's am schönsten ist.«

»Na ja, so ganz freiwillig ist er ja nicht gegangen, der Paulus«, muss ich hier einwerfen.

»Ja, das tun die wenigsten. Weil man immer denkt, es kommt noch was Besseres nach. Tut es aber nicht. Manchmal, da hab ich schon Zeitlang. Nach meiner Jugend hab ich da Zeitlang. Wie ich halt noch fit war und fidel. Ja, ich bin ein fideles Mädl gewesen, das kann man schon behaupten«, sagt sie noch, ehe sie sich wieder zurücklehnt. Dann schweigen wir ein bisschen. Apropos schweigen: Die Julika hat noch kein Wort gesagt. Sitzt nur stumm neben mir und glotzt wie betäubt aus dem Fenster.

»Ist alles in Ordnung mit dir?«, muss ich deswegen nun einmal fragen.

Keine Antwort.

»Julika?«

»Was?«, schreit sie mich jetzt an und reißt dabei ihren Kopf so dermaßen ruckartig zu mir her, dass ihr roter Schopf geradezu bebt. »Entschuldige, ich … ich war grad in Gedanken.«

»Ich wollt nur wissen, ob alles in Ordnung ist. Du bist so still heut.«

»Es ist die Hitze«, sagt sie ein wenig zerstreut und kräuselt die Nase.

Seltsam, die Hitze war ansonsten eigentlich immer ganz genau das, was sie am meisten mag. Raus in die Sonne im knappen Bikini, dass der Papa und der Leopold eine Schnappatmung kriegen. Und die arme Susi gleich noch dazu.

Den Rest des Weges verbringen wir wieder schweigsam. Gut, es ist auch nicht weit, gell. Knappe fünf Kilometer lang kann man schon einmal schweigen.

»Aussteigen, Ladys«, sag ich, wie wir schließlich angekommen sind.

»Eine verdammte Hitz ist das heut«, sagt die Oma noch einmal und muss sehr schwer schnaufen, wie sie sich dann aus ihrer Rückbank schält. »Da kriegst ja Zuständ.«

»Musst du noch mal los?«, will die Julika jetzt wissen, während sie ihren Schopf durch die Beifahrertür duckt. »Ich frag nur wegen dem Essen.«

»So isses.«

»Wegen diesem Paulus-Mord, oder was?«

»Ja, ich muss da noch kurz bei seiner Tochter vorbei«, antworte ich.

»Bei seiner Tochter, soso. Ja, dann«, sagt sie noch und macht die Autotür zu.

Auf dem Weg zur Tessa merke ich, dass mir langsam, aber sicher der Magen knurrt. Etwas zwischen die Kiemen zu kriegen, das wär ja jetzt rein generell nicht verkehrt, nachdem ja mein Mittagessen wegen einer egomanischen Phase vom Simmerl heut schon ausgefallen ist.

Es ist kaum mehr ein Parkplatz zu finden vor dem Haus der Familie Paulus, sodass ich mich notgedrungen zwischen zwei Luxuskarren quetsche und mir beim Aussteigen sogar das Einatmen verkneifen muss. Dennoch ist dabei leider ein klitzekleiner Kratzer an der Tür vom Ferrari links neben mir nicht zu vermeiden gewesen. Die Garage ist offen und aus der ist auch das Stimmengewirr zu vernehmen, was mir zeigt, dass dies wohl der kürzeste Weg ins Geschehen sein muss. Und keine zehn Schritte später, da bin ich dann auch schon im Garten und somit mittendrin in der Kremess-Gesellschaft. Es dürften so Pi mal Daumen an die fuchzig Leute hier sein und rein altersmäßig gibt's einen recht ausgewogenen Durchschnitt durch sämtliche Generationen. Und während die Jüngeren der Tessa recht fleißig zur Hand gehen, stehen die etwas älteren Semester in Grüppchen beieinander und sind offenbar kulinarisch bereits aufs Beste versorgt. Jeder hat ein Getränk in der Hand und die vielen benutzten Teller überall deuten wohl darauf hin, dass es auch schon feste Nahrung gab. Es sind übrigens diverse Salate im Angebot und Brezen. Und der gegrillte Steckerlfisch ist mir schon gleich beim Aussteigen in die Nase gestiegen. Also praktisch genau da, wo ich noch irgendwie versucht hab, atemlos und mit eingezogenem Bauch, diesen blöden Kratzer wegzupolieren. Inzwischen sind es gut hörbare Geräusche, die mein Magen nun von sich gibt, und es gibt eine Schlange vor dem Grill. Bevor ich mich aber nun in der Reihe der ebenfalls Darbenden anstell, da muss ich aber noch ganz kurz zum Bieseln. Weil eine Mahlzeit, die lässt sich immer viel besser genießen, wenn die Blase nicht drückt. Ist ja auch mehr Platz dann. So geh ich also erst mal durch die Terrassentür hindurch und will grad zielstrebig das Klo aufsuchen, wie ich auch dort eine recht beachtliche Anzahl von Gleichgesinnten ausmachen kann. So hab ich mir das nicht vorgestellt. Aber gut. Ist halt mal ein Einfamilienhaus und kein Lokal nicht. Drum bleibt mir gar nix anderes übrig, als mich hinten anzustellen. Ich lass meinen Blick einmal über die Fotowand schweifen und an einem der Bilder bleibt er dann hängen, der Blick. Es ist von zwo achtzehn und die Familie Paulus ist da drauf. Papa Paulus, Mama Paulus und in der Mitte Tessa Paulus. Es ist relativ groß, vermutlich DIN A4 und muss wohl irgendwo im Süden aufgenommen worden sein, weil es am Strand ist. Ein strahlender Sonnenauf- oder meinetwegen auch -untergang ist da drauf und eine ebenso strahlende Familie. Alle drei sind Arm in Arm, eigentlich schon aufs Engste umschlungen und jeder von ihnen wirkt glücklich und frei. Ein schönes Bild, so idyllisch. Und – mein lieber Schwan! – gut hat er da ausgeschaut, der Paulus. Alle Achtung. Ja, das muss ihm der Neid schon lassen. Ein schneidiger Bursche ist das gewesen. Selbst mit diesen gut sechzig Jahren, die er auf diesem Foto schon hat. Und ich weiß auch nicht, was los ist, aber an irgendjemand erinnert er mich plötzlich. Nur fällt mir ums Verrecken nicht ein, an wen. Natürlich ist mir sein Gesicht bestens bekannt. Aber das ist es nicht. Er erinnert mich an jemand anderen. An eine andere Person. Doch so viel, wie ich auch überlege und nachdenk, ich komm einfach nicht drauf. Als endlich der Lokus frei ist, bin ich noch keinen Schritt weiter.

Endlich im Garten zurück, da kann ich aber mit Freuden entdecken, dass der Zulauf an der Grillstation inzwischen schon deutlich geschrumpft ist, und das stimmt mich fröhlich. Vor mir ist jetzt nur noch eine stärkere Frau, die wohl auch nicht das erste Mal ansteht, was diverse Fettflecken auf ihrem Brustbereich deutlich verraten.

»Dotti«, tönt es plötzlich über meine Schulter hinweg Richtung Grillmeister. »Sind meine Würstl jetzt langsam mal fertig?«

»Ja, gleich. Entspann dich mal, Alter«, kommt es retour.

Dotti? Ist das möglicherweise dieser Kumpel, den die Tessa neulich erwähnt hat? Dieser abtrünnige Zögling aus dem Dottinger-Clan?

Die Dicke kriegt jetzt ihren Fisch, und das war wohl der letzte. Nun bin ich an der Reihe.

»Und?«, schaut mich der Dotti fragend an.

»Es gibt auch Würstl?«, frag ich und schau auf den leeren Grill.

»Ja, aber nur vegane. Also so Proteinwürstl für die Healthy-Freaks unter uns. Und Brokkolisticks gibt's auch. Für den Greenkeeper«, sagt er lapidar.

»Offenbar gibt's grad gar nix«, entgegne ich und merke, wie mein Magen zu knurren anfängt.

»Es gibt alles. Ich muss nur neu auflegen.«

»Dann mach das«, sag ich noch und entscheide mich für eine Makrele.

Anschließend werden wir fast so was wie Freunde, wir zwei hier in der Hitze des Grills. Eigentlich, da hätte man ja annehmen können, zwanzig Minuten sind irrsinnig lang. Also zumindest, wenn man einen tierischen Hunger hat und sowohl optisch als auch geruchstechnisch auf die kulinarische Folter gespannt wird. Aber so ist es nicht. Denn während ich nun den optimalen Gärungsgrad von meiner Makrele abwarten muss, da hab ich erstens schon einen halben Eimer Kartoffelsalat vertilgt und bin obendrein eben sehr gut ins Gespräch gekommen. Und ja, es soll sich bewahrheiten, dass der hiesige Grillmeister ein Dottinger ist. Der Clemens Dottinger nämlich, um es auf den Punkt zu bringen. Und weil er so null Komma null Bock hat auf irgendwelche dämlichen Volksfeste und auch jedwede Art von Imbissbuden nicht ausstehen kann, drum ist er halt nicht so konform, rein familientechnisch. Und anstatt die väterliche und großväterliche Tradition standesgemäß weiterzupflegen, wie all seine Geschwister das tun, da macht er lieber Musik und studiert nebenher ein bisschen umeinander. Momentan ist es Chemie, aber das ist wohl schon der dritte Versuch, wie er munter erzählt. Mit der Tessa, da ist er bereits seit dem Kindergartenalter innig befreundet und ja, manchmal poppen sie auch. In der Regel aber wär es eher platonisch. Ob seine Sippschaft von dieser Verbindung was weiß und das gnädig toleriert oder es ganz einfach noch nicht richtig gecheckt hat, das ist ihm einfach nur wurst. Er ist ein erwachsener Mann und mischt sich ja schließlich auch nicht in deren Belange. Dann ist sie endlich durch, meine Makrele, und der Dotti nimmt sie vom Rost und wickelt sie mir noch in ein Pergamentpapier ein.

»Merci«, sag ich und nehme das Päckchen entgegen. »Eine Frage hätt ich noch.«

»Also«, sagt er und schaut mich auffordernd an.

»Ist da irgendwer aus deinem Clan, dem du so was zutrauen würdest? Also einen Mord zu begehen?«

»Einen Mord?«, lacht er und kratzt mit einer Bürste über den Grill. »Ja, einen Mord würd ich schon einigen zutrauen. Es ist eher ein Wunder, dass da noch keiner passiert ist. Wenn die nämlich untereinander streiten, dann kann man aber sehen, dass man Land gewinnt. Aber den Paulus, den hat keiner von meiner Familie umgebracht. Da bin ich mir sicher.«

»Und was genau macht dich da so sicher? Ich mein, die haben sich doch gegenseitig gehasst wie die Pest, und das seit Adam und Eva. Da liegt es doch nur nahe …«

»Nein«, unterbricht er mich hier. »Die haben sich gehasst. Ja, das ist fix. Aber das ist trotzdem was anderes. Wie soll ich das jetzt erklären? Das war, ja, keine Ahnung … das war irgendwie wie ein Spiel zwischen denen. Die haben einander bespitzelt, belauert, nicht aus den Augen gelassen. Auf den Volksfesten ja sowieso, aber auch sonst hatte der eine vom anderen praktisch jeden Schritt im Visier. Und da hat's halt dann Gesprächsstoff gegeben, Zündstoff sozusagen, der abendfüllend war und an dem die ganze Familie interessiert war. Der Paulus hat dies getan, der Paulus hat das getan. Er hat ein neues Auto, er hat eine Geliebte. Er hat mehr Fisch verkauft als wir oder weniger. So ist das die ganze Zeit gegangen, seit ich denken kann. Nein, das Ableben vom Paulus, das wird meine Leute daheim ganz schön mitnehmen. Die haben ja quasi nix mehr zum Reden jetzt. Nichts, wo man kollektiv ablästern kann. Kein gemeinsames Feindbild mehr. Niemanden zum Ausrichten. Keinen, über den man herzieht. Über den man lacht. Oder über den man sich aufregt. Das war pures Entertainment, verstehst. Ich mein, man schmeißt ja auch nicht einfach seinen Fernseher aus dem Fenster, oder? So in etwa musst dir das vorstellen. Ja, besser kann ich's jetzt auch nicht erklären.«

Und grad wie ich anfangen will, diesen Wortschwall zu analysieren, genau da wird meine Konzentration aufs Gröbste gestört. Es ist die Tessa, die das tut.

»Dotti, es wird Zeit, wir müssen langsam«, sagt sie, wie sie plötzlich zu uns an den Grill rauscht und auf ihre Armbanduhr trommelt. Sie ist inzwischen umgezogen und trägt statt dem schwarzen Kleid von zuvor jetzt Jeans und T-Shirt. »Sorry, Herr Kommissar. Aber mein Flug, der wurde um zwei Stunden nach vorne verlegt und ich hab erst gestern Abend davon erfahren.«

»Welcher Flug?«, muss ich jetzt wissen.

»Ich muss dringend für ein paar Tage nach Hongkong zurück. Beruflich. Eine Freundin wird mich gleich zum Flughafen bringen. Ich wollte mich auch nur kurz verabschieden. Bleiben Sie doch bitte einfach noch ein bisschen. Ab jetzt hat der Dotti die Hausherrschaft hier, und der hat eh alles im Griff. Gleich gibt's ja noch ein Dessert-Büfett und wenn Sie möchten, in der Küche im Eisschrank, da ist ein Sauvignon zum Niederknien drin.«

Jetzt fällt sie ihrem Busenfreund um den Hals und die beiden umarmen sich, als gäb's kein Morgen mehr. Da will ich mir gar nicht erst vorstellen, wie das ist, wenn sie vögeln. Wahrscheinlich muss ich grad ein bisschen wie ein Vollidiot wirken, wie ich so danebensteh, durchgeschwitzt, wie ich nun einmal bin, mit meinem Pergament in der Hand und starrenden Auges. Hinterher hoffe ich inständig, dass ich wenigstens den Mund zuhatte. Doch dann ist sie auch schon weg, diese zauberhafte Vollwaise Tessa Paulus.

Keine fünf Minuten später, da bin ich dann auch weg, was aber nicht zwingend mit ihrem Aufbruch zu tun hat. Vielmehr ergibt sich dann eine ganz ähnliche Situation wie zuvor noch am Friedhofstor. Es ist nämlich völlig egal, wo ich mich jetzt hinsetzen möchte, um endlich meinen Fisch zu essen, ich werd sofort von den anderen Gästen nach meinem Mordfall gefragt. Und darauf … darauf hab ich jetzt so gar keinen Bock. Drum lieber gleich die Zelte hier abbrechen, ins Auto hocken und die Makrele zu Hause genießen. Selbst auf die Gefahr hin, dass sie dann nicht mehr so heiß ist.

Kapitel 17

Weil auch meine Haxen zwischenzeitlich ganz dick sind von der Hitze, zieh ich die Schuh und Socken aus, kaum, dass ich daheim angekommen bin und die Autotür zugeschlagen hab. Dann streck ich erst mal die Zehen durch, was für eine Wonne. Ein Besteck und ein kühles Bier, das wär eigentlich schon alles, was mir zu meinem aktuellen Glück jetzt noch fehlt. Barfuß, wie ich nun bin, leg ich mein Fischpackerl schon mal draußen auf den kleinen Holztisch vorm Haus und begeb mich dann schnurstracks in die Küche, um diese Sachen eben zu holen. Grad hab ich zwar aus dem hinteren Garten heraus noch diverse wohlbekannte Stimmen vernehmen können, doch da werd ich erst nach dem Verzehr meiner Makrele dazustoßen wollen, weil ich sonst am Ende der buckeligen Verwandtschaft noch was abgeben muss. Besonders der Leopold, der neigt ja dazu, einen Futterneid an den Tag zu legen, dass man es praktisch gar nicht beschreiben kann. Weil der Kartoffelsalat aber nur für das Verstummen meiner lautstarken Magengeräusche ausgereicht, mich aber nicht wirklich satt gemacht hat, drum ist an eine eventuelle Teilung erst gar nicht zu denken. Gut, mit dem Leopold freilich rein generell nicht. Mit dem würd ich noch nicht einmal eine Tasse Fencheltee teilen, obwohl ich den bis auf den Tod nicht ausstehen kann.

So hol ich jetzt also voller Vorfreude Messer und Gabel aus dem Küchenschrank und auch einen Teller. Und dann, also genau, wie ich den Kühlschrank aufmach und nach der Bierflasche greif, da seh ich aus den Augenwinkeln heraus und durch das Fenster hindurch, wie der fette Nachbarskater grad auf den kleinen Tisch draußen springt, wo er natürlich auf mein Abendessen stößt. Daran schnuppert er prompt, und zwar mit größtem Interesse.

»Wag es bloß nicht, du fette Sau«, schrei ich jetzt, so laut ich nur kann, doch da hat er es auch schon im Maul und springt damit wieder vom Tisch. Mit seiner Beute zwischen den lechzenden Zähnen rennt er dann wieselflink über den Kies und verschwindet hinter dichten Sträuchern. Na warte, du Miststück, denk ich mir noch so. Und genau da rutscht mir die Bierflasche aus der Hand und knallt auf den Boden. Glücklicherweise ist mein Fuß noch dazwischen, so zerspringt sie wenigstens nicht in Tausende Scherben, sondern bleibt ganz und unversehrt. Was man von meinen Zehen allerdings nicht sagen kann, wie ich auf den zweiten Blick seh. Einen Schmerz kann ich momentan noch keinen verspüren. Vielleicht einfach deshalb, weil mein ganzes Gehirn eh grad vollkommen überfordert ist mit den Geschehnissen hier und einer teuflischen Wut auf diesen Dreckskater. Aber er sollte noch kommen. Also der Schmerz, nicht der Dreckskater. Nachdem ich anschließend nämlich die gesamte Umgebung vergeblich nach diesem dämlichen Mistvieh und somit auch meinem Abendessen abgesucht hab, da lande ich schließlich hinten im Garten. Durchgeschwitzt und atemlos, wie ich in der Zwischenzeit bin, lass ich mich mitten in meine Sippschaft hinein auf einen der freien Stühle dort plumpsen. Und genau in dem Moment, da geht es dann los. Frag bloß nicht! Der große Zeh von meinem rechten Fuß und quasi sein direkter Nachbar, die beiden fangen jetzt an zu toben und pochen, dass es mir direkt ganz schwindelig wird. Obendrein werden sie im Sekundentakt dicker und dicker und aus dem Nagelbett heraus, da blutet es sogar. Ich sterbe.

Gott sei Dank sieht die Oma das ähnlich. Jedenfalls rennt sie los, so schnell die kurzen, müden Haxerln das halt erlauben, und bringt mir einen Beutel voller Eis. Den legt sie mir dann möglichst behutsam auf die schwere Verletzung und sorgt auch dafür, dass mein Bein hochgelagert wird. Dann saust sie gleich noch ein zweites Mal los, um mir ein Bier aus dem Kühlschrank zu bringen. Braves Mädchen.

»Da wird dir der Nagel abgehen, Bub«, sagt sie, während sie einen kritischen Blick auf meine Lädierungen wirft.

Es ist ein Fiasko, ein elendiges. Ich hab heut kein Frühstück abbekommen und kein Mittagessen ebenfalls nicht. Und bis auf dieses läppische bisschen Kartoffelsalat, der ohnehin noch nicht mal ansatzweise gegen den von der Oma anstinken kann, da hat's auch bis jetzt nix zu Abend gegeben. Mein Fuß, der tut so dermaßen weh, dass ich beinah ohnmächtig werd. Und zu guter Letzt wird mir dann noch der Nagel abgehen. Was kommt wohl als Nächstes? Ein kreisrunder Haarausfall oder eitrige Wimmerl?

»Oma, jetzt mach doch bitte mal nicht so ein Fass auf«, sagt nun die Susi. »Er hat doch keine tödliche Krankheit oder muss in den Krieg und im Kugelhagel sterben. Ihm ist einfach nur eine Bierflasche auf den Haxen gefallen, das ist alles.«

Das ist alles? Ist die bescheuert, oder was? Und überhaupt, wie schaut sie denn eigentlich aus? Weil ich nun ziemlich fassungslos bin, was das Defizit ihrer Anteilnahme so betrifft, muss ich sie freilich jetzt anschauen. Übrigens das erste Mal heute Abend, weil ja zuvor die ganze Konzentration dem blöden Fuß gewidmet war. Nun aber, wo ich sie halt anschau, da springt es mir regelrecht ins Auge. Sie war beim Frisör, die Susi. Ihre Haare sind weg.

»Du warst beim Frisör?«, muss ich deshalb gleich fragen und kann nicht aufhören, sie anzustarren.

»Ja, war ich. Schaut doch gleich anders aus, gell«, entgegnet sie und lächelt ein seliges Lächeln, während sie mit einer Hand über den brandneuen Kurzhaarschnitt fährt. Auch die Farbe ist anders.

»Das kann man wohl sagen, nämlich scheiße. Ja, es schaut einfach scheiße aus, Susi«, sag ich und jetzt starrt sie retour.

»Ist das dein Ernst, oder was?«, zischt sie mich an und kneift dabei die Augen zusammen.

»Würd ich es sonst sagen?«

»Du … du findest meine neue Frisur tatsächlich scheiße?«

»Ja, in Herrgottsnamen. Was genau verstehst du daran nicht? Haben sie dir ein Tuch vor den Spiegel gehängt, oder was?«

»Ach? Das ist aber seltsam, dass es dir nicht gefällt. Alle anderen finden es nämlich super«, entgegnet sie und zuckt dabei mit den Schultern.

»Wer sind alle anderen?«

»Na, die Jacqueline zum Beispiel.«

»Die Jacqueline? Ist das deine Frisöse, oder was? Also die Frau, wo selber eine Frisur hat wie ein Nymphensittich und obendrein schielt wie ein Brunnenbauer?«

»Weißt du, was du bist, Franz? Du bist echt unverschämt. Ja, unverschämt und verletzend. Aber das … das verzeih ich dir heute ausnahmsweise einmal. Aufgrund deiner ach so schweren Blessuren. Weil es ja allgemeinhin bekannt ist, dass Männer dazu neigen, angriffslustig zu werden, wenn sie ihre kleinen Wunden lecken. Im Übrigen war es auch nicht nur die Jacqueline, die das gesagt hat. Auch viele andere haben die Frisur bisher ganz, ganz toll gefunden.«

»Die lügen. Alle«, sag ich. Wobei, das stimmt so nicht ganz, weil inzwischen schrei ich sie schon an.

»Die Frisur, die ist praktisch und sportlich und flott.«

»Ein Auto muss praktisch und sportlich und flott sein! Aber doch keine Frisur nicht. Zumindest nicht die Frisur von der Frau, die ich vögeln möcht.«

»Pst! Hast du sie noch alle, oder was?«, zischt sie mich jetzt an. »Die Kinder sind hinten an der Schaukel.«

»Susi, was ist mit deinen Haaren passiert? Wer auch immer dir diesen Schwachsinn eingeredet hat, ich knall ihn ab.«

»Die Haare sind jetzt weg und damit basta. Außerdem ist sie cool und modern, diese Frisur hier, und passt auch viel besser zu mir. Zu mir und meiner neuen Identität«, sagt sie und wie zum Beweis streicht sie noch einmal über das, was sie grad ernsthaft Frisur genannt hat.

»Aber zu mir passt sie nicht, Susi. Weder deine neue Identität mit deiner Profilneurose, deinem Selbstverwirklichungsscheiß und dem ganzen Karrieretrip, mit dem du dich grad echt lächerlich machst. Noch dein ebenfalls neuer, moderner, cooler Kurzhaarschnitt, verstehst. Ich mag das alles nicht. Weder was in deinem Kopf ist noch das darauf. Ich will meine alte Susi zurück, weil ich mit der neuen nix anfangen kann. Ach, apropos. Und mit Sexentzug, da brauchst du mir in nächster Zeit auch nicht mehr drohen. Das hat sich erledigt, Susi. Definitiv und für ganz lange Zeit. Ich schwör's.«

»Aber die wachsen doch wieder«, muss sich nun die Oma einmischen und schaut uns zwei dabei abwechselnd an. Alle anderen hier, die sitzen einfach nur da, schämen sich fremd und sind in betretenem Schweigen gefangen. Der Papa raucht einen Joint und schweigt. Die Julika betrachtet ihre Fingernägel und schweigt. Die Panida starrt auf die Tischplatte und schweigt. Und der Leopold, der schweigt ebenfalls und stochert in einem Wurstsalat rum.

»Wie gemein du bist«, sagt die Susi nach einer kleinen Pause und wischt sich mit dem Handrücken ein paar Tränen von der Backe. Steht dann ruckartig auf und rennt Richtung Neubau. Aber weil's doch auch wahr ist! Wie dämlich kann denn ein Weibsbild bloß sein? Lässt sich jahrelang die Haare wachsen, macht eine Spülung und Haarkur nach der anderen und verzichtet sogar auf einen Föhn, nur um diese Mähne zu züchten und zu pflegen. Und plötzlich, in ihrem ganzen Karrierewahn, lässt sie sich völlig unerwartet und vermutlich in einem Anflug von geistiger Umnachtung alles raspelkurz absäbeln. Da fehlt's doch vom Bein weg, oder etwa nicht?

»Ist von dem Wurstsalat noch was da?«, muss ich jetzt wissen, weil ich spür, dass mein Magen wieder knurrt.

»Klar, ich hab dir deine Portion ja gleich zur Seite gestellt«, entgegnet die Julika und ist auch schon dabei, sich zu erheben, jedoch wird ihr Elan sofort von der Oma gedrosselt.

»Nix da. Du bleibst gefälligst hocken«, sagt die nämlich prompt und durchaus resolut, ehe sie mir ihre Aufmerksamkeit schenkt. »Und du, mein Freund, du läufst jetzt gefälligst deiner Susi hinterher, haben wir uns verstanden. Geh und regel die Sach, und zwar gleich. Sonst kannst dir nämlich deinen Wurstsalat aus dem Kanaldeckel fischen. Also, wie schaut's aus, auf was wartest noch?

»Aber die Frisur, die ist trotzdem scheiße«, sag ich, während ich aufsteh, und ernte kollektiv kopfnickend Beifall.

Wie ich am nächsten Tag ins Rathaus komm, da ist der Herr Heimerl schon da. Er schaut aus wie ein Schulbub, ist schmächtig und klein. Obendrein trägt er kurze Hosen, Sandalen, ein Sakko und einen gegelten Seitenscheitel, fehlt grade der Schulranzen noch. Wie gesagt, er hockt bereits in meinem Büro, wie ich eintreff, aber gut, ich bin vielleicht auch etwas spät dran. Weil ich mich erstens an der Tankstelle noch ein bisschen verratscht hab und zweitens ja auch fußtechnisch leicht gehandicapt bin, wie wir wissen. Aber wurst. Jedenfalls ist es jetzt eben schon Viertel vor neun, und da ist schon so was wie Ungeduld zu verspüren. Also praktisch von seiner Seite her aus, das merk ich gleich bei der Begrüßung.

»Der Herr Heimerl, soso«, sag ich, nachdem er sich mit dem Charisma einer Energiesparlampe kurz vorgestellt hat, und nehm an meinem Schreibtisch Platz. »Ja, schön, dass Sie da sind. Setzen Sie sich doch.«

»Ich bin schon seit geschlagenen vierzig Minuten da«, entgegnet er und wirft einen bedeutsamen Blick auf die Rolex. Ich nehm mal einen Schluck Kaffee.

»Ja, was soll ich da sagen, Herr Heimerl? Ich bin seit geschlagenen fuchzehn Jahren da.«

»Bitte unterlassen Sie derartige Witzchen. Ich bin wegen ... wegen dieser Sache mit dem Paulus gekommen. Das ist mir ohnehin unangenehm genug, wie Sie sich möglicherweise vorstellen können. Oder auch nicht.«

»Können würd ich es wohl schon, aber ich mag nicht. Aber gut, fangen wir an ...«

»Ich hab kein Alibi für die Tatzeit. Das ist es doch, was Sie wissen wollen, oder? Wie Ihnen ja meine Frau schon gesagt hat, war ich nach diesem ... diesem Handgemenge mit dem Paulus praktisch weg vom Radar.«

»Was heißt weg vom Radar?«

»Na ja. Ich hab das Nötigste gepackt, hab dann meine Reisetasche ins Auto geschmissen und bin halt los. Auf der Fahrt nach Österreich hab ich noch angehalten und hab ein paar Lebensmittel besorgt. Dann bin ich auf eine Hütte gefahren.«

»Auf was für eine Hütte?«, muss ich hier wieder reingrätschen, während ich mir Notizen mache.

»Es ist die Hütte eines Arbeitskollegen. Er hatte sie mir davor schon ein paarmal angeboten.«

»Was genau haben Sie dort gewollt?«

»Mein Gott, was habe ich da gewollt? Also wie ich losgefahren bin, da wusste ich das eigentlich auch nicht. Ich wollte halt einfach nur weg.«

»Und? Wissen Sie's jetzt?«

»Ja, keine Ahnung. Vielleicht bin ich ja einfach ganz instinktiv hin. Einfach, um mir vierzehn Tage lang die Augen auszuheulen und mich gnadenlos volllaufen zu lassen. Ja, und das war's auch am Ende. Ich hab zwei Wochen lang geheult und gesoffen. Und gesoffen und geheult. Wahrscheinlich würde ich jetzt noch dort oben hocken, wenn mir nicht irgendwann der Schnaps ausgegangen wär.«

»Wodka oder Whisky?«

»Das kann ich Ihnen noch nicht einmal sagen. Normalerweise mag ich überhaupt keinen Alkohol. Ich hab da ja völlig wahllos sämtliche Flaschen in den Einkaufswagen geworfen, als ich vor diesem Schnapsregal gestanden bin.«

Er mag keinen Alkohol. Irgendwie hab ich von Anfang an gewusst, dass mit dem was nicht stimmt.

»Und Sie behaupten tatsächlich, dass Sie die ganzen Tage lang nur gesoffen und geheult haben?

»Mehr oder weniger, ja. Natürlich hab ich auch viel überlegt. Über meine Ehe und so.«

»Gut, und wie ging's dann weiter? Also praktisch nach dem ganzen Heulen und Saufen und Saufen und Heulen?«, frag ich weiter.

»Danach? Danach bin ich dann halt wieder nach Hause zurück und hab mich mit meiner Frau ausgesprochen. Da war er aber schon tot, der Paulus. Über zwei Tage lang schon.«

»Und es hat Sie niemand gesehen? Also dort oben auf dieser Hütte? Ganze zwei Wochen lang nicht?«

»Nein, soviel ich weiß, hat mich dort niemand gesehen. Und es hat mich auch niemand erreichen können. Ich hatte mein Handy nämlich im Büro gelassen, damit sie mich nicht anrufen kann. Und ich sie auch nicht, wenn ich betrunken bin.«

»Warum sollten Sie mich anrufen, wenn Sie betrunken sind?«, frag ich, weil ich das jetzt grad nicht kapier.

»Nicht Sie, Herrgott noch eins! Meine Frau. Damit ich meine Frau nicht anrufe, wenn ich betrunken bin«, poltert er mir jetzt über den Tisch.

»Ruhig, Brauner!«

»Ist doch wahr.«

»Wie haben Sie das eigentlich herausbekommen? Also das mit der Beziehung zwischen Ihrer Frau und dem Paulus?«

»Ich hab es gar nicht herausbekommen. Man bekommt ja nur was heraus, wenn man was sucht. Ich hab ja nicht gesucht danach.«

»Sondern?«

»Ich hab es einfach gesehen und dann auch gespürt. Das war ja auch kein Hexenwerk. Sie haben die beiden doch nur anschauen müssen. Allein die Blicke, die sie sich gegenseitig immer zugeworfen haben. Auf dem Golfplatz zum Beispiel. Oder im Spa und auch beim Essen. Dann ständig diese flüchtigen Berührungen. Da musste man kein Hellseher sein, um so was zu merken, sondern einfach nur eins und eins zusammenzählen.«

»Ich mein, Sie und Ihre Frau, Sie haben doch sonst eine recht gute Beziehung. Zumindest hat das Ihre Frau so erzählt …«

»Ja, das sind Tatsachen. Wissen Sie, ich kenne nicht wirklich viele Paare in unserm Semester, die das von sich noch behaupten können. Ich vergöttere meine Frau.«

»Aber da muss Sie dieser … da muss Sie dieser brutale Vertrauensbruch doch immens verletzt haben. Das muss Sie doch schier wahnsinnig gemacht haben, Herr Heimerl? Wie hält man so was denn aus?«

»Gar nicht. Man hält es gar nicht aus«, antwortet er jetzt, wischt sich mit beiden Händen übers Gesicht und steht dann auf. »Ich mein, deswegen hab ich ihn ja auch so verdroschen, den Paulus, diesen Drecksack. Ich frag mich immer noch, was sie an ihm gefunden hat.«

Ich kann mir schon vorstellen, was sie an ihm gefunden hat, und das, obwohl ich keine Frau bin, die schon seit Jahren sexuelle Defizite hat. Aber wenn ich mir den mickrigen Heimerl hier neben dem Adonis von Paulus so vorstell, da braucht man nicht allzu viel Fantasie.

»Ja, irgendwas wird es schon gewesen sein, sonst wär's ja nicht passiert«, ist das Freundlichste, das mir dazu grad einfallen will.

»Na ja, es ist generell seltsam und fast so etwas wie ein Phänomen. Denn jeder … wirklich jeder Arsch ist immer nett und freundlich zum Paulus gewesen. Sebastian hier und Sebastian dort. Der konnte ja regelrecht ausrutschen auf dieser Schleimspur. Aber hintenrum, da haben sich immer alle das Maul zerrissen über ihn. Weil er eben ein echter Scheißkerl war und im Grunde wusste das jeder. Und wenn ich jetzt so überlege, dann hätte ich eigentlich noch viel fester zuschlagen sollen. Ja, das hätte ich tun sollen. Ihm wirklich jeden einzelnen Zahn ausschlagen, diesem Sack. Aber, und das ist der springende Punkt, Herr Kommissar, ich habe ihn nicht getötet. Das habe ich einfach nicht getan.«

Ich versuch mir grad vorzustellen, wie der Heimerl den Paulus verdrischt. Aber dazu reicht meine Fantasie nun doch nicht aus.

Jetzt steckt die Susi ihren Kopf zur Bürotür rein.

»Die Jessy, die hat heute Geburtstag«, sagt sie knapp und schon ist sie wieder verschwunden.

»Meine Güte, was ist mit dieser armen Frau passiert? Die sollte ihren Frisör verklagen«, platzt es dem Heimerl jetzt raus, grad wie er wieder Platz nehmen will.

»Wem sagen Sie das, Herr Heimerl. Wem sagen Sie das. Gut, aber eigentlich sind wir heut auch fürs Erste schon fertig. Und wenn Sie nicht wieder auf irgendeine entlegene Hütte bei unseren österreichischen Nachbarn türmen, dann weiß ich ja, wo ich Sie finde, wenn es noch weitere Fragen gibt. Also bleiben Sie bitte im Gäu.«

»Das mach ich. Aber … eine Frage hätte ich jetzt aber auch noch. Nur eine einzige, aber alles entscheidende sozusagen«, sagt er und wirkt ein bisschen verlegen. Und ich weiß haargenau, was jetzt kommt.

»Wenn ich jetzt so gar kein Alibi habe, bin ich dann … bin ich dann unter Ihren Tatverdächtigen?«

»Auf Platz eins, Herr Heimerl. Sie sind glasklar auf Platz eins. Ja, unter all den Verdächtigen, die es im Falle Paulus gibt, da sind Sie zumindest aktuell mein glasklarer Spitzenreiter«, antworte ich und öffne schon mal die Tür.

Wir gehen dann Seite an Seite unseren Rathausflur entlang, weil der Weg zum Parkplatz praktisch identisch ist mit dem zu den Verwaltungsschnepfen. Und dort zieht's mich jetzt hin, weil dort die Kaffeemaschine steht.

»Was ist da unten passiert?«, fragt er, weil ich barfuß bin und er meine bandagierten Zehen bemerkt.

»Mir ist eine Bierflasche auf den Haxen geknallt.«

»Da sieht man's wieder mal, Alkohol ist keine Lösung. Für nichts und für niemanden«, klugscheißert er noch, ehe sich unsere Wege dann trennen.

Kapitel 18

»Herzlichen Glückwunsch zum Geburtstag, liebste Jessy«, sag ich dann, gleich wie ich zur Tür drinnen bin. »Lass dich ordentlich feiern heut.«

»Ich werd vierzig, Franz«, entgegnet sie und leckt dann einen der Briefumschläge ab, die vor ihr auf dem Schreibtisch liegen. »Was sollte es daran zu feiern geben?«

»Stimmt, da geht es ja steil bergab bei euch Mädels.«

»Trink einfach deinen Kaffee und erstick daran, okay?«

»Das würdest du mir echt wünschen? Deinem Freund und Kollegen? Weißt du eigentlich, dass schlechte Gedanken immer wieder auf einen selber zurückfallen?«

»Gut, dann nehm ich es zurück. Aber ich hoffe zumindest, dass er scheiße schmeckt.«

»Apropos. Wie findest du eigentlich die neue Frisur von der Susi?«, muss ich jetzt wissen und trink einen kleinen Schluck. Der Kaffee ist nicht scheiße, aber so dermaßen heiß, dass ich mir die Zunge verbrenne.

»Ist das ernst gemeint oder sollte das eher eine Art Fangfrage sein?«

»Nein, nein, ich möchte schon deine ehrliche Meinung wissen.«

»Du hast sie doch selber auch schon gesehen, deine Susi. Oder etwa nicht?«, fragt sie leckenderweise.

»Ja, logisch. Sie wohnt ja bei mir.«

»Dann muss ich jetzt aber ernsthaft drüber nachdenken, weshalb du mir diese seltsame Frage stellst. Ich mein, es kann keine zwei verschiedenen Meinungen geben. Also generell natürlich schon. Aber nicht, was diese … diese Frisur so betrifft.«

Ja, ja, ich sehe schon. Alle finden sie toll, diese neue Frisur. Nicht nur die Jacqueline, die wohl für das ganze Desaster verantwortlich ist. Nein, alle anderen finden das auch. Weil sie nämlich so flott ist und sportlich. Und praktisch ist sie obendrein. Gut, praktisch mag ja vielleicht sogar stimmen. Gibt ja nicht viel zu tun damit. Und wenn man tatsächlich mal gut aussehen will, dann Mütze auf und fertig. Das sind grad so meine Gedanken, während ich in mein Kaffeehaferl puste und meine zwei dicken Zehen betrachte.

»Mir ist gestern eine Bierflasche auf den Fuß gefallen. Das hat wehgetan wie die Hölle. Und zwar nicht nur am Fuß, sondern echt am ganzen Körper. Ich hab geglaubt, ich bin halsabwärts gelähmt«, sag ich jetzt, keine Ahnung, weswegen. Und der Jessy, der geht's wohl genauso. Jedenfalls hört sie für einen kleinen Moment lang mit ihrer blöden Leckerei auf und wirft stattdessen einen sehr kurzen Blick auf meine Füße runter, ehe sie den Kopf schief legt und ein völlig übertrieben mitleidiges Gesicht aufsetzt.

»Ach, Franzl, herrje! Armer schwarzer Kater. Hat er Fußi aua-aua? Da kann der arme kleine Kerl ja bloß froh sein, dass sie ihm nicht auf den Kopf gefallen ist, seine Bierflasche. Sonst wär er jetzt ja möglicherweise sogar halsaufwärts gelähmt. Und dann könnte er gar nimmer arbeiten. Uiuiui! Wer würde denn dann wohl seinen so gefährlichen und anstrengenden Job ausüben. Die Susi womöglich? Immer vorausgesetzt freilich, dass sie das Bürgermeisteramt jetzt nicht gleich komplett überspringt und lieber schnurstracks Bundeskanzlerin wird«, sagt sie mit einem Unterton, der an Sarkasmus nicht zu überbieten ist. Anschließend rückt sie den Kopf wieder gerade, klimpert dreimal mit den Wimpern und leckt unbeirrt weiter. So mach ich mich lieber mal vom Acker hier. Wie man nur so furchtbar schräg drauf sein kann? Und das an seinem Geburtstag. Gut, es ist der vierzigste, gell. Und das ist halt jetzt für den einen oder anderen vielleicht tatsächlich eine Hausnummer. Grad so als Frau, gell. Weil sagen wir einmal so, die wonnige Blütezeit, die dürfte damit ja auch schon rum sein ums Eck.

Zurück im Büro ruf ich mal den Birkenberger an. Es ist ohnehin an der Zeit für ein gegenseitiges Update. Immerhin sollte ich ihn auch wissen lassen, dass der Heimerl bis dato absolut mein Hauptverdächtiger ist. Weil der nämlich kein Alibi hat, dafür aber ein astreines Motiv, bei all dem Hass, den er für den Paulus empfunden hat und wohl immer noch empfindet. Und sagen wir einmal so, wenn der vorher ganz zwanglos ein meinetwegen auch herzzerreißendes, aber allumfassendes Geständnis abgelegt hätte, dann wär diese Sache auch längst schon durch. Uns allen wär damit geholfen und ich könnt jetzt vielleicht sogar ganz entspannt an den Baggersee fahren. Aber nix. Stur wie ein Esel, dieser Heimerl.

Dreiunddreißig Grad hat's heute. Hätt ich Schuhe an, da würd wohl längst schon das Wasser drin kochen. Und das zeigt uns wieder mal, alles hat seinen Sinn und ist für irgendwas gut. Selbst wenn es nur zwei lächerliche Zehen sind, die auf Hühnereigröße angeschwollen sind. Auch der Anruf beim Rudi erfüllt seinen Zweck, selbst wenn er am Anfang noch etwas verschnupft ist wegen unserer letzten Korrespondenz. Und die Resultate, die er aufzuweisen hat, sind eher übersichtlich. Aber gut. Es sind die Tagebücher von der verstorbenen Frau Paulus, über denen er aktuell sitzt, und dabei hat er wohl ganz hinten angefangen. Er hat gedacht, wenn in ihren Aufzeichnungen irgendwas stehen würde, das uns bei der Aufklärung weiterbringen kann, dann müsste das doch vermutlich viel eher in der jüngeren Vergangenheit zu finden sein anstatt länger zurück, wo ich ihm fraglos beipflichten muss. So ist es aber nicht. In den letzten Tagen, da hat er sich nämlich jetzt schon über fünf Jahre lang zurückgelesen und außer ihren detaillierten Krankenberichten und Therapiemaßnahmen hat er nichts Brauchbares gefunden. Höchstens noch, wie sehr die arme Tessa durch die Erkrankung ihrer Mama gelitten hat und dass sich ihr Ehemann sehr verändert haben soll. Sehr aufmerksam, mitfühlend und liebevoll sei er damals gewesen und jeden Wunsch hätte er ihr von den Augen abgelesen. So erzählt er das alles, unser Rudi. Und ist dabei doch ein bisschen frustriert, weil bei all der Schufterei noch nix rausgekommen ist. Doch heute Nacht, sagt er weiter, heute hatte er einen Traum. Und in diesem Traum, da wär er ganz normal und entspannt auf einem Pferd draufgesessen. Aber sobald dieses Pferd anfing zu laufen, da hat er prompt das Gleichgewicht verloren und ist auf den Boden geknallt. Wieder und wieder. Irgendwann ist ihm das einfach zu blöd geworden, und da hat er sich einfach entschieden, rückwärts auf den Gaul zu hocken. Und das … das hat dann prima geklappt, wie einbetoniert ist er da plötzlich sitzen geblieben. Und genau aus diesem Grund heraus, da hätte er nun beschlossen, den Gaul sozusagen rückwärts aufzuzäumen und diese Tagebücher in der Reihenfolge zu lesen, in der sie auch geschrieben wurden. Drum hat er heut früh mit dem ersten begonnen. Zweiundzwanzig Jahre alt ist sie damals gewesen, die Frau Paulus, und sehr verliebt. In Teil zwei, da wurde dann auch schon eine gemeinsame Wohnung gesucht und kurz darauf hat sie ihn dann geheiratet, ihren Mann. Mit dem Wunschkind, das sich in Buch Nummer drei angekündigt hat, da war sie praktisch im siebten Himmel und das Leben perfekt. Dementsprechend romantisch ist übrigens auch dieser Text. Der Rudi zitiert ein paar besonders schmalzige Stellen, doch leider muss ich ihn da gleich ausbremsen, weil's uns eh nix nützt und mich nur nervt. Außerdem ist es mir nach seinen umfangreichen Ausführungen ohnehin ein Bedürfnis, von meinen eigenen Abläufen hier zu berichten. Und nach der Geschichte von gestern mit dem Dottinger-Spross kommt auch die Aktion mit meinen Zehen ganz kurz zur Sprache. Das findet er dann aber so unglaublich lustig, dass ich ihm einhängen muss. Wie er gleich darauf zurückruft und sich endlich wieder beruhigt hat, kann ich noch von der heutigen Sache berichten, also dem Verhör mit dem Heimerl. Der Rudi hört aufmerksam zu und schweigt am Ende.

»Kannst du dich eigentlich noch erinnern, als die Susi damals mit diesem Scheißitaliener durchgebrannt ist?«, frag ich, nachdem wir beide ein Weilchen wortlos in die Muschel schnaufen.

»Ja, klar kann ich mich daran noch erinnern. Sehr gut sogar. Immerhin bist du damals dann noch unleidiger zu mir gewesen, als du es ohnehin schon bist. Aber weswegen fragst du? Das ist hundert Jahre her, Franz. Oder ist sie dir möglicherweise schon wieder durchgebrannt, deine Susi?«

Nein. Und das wird auch nicht passieren. Mit dieser Frisur kriegt die keinen mehr ab.

»Was ich damit sagen will: Also, wie du ja weißt, ich bin kein besonders hitziger Mensch. Ich neige nicht zu Tätlichkeiten, Handgreiflichkeiten oder Aggressionen. Und hab noch nie jemanden richtig verdroschen. Okay, nur ganz wenige und nur ganz selten und nur, wenn es einen plausiblen Grund dafür gegeben hat …«

»Aber?«, will der Rudi nun wissen.

»Aber diesen blöden Spaghetti, den hätte ich damals wirklich und ohne mit der Wimper zu zucken ums Eck bringen können, das kannst mir glauben. Und wir waren noch keine dreißig Jahre zusammen, die Susi und ich. Und hatten sämtliche gemeinsame Lebensziele und Interessen, wie das etwa bei den Heimerls der Fall ist.«

»Du kannst dir also wirklich vorstellen, dass der Heimerl den Paulus auf dem Gewissen hat?«

»Ja, ich glaub, das kann ich. Er hat ein Motiv und er hat kein Alibi.«

»Weißt du, was wirklich sonderbar ist, lieber Franz?«

»Nein. Aber ich befürchte, du wirst mir gleich sagen, was wirklich sonderbar ist, lieber Rudi«, antworte ich und verdreh schon mal die Augen in alle Richtungen.

»Es ist wirklich sonderbar, dass deine Worte was anderes sagen, als es deine Gedanken und Gefühle tun, verstehst?«

»Noch nicht einmal ansatzweise, Rudi. Das Einzige, was wirklich sonderbar ist, das ist der Müll, den du da grad verzapfst.«

»Pass auf, ich werd's dir kurz erklären. Also, du sagst, dass du denkst, der Heimerl, das wär unser Mörder. Stimmt's?«

»Rudi, was ist los mit dir? Ich hab dir doch grad vor zehn Sekunden gesagt, dass ich denk, der Heimerl …«

»Ja, ja«, unterbricht er mich hier. »Ich möchte dir die Sache erklären, okay. Das ist eben genau das, was du eben sagst. Der Heimerl ist unser Mörder. Punkt. Es ist aber nicht das, was du denkst, verstehst. Und es ist auch nicht das, was du fühlst. Dein Instinkt, der sagt dir was anderes. Wie lange kennen wir uns jetzt, Franz? Zwanzig, fünfundzwanzig Jahre lang. Und wie lange klären wir gemeinsam unsere Fälle auf? Eben. Und deswegen spüre ich haargenau, wenn das, was du sagst, und das, was du denkst, nicht synchron ist. Und das ist genau hier der Fall. Du sagst, der Heimerl ist unser Mörder, aber du fühlst es nicht. Manchmal glaube ich echt, ich kenn dich besser, als du dich selber kennst.«

»Hm.«

»Ist das alles, was du dazu zu sagen hast?«

»Wie ich grad schon gesagt hab, es gibt ein Motiv und es gibt kein Alibi. Das ist alles, was ich dazu zu sagen habe. Und es ist dreißig Grad warm und ich hab keine Klimaanlage im Büro. Der Bürgermeister hat schon eine Klimaanlage in seinem Büro, und der ist noch nicht einmal drin, weil er heute einen bunten Nachmittag im Seniorenheim hat.«

»Ja, bei mir hat's auch dreißig Grad und ich hab auch keine Klimaanlage. Und bevor ich mir jetzt dein blödes Gejammere anhör, da les ich lieber weiter. Und du solltest mal nachdenken, Franz. Solltest nachdenken, ob du den Heimerl nicht einfach nur zum Mörder machst, weil dir grad kein anderer einfällt.«

»Wir brauchen einen Mörder, Rudi. Für übermorgen ist eine Pressekonferenz angesetzt.«

»Dann würde ich Gas geben.«

»Ja, du mich auch!«, sag ich noch, dann häng ich ein. Was bildet der sich eigentlich ein, der Traumdeuter, der depperte? Kommt da mit seiner Küchenpsychologie ums Eck und will mir meinen Täter ausreden. Wobei ich leider schon zugeben muss, dass er nicht ganz falschliegt, der Rudi. Mir wär einer aus dem Dottinger-Clan auch tausendmal lieber. Oder ein ganz ein anderer. So richtig will mir der Heimerl tatsächlich nicht in den Sinn und ich kann noch nicht mal sagen, weswegen. Wenn ich mir aber bloß mal so vorstellen will, wie er sich in die Dusche von diesem Spa schleicht, um dem Paulus anschließend einen Golfschläger über die Rübe zu dreschen, dann will und will mir das nicht recht gelingen. Das Bild, das will einfach nicht rein in meinen Kopf. Ob das vielleicht an der Hitze liegt? Ich steh mal auf und mach mich auf den Weg zum bürgermeisterlichen Büro. Wenn das eh leer steht heut, dann kann ich wohl auch da überlegen, wo's kühler ist.

Gleich wie ich reinkomm, da seh ich es schon. Die Susi hockt drin und trotz der noch immer völlig ungewohnten Haartracht erkenn ich sie sofort. Sie hockt dort am Schreibtisch unseres Ortsvorstandes und ist wohl grad am Heulen. Und offenbar tut sie das auch schon ein Weilchen, weil ihre Augen ganz rot sind und die Nase auch.

»Was ist los?«, frag ich genau in dem Moment, wo sie sich in ein Taschentuch schnäuzt.

»Mach die Tür zu«, sagt sie und ich tu wie mir geheißen. Zuerst, da mag sie ja nicht recht reden. Wie ich aber hingeh, sie hochzieh und in die Arme nehm, da macht sie dann schon ein wenig auf und wird gesprächig. Und so erfahr ich, dass ihr im Laufe des heutigen Vormittags ein paar ganz furchtbare Dinge passiert sind. Angefangen hat alles damit, dass sie auf dem Weg vom Parkplatz zum Rathaus ein dämlicher Vogel angekackt hat. Was zwar durchaus nervig war, aber noch nicht der Höhepunkt dieser Geschichte. Der war nämlich erreicht, wie sie irgend so eine Alte auf der Straße darauf aufmerksam gemacht hat. Und zwar von hinten und mit den Worten: »Junger Mann, Ihnen hat grad eine Taube auf den Rücken geschissen.« Gut, grad wo sie heut diesen grauen Hosenanzug trägt, da kann so was durchaus mal passieren und ich finde daran auch gar nix so tragisch und frag mich, was sie so unglücklich macht. Ich tröste und tröste. Und sie erzählt weiter. Kaum, dass sie diesen ersten Schock überwunden hatte, da musste sie erst mal aufs Klo. Und genau dort erlitt sie dann auch schon den nächsten. Weil sie durch den Türspalt von der Klotür hindurch ihren Namen gehört hat. Und so ist sie kurz stehen geblieben und hat gelauscht. Und da musste sie wohl mit anhören, wie sich die Jessy und eine weitere Kollegin über ihre neue Frisur unterhalten und sich dabei vor Lachen fast eingebieselt haben …

»Das war ganz schlimm, Franz«, sagt sie weiter und flennt mir an den Kragen. »Die sind so gemein, diese zwei Nattern. Ich … ah! Ich könnte ihnen die Augen auskratzen!«

»Das tust du bei Gelegenheit«, sag ich und geb ihr ein Bussi auf die Stirn. »Aber kannst du mir trotzdem bitte mal sagen, was dich zu dieser Frisur getrieben hat?«

»Mei«, antwortet sie und zuckt mit den Schultern. »Die gefällt mir halt bei der Pink so gut. Und da dachte ich, die könnte mir auch stehen. Und die Jacqueline, die hat auch gemeint, dass mir das bestimmt steht.«

»Aber du bist doch nicht die Pink, sondern meine Susi, Susi.«

»Ja, das weiß ich doch auch. Und jetzt hab ich den Salat.«

»Magst du sie denn wenigstens selber, deine Frisur?«

»Nein, ich mag sie auch nicht. Das ist ja das Schlimme. Und du … du magst sie auch nicht. Du willst ja noch nicht einmal mehr schnackseln mit mir. Das hast du selber gesagt«, entgegnet sie und bricht dann wieder in Tränen aus.

Wenn man aber mit seinem Susi-Gspusi seit über zwanzig Jahren zusammen ist, so wie wir, dann weiß man halt schon ganz genau, wie der andere so tickt. Selbst wenn er noch so traurig ist oder grantig, kennt man exakt die Stellen, wo man drücken muss, damit das Stimmungsbarometer wieder nach oben schnalzt. Wir haben danach noch ein bisserl geschnackselt, die Susi und ich. Mitten im Büro von unserem Häuptling sozusagen. Und zwar gleich nachdem sie mir versprochen hat, dass sie sich die Haare wieder wachsen lässt. Das war schön. Also das Versprechen und das Schnackseln. Hinterher hab ich ihr dann noch einen Zwanziger in die Hand gedrückt.

»Susi«, hab ich zu ihr gesagt und ihr ein Bussi auf die Backe gegeben. »Da kaufst jetzt alle Bestände an Haarkuren und Spülungen auf, die du kriegen kannst.«

Ich glaub, sie hat sich gefreut. Jedenfalls hat sie ein wenig gegrinst, wie ich mich dann abgedreht hab.

Kapitel 19

Am nächsten Tag fällt der Startschuss zu diesem mordswichtigen traditionellen Golfturnier, weswegen unser Bürgermeister schon tagelang paranoide Anwandlungen hat. Wenn er nicht grad an irgendeinem hundertsten Geburtstag abhängt oder sonst einer seiner so bedeutenden Beschäftigungen nachkommt, dann gschaftelt er momentan pausenlos am Golfplatz umeinander, grad so, als würd er höchstselbst und mutterseelenallein die nächsten Olympischen Spiele ausrichten müssen. Er wirkt hyperaktiv, manövriert sich hektisch von einem Termin zum anderen und schrammt dabei meines Erachtens nur haarscharf an einem Herzkasperl vorbei. Aber sein Problem, nicht das meine, denk ich mir so. Ich allerdings hab auch eines, und zwar ist das meinige, dass ich heut trotzdem dorthin muss. Also auf diesen bescheuerten Golfplatz praktisch. Rein ermittlungstechnisch, allein schon wegen dieser blöden Pressekonferenz, versteht sich. Weil wir ja bis zum jetzigen Zeitpunkt noch immer eher im Trüben fischen, gell. Sprich, keinen einzigen brauchbaren Täter haben. Oder fast keinen, wenn man den Heimerl mal in der Hinterhand hält. Drum ist eben für mich jetzt Golfplatz angesagt. Und Kotztüte.

Kaum bin ich dort aus dem Wagen gestiegen, da kann ich sie schon sehen, die Poloshirt-Connection. Zwischen all den Fahnen und Bannern, wo sie die Turnierteilnehmer aufs Herzlichste willkommen heißen, da tummeln sie sich dann bereits, diese ganzen Schickimicki-Arschlöcher. Heute gern paarweise gebündelt oder auch mit dem einen oder anderen elitären Zögling an der Schokoladenseite. So tauscht man ein gleichgesinntes Bussi auf die Wange vis-à-vis oder meinetwegen auch einen sportlichen Klopfer auf den trainierten Oberarm eines Mitstreiters, ehe man dann seine Golftasche schultert, um im Blitzlichtgewitter der Lokalzeitung das gräserne Objekt der Begierde anzusteuern. Ich schau dem ganzen Treiben ein kleines Weilchen lang zu. Grad so, als wär ich im Kino, und dann muss ich ein weiteres Mal eine Feststellung machen: Eher knallt der Mond auf die Erde, als dass ich dieses Spektakel hier mitmachen tät. Aber eine Flucht, die ist momentan leider dennoch nicht denkbar.

»Franz, was machst du denn hier?«, reißt mich nun eine Stimme aus meinen Gedanken heraus, die mir ebenso vertraut ist wie mein Bauchnabel. Oder zumindest so, wie er es früher mal war. Also da, wo ich ihn noch sehen konnte. Es ist der Flötzinger, der mir nun entgegenkommt, und auch er wirkt bester Dinge. Keine zehn Schritte dahinter hat er unseren dorfeigenen Metzger im Kielwasser. Beide schnaufen den kleinen Berg hoch und rollen ihr Golfbag vor sich her, als wär's ein Einkaufswagen. Und wenn ich mir den Simmerl so anschau, dann hat der jetzt schon einen feuerroten Kopf auf, und das, obwohl's grad erst einmal neun ist und keine fünfundzwanzig Grad hat. Angesagt sind aber über dreißig für heut. Herzlichen Glückwunsch.

»Ich geh im Gegensatz zu den meisten Anwesenden hier einer geregelten und anständigen Arbeit nach«, antworte ich.

»Ich bin meiner geregelten und anständigen Arbeit bereits nachgekommen, lieber Franz. Weil ich ja den gesamten Nassbereich hier neu hab fliesen müssen. Ist doch alles kaputt gewesen, nach diesem furchtbaren Vorfall mit dem armen Paulus. Ach ja, merci übrigens«, sagt der Flötzinger und zwinkert mir verschwörerisch zu.

»Gern geschehen. Du, wo wir zwei schon mal beim Thema wären, ich bräuchte gelegentlich mal eine neue Duschtasse in meinem Saustall. Weißt, die alte, die ist schon ziemlich grindig.«

»Hast du's mal mit putzen versucht?«, will der Simmerl nun wissen und tupft sich mit dem Handrücken über die schweißnasse Stirn.

»Misch dich da nicht ein, Simmerl«, entgegnet der Flötz quasi stellvertretend für mich und keinen Atemzug später, da wird er hinterrücks angesprungen.

»Ignatz-Baby«, haucht ihm dieses Weib ins Ohr, das nun auf seinem Rücken klebt. »Na, wie war sie denn so, deine restliche Nacht? Hast du was Schönes geträumt von mir, mein Wilder?«

Mir fehlen die Worte. Dem Simmerl geht es wohl ähnlich. Jedenfalls steht der genauso wie ich selber mit weit aufgerissenen Augen und offenem Mund direkt daneben, während sie nun über seinen Buckel rutscht und sich stattdessen frontal über den Flötzinger hermacht.

»Nathalie«, stöhnt er noch kurz und rammt ihr dann seine Zunge in den Schlund.

Jesus Christus! Eigentlich weiß man nicht recht, ob man vor Scham im Boden versinken oder doch lieber anfeuern sollte. Doch noch ehe ich diesbezüglich eine Entscheidung treffen kann, da verschwinden die beiden auch schon in Richtung Clubhaus.

»Was … was machen die jetzt?«, fragt der Simmerl ein

bisschen verwirrt, während er ihnen wie paralysiert hinterherschaut.

»Wahrscheinlich will er ihr seine neuen Fliesen zeigen.«

»Ach so. Ich hab gedacht, die gehen zum Vögeln«, antwortet er gedankenverloren. Und wenn ich seinen aktuellen Gesichtsausdruck einmal so analysiere, dann steht eindeutig fest, dass er das auch tatsächlich so meint. Ich weiß nicht recht, weswegen, aber irgendwie kommt mir plötzlich sein Max in den Sinn. Und damit auch der Gedanke, dass die Verknappung der Intelligenz wohl oft rein genetisch bedingt ist.

Kurz darauf kann ich sehen, wie sich der Bürgermeister händeschüttelnd seinen Weg zum Clubhaus bahnt. Wie er dann schließlich auf meiner Höhe angekommen ist, da raunt er mir mit seinen dunkelblauen Schweißrändern auf dem ansonsten hellblauen Hemd zu, dass er komplett verschlafen hat. Und das ausgerechnet heut, an einem so entscheidenden Tag. Kaum ist der wieder untergetaucht im Trubel der Menge, da ist auch der Flötzinger wieder retour. Inzwischen ist er weniger tipptopp, wie er es eben noch war, trägt sein Haar deutlich wirrer und den Hosenstall offen.

»Flötz«, sag ich. »Du schaust aus, als wärst grad aufs Schwerste vergewaltigt worden.«

»Das bin ich auch«, entgegnet er und wird noch nicht einmal rot dabei. »Das ist vielleicht ein scharfes Gerät, diese Nathalie. Die macht mich langsam, aber sicher echt fertig, Franz. Die kriegt einfach nicht genug. Ich glaub ja, dass die so was ist wie eine … wie so eine Nymphe, weißt schon …«

»Du meinst wahrscheinlich eine Nymphomanin?«, frag ich, während er sich wieder ein bisschen in Ordnung bringt.

»Oder so«, sagt er, spuckt kurz in seine Hände und fährt sich dann damit durchs Haar. »Du, weißt du eigentlich, wo der Simmerl hin ist?«

»Ja, freilich weiß ich das. Der hat sich zu eurem Abschlag verabschiedet. Ihr seid um zehn dran, schon vergessen? Und bis vor fünf Minuten, da hat er noch auf dich gewartet.«

»Donnerwetter, es ist zehn vor zehn«, entgegnet er nun mit einem überraschten Blick auf seine Uhr. Dann aber dreht er sich schon ab, schultert schleunigst sein Bag und macht sich von dannen.

»Dein Latz, der ist offen, Flötz«, ruf ich noch hinterher, doch ich glaub, das hat er schon gar nicht mehr richtig gehört.

Am Ende des Tages, da hab ich diese konspirative Gesellschaft hier aufs Gründlichste unter die Lupe genommen. Hab beobachtet, belauscht und auch versucht, was in Erfahrung zu bringen. Dennoch ist das Ergebnis eher übersichtlich. Freilich weiß ein jeder dies oder das über den Paulus und die meisten erzählen's auch gern. Trotzdem weiß ich hinterher nichts, was ich nicht davor schon wusste. Und so ist mein Fazit im gleichen Maße einfach und knapp. Golfspieler sind Golfspieler sind Golfspieler sind Golfspieler. Nichtsdestotrotz war der Tag nicht völlig fürn Arsch. Weil rein kulinarisch betrachtet, ist es hier prima. Die Schnittchen sind unerwartet groß und werden auch in ziemlich regelmäßigen Abständen kredenzt und das Bier, das mein alter Spezl, der Hauswart Bufka, frisch zapft, das ist genau so, wie es auch sein soll, süffig und kalt.

Es beginnt schon zu dämmern, wie sich am Ende alles vorm Clubhaus versammelt. Weil es nun eben heißt, den ebenso wohlverdienten wie durchgeschwitzten Sieger zu ehren. Es ist ein junger Schweizer namens Wilhelm, der ausschaut wie ein rotkopfiger Bauernlackel und Nasenhaare hat, wo man gut und gern einen Pullover draus stricken könnt. Sein restliches Outfit aber ist freilich picobello. Und er freut sich wie ein Schneekönig, der Wilhelm. Bei den Damen, da steht übrigens die Frau Heimerl auf dem Treppchen und sie freut sich mindestens ebenso. Meine zwei Golfgranaten Simmerl und Flötzinger, die freuen sich eher weniger. Weil es da gar keine Platzierungen mehr gibt, wo sie platziert sind. Ersterer ärgert sich ziemlich drüber, das ist ganz offensichtlich, wogegen Zweiterer gar nicht erst anwesend ist. Bei der Siegerehrung knallen ein paar Sektkorken und der nagelneue Clubpräsident, ein Lackaffe, der definitiv nicht aus unseren dorfeigenen Reihen kommt, spricht ein paar hochtrabende Worte. Anschließend schnappt sich der Bürgermeister das Mikro und gibt's auch nicht mehr her. Hält dann ebenfalls eine Rede, die im gleichen Maße schlecht wie langatmig ist und die Zuhörerschaft schon mal dezimiert. Wie wir dieses Martyrium schließlich hinter uns haben, da ist eine Gedenkminute für den verstorbenen Paulus anberaumt worden und dafür wird nun auch am Rednerpult vorne ein relativ großes Porträt enthüllt. Es steckt in einem güldenen Rahmen samt Trauerflor und auch darauf wirkt er wieder unglaublich sportlich, smart und sympathisch. Nun werden respektvoll sämtliche Käppis abgenommen und die Häupter gesenkt, schließlich hat man ja Manieren, gell. Selbstverständlich hüll auch ich mich jetzt in Schweigen, während mein forschender, unermüdlicher Blick aber weiterhin über dieses Szenario schweift. Seltsam sehen sie nun plötzlich aus, alle, wie sie hier stehen. Oder zumindest die meisten davon. Und damit meine ich nicht etwa, dass sie kollektiv einen ziemlich durchgeschwitzten und abgekämpften Eindruck machen, was ja in Anbetracht dieser irren Wärme und der sportlichen Ertüchtigungen grundsätzlich mehr als verständlich erscheint. Nein, was sie ebenfalls alle gemeinsam haben, das ist dieser schneeweiße

Fleck im oberen Drittel der ansonsten gut getönten Gesichter. Was wohl diesen Käppis zuzuschreiben ist, die vermutlich rein golftechnisch gesehen schon Sinn machen. Ausschauen tut sie trotzdem scheiße, diese käsige Stirn. Aber gut. Kaum ist die Schweigeminute vorüber, da kommt der Flötzinger wieder retour und drängt sich zwischen mich und den Simmerl. Und ein weiteres Mal macht er einen eher desolaten Eindruck, wofür wohl erneut diese Nathalie zuständig sein dürfte, die momentan wie eine Warze an ihm klebt.

»Haben wir was verpasst«, will er gleich wissen, kaum, dass er in unserer Umlaufbahn angekommen ist.

»Schaut eher so aus, als hätten wir was verpasst«, brummt unser Metzger aus seinem verschwitzten Gesicht heraus.

Die Warze kichert. Dann aber fällt ihr Blick auf dieses Bild. Also das dort vorne, das vom Paulus sozusagen. Inzwischen fällt das Licht einer Kerze darauf.

»Ist schon krass, wie ähnlich die Tessa ihrem Vater ist«, sagt sie dann und hält ihren Blick weiter fest auf das Foto gerichtet, während sie einen Kaugummi von einer Backe in die andere schiebt. »Echt krass. Ja, da ist wohl schon was dran, an diesem dämlichen uralten Spruch von meiner Oma. Der Apfel fällt nicht weit vom Stamm. Das war schon ein echt mega Stamm, dieser Paulus.«

»Du bist nicht nur sexy, sondern auch so klug, Nathalie«, entgegnet der völlig verblödete Gas-Wasser-Heizungspfuscher nun und schaut sie ganz andächtig an.

»Du … du kennst die Tessa also?«, grätsch ich hier ein und ich weiß noch nicht mal, weswegen. Ob zwecks Ermittlungen oder doch eher aus privatem Interesse, das kann ich gar nicht recht sagen.

»Ja, klar kenn ich die. Was denkst du denn? Die kennt jeder hier. Ihr Vater, das war doch der Präsi«, antwortet sie, zuckt mit den Schultern und macht dann mit ihrem Kaugummi eine Riesenblase, die ihr halbes Gesicht abdeckt. Keinen Wimpernschlag später zerplatzt sie, also die Blase, und klebt ihr dann komplett bis zu den Augenbrauen fest. Das schaut echt ekelig aus.

»Wie schön du bist«, sagt der Flötzinger und himmelt sie an. Gleich muss ich ihm in die Fresse schlagen.

»Ich muss dir gleich in die Fresse schlagen«, sagt der Simmerl und dafür bin ich ihm dankbar.

»Aber wieso denn? Das darf man doch sagen, wenn's wahr ist, oder etwa nicht? Du … du bist ja bloß neidisch. Gell, Franz, der Simmerl, der ist doch bloß neidisch«, entgegnet unser Liebeskranker darauf und himmelt dann weiter. Kurz darauf schlendern ein paar Jungs in unsere Richtung. Sie sind so um die zwanzig und ein jeder von ihnen hat eine Schampusflasche in der Hand.

»Naddl?«, ruft einer von ihnen, wie sie uns jetzt passieren, während er seine Bottle über den Kopf hebt. »Wir fahren noch ein bisschen zum Baggersee rüber. Eine kleine Abkühlung in the heat of the night, verstehst. Vielleicht kommst ja noch vorbei auf einen Sprung.«

Seine Kompagnons lachen dreckig.

»Logisch, bin gleich da, Jungs«, ruft sie nun zurück, bevor sie dann unserem liebeskranken Installateur einen feuchten und innigen Kuss gibt. »Sorry, mein Wilder, Wilder, Wilder. Nicht traurig sein, aber deine kleine Göttin, die muss jetzt leider, leider weg. Meine drei Musketiere warten, und die haben ältere Rechte, weißt. Aber ich schwör's, schön war's mit dir. Jedes einzelne Mal. Vielleicht meldest dich ja mal wieder, dann können wir an den Stellen weiterüben, wo es noch hakt.«

Und Abrakadabra ist sie auch schon weg, die göttliche Warze von unserem kleinen Lustmolch und somit erst mal aus seinem verpfuschten Leben verschwunden.

Jetzt steht er da wie ferngesteuert, der Flötz. Nein, wirklich. Grad so, als hätte jemand keine Lust mehr, mit ihm zu spielen. Hat einfach die Fernbedienung aus der Hand gelegt und ihn stehen lassen, um sich ein anderes Spielzeug zu holen. Und so bleiben wir quasi zurück, wir drei Helden. Hier in der Dunkelheit von diesem beschissenen Golfplatz, der nun im Sekundentakt leerer und leerer wird. Bleiben zurück und schauen einer Nymphomanin hinterher, wie es ein Kleinkind bei seiner Mama tut, wenn die in der Ferne verschwindet.

Kapitel 20

Erst wie ich daheim ankomm, da merk ich, dass mir mein Haxen wehtut. Wegen meiner schweren Lädierung war ich zwar den ganzen Tag barfuß unterwegs, weswegen ich mir notgedrungen den einen oder anderen bauernschlauen Spruch anhören hab müssen, aber da steh ich natürlich meilenweit drüber. Nichtsdestotrotz sind die Zehen jetzt dicker als je zuvor. Da wird es wohl am besten sein, wenn ich mich erst mal in meinem Saustall drüben ein bisschen aufs Kanapee hau und die Füße hochlagere. Dort angekommen, hol ich mir ein kühles Getränk aus dem Eisschrank, leg mich flach und ruf mal den Birkenberger an. Ich lass es gefühlte tausend Mal klingeln und trotzdem geht er nicht ran. Was eigentlich nur zweierlei Gründe haben kann. Grund eins wär, er ist mir beleidigt, wozu jedoch momentan so rein subjektiv gar kein Anlass besteht. Grund zwei wär, er ist grad beschäftigt. Sei es mit arbeiten oder schlafen oder sonst was, das kann ich freilich nicht beurteilen und es spielt auch keine Rolle. Fakt ist dennoch, dass es mich nervt. Immerhin ermitteln wir hier ganz brisant in einem Mordfall und sollten uns regelmäßig austauschen. Ganz besonders, wo morgen diese depperte Pressekonferenz ansteht, auf die mich sowohl der Richter Moratschek himself als auch unser Dorfoberhaupt heute noch einmal aufs Ausdrücklichste hingewiesen haben. Übrigens nicht zum ersten Mal. Und irgendwie beschleicht mich da durchaus der Eindruck, als würden die zwei langsam alt werden. Alles erzählen sie doppelt und dreifach, als wenn ich mir das nicht merken könnt. Plötzlich hör ich Schritte draußen im Kies und Sekunden später, da wird auch schon die Tür aufgerissen und der Rudi kommt rein. Das heißt, reinkommen bringt es nicht wirklich auf den Punkt. Vielmehr ist es eher so, als würd er die Bude hier stürmen.

»Weißt du, was ich rausgefunden hab, Franz?«, sagt er gleich ganz ohne Grußwort.

»Wie sollte ich das wissen, Rudi?«

»Du wirst es nicht glauben, Franz. Nein, das wirst du nicht glauben.«

»Das werden wir wohl nicht rausfinden, wenn du es mir nicht erzählst.«

»Stell dir vor, es gibt noch ein Kind von unserem Paulus. Der hatte tatsächlich noch ein weiteres Kind, kaum zu glauben, oder? Und zwar eine Tochter. Ist das nicht der Wahnsinn, Franz?«, sagt er weiter und jetzt setz ich mich auf.

»Aha.«

»Genau das waren auch meine Worte. Aha. Also pass auf: Ich hock doch grad über diesen Tagebüchern von der Paulus, also von dieser verstorbenen Gattin. Und dort, praktisch in den früheren Aufzeichnungen von ihr, da ist alles aufgeschrieben. Das ist spannend wie ein Krimi, das kannst du nicht glauben. Also nix mehr Romantik, heimeliges Familienglück und Pipapo, sondern viel eher Drama hoch drei, mein Freundchen.«

»Ja, mein Freundchen, dann wär es jetzt für den Ermittlungsstand wichtig, dass du mir die ganze Geschichte erzählst und nicht nur mit Schlagwörtern um dich schmeißt«, sag ich, hol mir noch ein Bier aus dem Kühlschrank und großzügig, wie ich nun mal bin, bring ich ihm auch eins mit. Wir stoßen kurz an und nehmen einen Schluck. Und dann beginnt er zu berichten, der Rudi. Von den Büchern und allem, was dahintersteckt. Ich fass den Bericht jetzt einmal zusammen, weil der Rudi ja bekanntermaßen etwas zum Ausufern neigt.

Wir schreiben das Jahr 1991. Die Grenzen sind offen, die Völker vereint. Die Menschen können nun problemlos und unbürokratisch in beide Richtungen reisen, und das wird auch getan. Im Zuge dieser deutsch-deutschen Aufbruchsstimmung, da ist es dem frischgebackenen Vater und Ehemann Sebastian Paulus dann wohl irgendwann in den Sinn gekommen, seine Fischspezialitäten auch im Osten anzubieten. Immerhin kannten die Leute das bis dato dort nicht und was hatte er schon groß zu verlieren, gell? Gesagt, getan. Gut, verloren hat er dann auch nichts, eher was dazubekommen. Auch wenn er darauf vermutlich nicht allzu scharf war. Das war eben genau diese Tochter, von der der Rudi eingangs erzählte. Kurzum, der Paulus hatte auf seiner ostdeutschen Expedition eine, sagen wir mal, verhängnisvolle Affäre, und zwar mit einer gewissen Emanuela und nachhaltigen Folgen. Als er von dieser Schwangerschaft erfuhr, da hat er kurzerhand einfach in einer Nacht- und Nebelaktion seinen Verkaufsstand an den Benz gekoppelt, ist aufs Gaspedal gestiegen und somit war er wohl der Letzte, der über die inzwischen imaginäre deutsch-deutsche Grenze floh. Die Zurückgelassene, die konnte jedoch für diesen Entwicklungsstand so gar kein Verständnis aufbringen und darüber hinaus war sie auch keinesfalls dämlich. Weswegen sie dann relativ zügig seinen Wohnort ausfindig gemacht hat. Und dort ist sie dann hin. Schnurgerade und dick, wie sie inzwischen schon war, und hat an seiner Haustür geläutet. Geöffnet hat aber nicht, wie erwartet, der getürmte Sebastian, sondern dessen Gattin, und zwar mit einem Neugeborenen auf dem Arm. Welche der beiden Frauen zuerst die Fassung wiederfand, ist wohl nicht dokumentiert. Fakt ist jedenfalls, dass es zu einem inspirativen Austausch der beiden gekommen sein muss. Da aber diese Emanuela nicht nur ausgesprochen sympathisch, sondern auch ein regelrechtes Rasseweib war und obendrein schön wie die Venus, ist der eher unscheinbaren Frau Paulus eines ziemlich schnell klar und deutlich geworden: Auf Dauer, da konnte sie diese harte Konkurrenz wohl nicht im Zaum halten. Dadurch half jetzt nur eines. Nämlich eine Kooperation. Und so hat sie … sagen wir einmal, im Kampf um ihr fragiles Familienglück, einen Versuch gemacht. Einen Versuch, der dann glückte. So hat sie diese immense Gegenspielerin nämlich genau damit verführt, und somit zur Kapitulation bewogen, was fast immer und überall funktioniert. Sie hat ihr Geld angeboten und die Rechnung ging auf. Und noch am selben Tag fuhr die werdende Mutter stillschweigend und ohne weiteres Aufhebens in die Heimat zurück und im Gegenzug ging ein monatlicher Betrag in beachtlicher Höhe auf ihr Konto ein. Würde man das eine Win-win-Situation nennen? Ich kann es nicht sagen. Fakt ist jedenfalls, dass dieses geheime Bündnis vermutlich den Tatsachen entspricht und über Jahrzehnte funktioniert haben muss. Denn bis zum heutigen Tag ist von einer zweiten Tochter nie irgendjemandem etwas bekannt gewesen. Zumindest niemandem, mit dem ich bisher gesprochen hab.

»Die Story ist gut, Rudi«, sag ich nach dem Report seiner astreinen Recherche. »Die ist sogar verdammt gut. Aber sie ist auch alt. Dreißig Jahre alt, um genau zu sein.«

»Und? Was willst du damit sagen?«, will er nun wissen und sein Tonfall verrät mir umgehend, dass er wohl meinerseits mit einer anderen Reaktion gerechnet haben muss. Drum versuch ich, die ganze Sache etwas aufzuwerten. Also rein aus dem Aspekt heraus, dass ich heut schon genug Stress gehabt hab und jetzt so null Komma null Bock auf einen weiteren hab.

»Gar nichts will ich damit sagen, Rudi. Zumindest nichts Negatives. Nein, echt fesch, diese Geschichte. Und Hut ab, du warst fleißig und du bist fündig geworden. Aber nur, weil der Paulus vor gefühlt hundert Jahren einmal ein Rasseweib aus dem Osten gebumst und geschwängert hat, bringt uns das noch keinen Mörder, oder? Mir fehlt einfach der Zusammenhang.«

»Ach, der Kommissar Klugscheißer höchstpersönlich. Aber was hältst du davon, wenn wir den Zusammenhang finden und dieser Sache vielleicht einfach mal auf den Grund gehen, anstatt hier rumzublöken? Möglicherweise ist ja genau dort das Corpus Delicti versteckt?«, sagt er, geht zum Kühlschrank und holt sich ein weiteres Bier. Es ist schon das zweite und was Alkohol und Autofahren betrifft, da mutiert der Rudi zum Spießer. Schon immer. Nach der zweiten Halben, da fährt er nämlich nicht mehr. Keinen einzigen Meter. Gut, aufgrund seiner polizeilichen Vergangenheit kann er sich ein weiteres Vergehen auch gar nicht groß erlauben, gell. Sonst Knast. Weil er halt seinerzeit einem Pädophilen die Eier weggeschossen hat. Und das im leicht angetrunkenen Zustand. Wobei *leicht* jetzt womöglich eher relativ ist. Sicherlich waren es an die sieben, acht Weißbier, die wir da vorher beim Kosta hatten. Vom ganzen Ouzo, den uns der blöde Wirt noch dazu hergestellt hat, da mag ich gar nicht erst reden. Aber wurst. Was dagegen gar nicht wurst ist, ist die Tatsache, dass er sich eben just in diesem Moment ein weiteres Bier in die Gurgel schüttet. Was eben wie gesagt heißt, dass er dann nimmer fährt. Was wiederum ebenfalls heißt, dass er dann wohl oder übel hierbleiben muss.

»Also, mal angenommen, Franz«, reißt er mich jetzt aus meinen Gedanken. »Mal angenommen, diese Emanuela oder auch die daraus resultierende Tochter, die haben irgendetwas mit dem Mord am Paulus zu tun …?«

»Aber inwiefern, Rudi? Inwiefern?«

»Ja, das weiß ich doch nicht. Ich bin nur der Watson. Du bist der Sherlock. Also, lass dir gefälligst was einfallen.«

Und grad wie ich mir was einfallen lassen will, da komm ich gleich gar nicht mehr dazu. Weil dann wird ein weiteres Mal die Tür aufgerissen und diesmal ist es die Susi, die erscheint.

»Rudi, was machst du denn hier?«, fragt sie charmant und schickt mir dabei einen sexy Blick durch den Saustall.

»Ich bin nur hier, um dich zu sehen«, antwortet er und steht auf, um im Bruchteil einer Sekunde wie angewurzelt zu erstarren. »Meine Güte, Susi! Was ist mit deinen Haaren passiert? Ich hoffe, es ist nichts Ernstes.«

»Nein, keine Sorge, Rudi. Ganz im Gegenteil zu dir wachsen die nämlich wieder«, sagt sie ein kleines bisschen schmollig. »Kommst du dann zum Essen, Franz? Es gibt einen Gemüseauflauf. Du kannst deinen Zwerg ja auch gern mitbringen. Wer weiß, vielleicht wächst er dann doch noch, wenn er mal was Anständiges zwischen seine Beißerchen kriegt.«

Der Rudi sendet eine mehr als deutliche Botschaft an mich. Doch auch ohne sein Zutun, da wär meine Antwort so gradaus, wie sie auch prompt ist.

»Mein Zwerg ist aber schon satt, Susimaus. Und ich bin es im Grunde auch. Ich hab ja vorher drüben am Golfplatz schon einiges vertilgt, weißt. Und der Rudi, der hat schon zwei Bier. Und mehr geht da ja auch gar nicht rein in dieses kleine Bäuchlein. Und jetzt raus beim Türl, wenn ich bitten darf, weil wir hier grad mitten in der Arbeit stecken.«

Sie versteht meine Botschaft sofort. Verdreht noch kurz die Augen in alle Richtungen, schickt einen weiteren, wieder sehr eindeutigen Blick zu mir rüber und verschwindet dann genauso rasch, wie sie grad erschienen ist. Einen Moment lang starren wir ihr noch hinterher, der Rudi und ich. Also auf die Saustalltür quasi. Dann aber trinkt er sein restliches Bier aus und lässt einen kleinen Rülpser zischen.

»Hoppala«, sagt er und stellt die Flasche ab. »Ui, ich glaub, ich kann heut nicht mehr fahren, Franz. Das war schon das zweite.«

»Aber das hast du doch auch schon gewusst, bevor du es aufgemacht hast.«

»Freilich hab ich das gewusst. Ich bin ja nicht blöd. Aber ich denk mir, jetzt, wo wir grad so gemütlich hier sitzen und praktisch so Schulter an Schulter an unserem Fall arbeiten, da würd ich diesen Flow nur ungern unterbrechen. Immerhin müssen wir Ergebnisse liefern und irgendwie hab ich das Gefühl, wir sind grad auf dem besten Wege dazu«, antwortet er noch ganz euphorisch, bevor er sich ganz entspannt in den Sessel lehnt.

»Von welchem Flow redest du? Und was meinst du mit dem besten Weg, Rudi? Sag mal, bist du geistig umnachtet, oder was? Du gräbst irgendwelche verstaubten Geschichten aus dem Archiv. Ereignisse, die praktisch schon denkmalgeschützt sind und keinerlei Bezug haben zur jüngeren Vergangenheit unseres Opfers, und denkst, du könntest damit den Fall knacken? Bist du irre, oder was?«

»Franz, das ist jetzt voll gemein von dir. Ich mein, tagelang bin ich nun über diesen … diesen Scheißtagebüchern gehangen, die größtenteils so langweilig sind wie ein Telefonbuch. Trotzdem hab ich mich da durchgebissen und hab gesucht wie ein Verrückter. Nach irgendeinem Anhaltspunkt. Einer Nadel im Heuhaufen. Irgendetwas Brauchbarem …«

»Es ist aber nicht brauchbar.«

»Doch, ich finde schon. Ich find es sogar mehr als brauchbar. Mein kriminalistischer Spürsinn sagt mir, hier ist er, unser Knoten. Jetzt müssen wir ihn nur aufmachen. Ich spür das, ich hab das im Urin.«

»Bist du eigentlich schon ganz durch mit diesen Büchern?«, will ich nun wissen, allein schon, um das Thema zu wechseln.

»Nein, noch nicht ganz. Aber den größten Teil, den hab ich geschafft.«

»Na gut. Dann würd ich vorschlagen, du nimmst dir auch noch den kleineren vor«, sag ich und steh auf. Meinen Zehen geht es wieder deutlich besser. Welch eine Wohltat. Da sieht man's mal wieder. Der Körper fordert, was der Körper braucht. Und wenn er es kriegt, dann ist auch gleich wieder Ruhe im Karton. Und mein Körper, der fordert aktuell noch ein Bier. Und zwar aufs Vehementeste. Weil mir der Rudi aber die Hälfte meiner heutigen Abendration weggesoffen hat, da bleibt mir praktisch gar nix anderes übrig, als den Weg zum Wolfi einzuschlagen.

»Wo willst du jetzt hin, Franz?«

»Ich geh mal für große Sherlocks. Kleine Watsons müssen leider zu Hause bleiben«, sag ich noch so und schon fällt die Tür hinter mir zu. Draußen im Hof, da kann ich ihn nun hören, den Rudi. Er tobt und schreit hinter mir her und es gibt kaum ein Schimpfwort, das ihm grad nicht einfallen will. Doch kaum, dass ich im Streifenwagen sitz, da fällt mir auf, dass ich keinen Autoschlüssel am Mann hab. Der nämlich muss auf dem kleinen Tisch neben dem Kanapee liegen, und zwar genau neben meinem Handy, weil ich beides zuvor dort deponiert hab. Da ich jetzt aber so gar keine Lust hab auf ein weiteres Intermezzo mit meinem Giftzwerg, da bleibt mir gar nix anderes übrig, als den Weg zum Wolfi zu Fuß anzugehen. Gut, weit ist es nicht. Bis mitten ins Dorf halt. Wo mir aber schon beim Startschuss die Zunge am Gaumen klebt, da zieht es sich doch in die Länge, frag nicht. Dass es dem Wort Durststrecke gleich eine ganz andere Bedeutung gibt, gell.

Wie ich schließlich dort ankomm, da bin ich quasi komplett dehydriert. Außerdem tun mir erneut die Haxen weh, aber dieses Mal aus einem anderen Grund. Jetzt ist es wohl eher dem Barfußlaufen geschuldet. Sollten meine Zehen irgendwann in diesem Leben wieder abgeschwollen sein, dann hab ich vermutlich eine so heftige Hornhaut an den Fußsohlen, dass ich dennoch in keinen Schuh mehr reinpassen werd.

Die Gästezahl beim Wolfi tendiert gegen null, weil außer dem Flötzinger und dem Simmerl kein weiterer anwesend ist, vermutlich auch wegen diesem Fest am Golfplatz. Die beiden hocken am Tresen und jeder starrt in sein Bierglas. Ich heb die Hand zum Gruße und der Wolfi hält postwendend ein leeres Bierglas in die Höhe. Und kaum, dass ich seine Frage abgenickt hab, da beginnt er auch schon zu zapfen. Der Barhocker neben dem Flötzinger ist frei und so setz ich mich nieder. Und nachdem das Frischgezapfte schließlich vor seinem Endverbraucher steht, werf ich einen

Blick auf meine direkte Nachbarschaft. Der Simmerl schaut mich an, boxt dann seinen Nebenmann auffordernd in die Seite und so erheben die beiden ihr Glas. Wir prosten uns zu und nehmen einen Schluck. In den ersten Momenten, da genieße ich diese Ruhe hier, grad nach dem ganzen Trubel vom heutigen Tag. Der Rod Stewart *is sailing* und läuft ungewohnt leise aus den alten Grundig-Boxen und der Wolfi poliert seine Gläser. Im Grunde poliert er seit zehn Minuten schon ein und dasselbe und ich befürchte, er hat es gleich durchpoliert und jeden Augenblick wird es sich in Luft auflösen. Nachdem die Schweigsamkeit anhält und er mir auch die zweite Halbe kommentarlos kredenzt, da wird mir diese nonverbale Kommunikation aber allmählich zu blöd.

»Bombenstimmung hier«, sag ich und schau mal rüber zu den beiden anderen Gästen. »Habt ihr ein Schweigegelübde abgelegt, oder was? Eine Wette abgeschlossen? Wer zuerst redet, der zahlt die Zeche? So was in der Art?«

»Wir denken nach«, sagt der Flötzinger.

»Genau«, pflichtet ihm der Simmerl bei.

Hui, so einen Informationsfluss muss man ja erst einmal verarbeiten.

»Worüber denkt ihr denn nach?«, frag ich, nachdem ich diese ausführliche Bekanntmachung erst mal hab sacken lassen.

»Also, ich denk nach, warum ich immer an die falschen Weiber komm. Egal, was da auch daherkommt, es ist immer die Falsche. Da kann ich machen, was ich will. Ja, und beim Simmerl da ist es ganz anders und trotzdem ganz ähnlich. Der kann nämlich auch machen, was er will. Er trifft einfach diese Kugel nicht ums Verrecken. Und wenn er sie aus Versehen doch einmal trifft, dann fliegt jedes Mal gleich ein Riesenschnitzel mit hinterher.«

»Genau«, brummt der Simmerl in sein Bierglas.

»Warum fliegt denn ein Schnitzel hinterher?«, frag ich, weil mir das relativ unlogisch erscheint. Gut, er ist Metzger. Vielleicht hat das damit zu tun.

»Ein Schnitzel, Franz. Das ist ein Stück Rasen. Gras, verstehst. Wenn man beim Golfspielen nicht nur die Kugel mit dem Schläger über den Platz befördert, sondern die halbe Grünfläche gleich dazu, dann spricht man von einem Schnitzel. Golfjargon, verstehst?«, erklärt mir der Heizungspfuscher jetzt, und das tut er auch mit Händen und Füßen, damit der doofe Prolet neben ihm das auch ja kapiert.

»Genau«, sagt der Simmerl.

»Kann er noch was anderes sagen?«, frag ich den Flötz und schau ihn dabei an.

»Es wär besser, wenn er gar nix mehr sagt, Franz«, flüstert er mir jetzt her. »Der ist auf hundertachtzig, weißt. Weil er sich vorher, bei seinem letzten Abschlag, nämlich wieder so dermaßen aufgeregt hat, dass er seinen Golfschläger über dem Knie in zwei Stücke gedroschen hat. Das war übrigens schon der zehnte heuer.«

»Es war der elfte heuer. Im Übrigen sind das absolute Internas, du Verräter, du elendiger«, knurrt nun der Metzger, hebt seinen Blick aus dem Bierglas und starrt stattdessen den Flötzinger an. Der Wolfi hebt seine Augenbraue auf Obacht und stellt das Glas ab, was mich ehrlich gesagt ein bisschen beruhigt. Ich könnte schwören, dass es inzwischen höchstens noch die Stärke einer Seifenblase hat.

»Was denn?«, fragt der Flötz nun relativ heuchlerisch, weiß er doch exakt, was ist.

»Was denn … was denn … Du weißt haargenau, was ist«, zischt der Simmerl jetzt. »Was gehen denn andere Leut meine Golfgeschichten an. Ich erzähl doch dem Franz auch nicht, dass du dein brandneues und sündteures ferngesteuertes Golfbag schon beim ersten Einsatz im Weiher versenkt hast.«

»Das war ein Versehen, du Arschloch«, kommt es retour. »Und du, du darfst deiner Gisela noch nicht einmal sagen, dass du zum Golfen gehst. Weil du sonst nämlich Hausarrest kriegst. Musst deswegen immer behaupten, du hast so viel Arbeit. In Landshut drinnen am Schlachthof. Aber jetzt … jetzt hat sie ihn durchschaut, Franz. Ja, die Gisela, die ist ja nicht blöd. Und die weiß auch, dass man im Schlachthaus keinen Sonnenbrand kriegt. Jedenfalls nicht dreimal in der Woche.«

»Du bist ein solcher Pharisäer«, kommt es nun aus der Schnitzelecke. »Aber gut, dann kann ich dem Franz ja auch getrost erzählen, warum das mit dir und den Weibern nicht klappt. Dass du nämlich keinen mehr hochkriegst. Bei zwei Versuchen allein heute, zweimal abgeblasen. Im wahrsten Sinne des Wortes.«

»Das war …«

»Ja, ich weiß, das war auch ein Versehen«, unterbricht der Simmerl den Flötzinger prompt.

Oha. Jetzt bräuchte man eine Kettensäge, um die Luft hier zu zerschneiden.

Der Wolfi fängt an, seinen Zapfhahn zu putzen. Das ist kein gutes Zeichen. Wenn der Wolfi seinen Zapfhahn putzt, dann gibt es kein Bier mehr. Und wenn es kein Bier mehr gibt, dann …

»Du, Wolfi«, muss ich ihn deswegen augenblicklich stoppen. »Ich hätt schon gern noch eine Halbe.«

Er nimmt wortlos mein Glas und füllt es mir wieder auf. Wie der Simmerl denselben Versuch starten will, schüttelt er jedoch seinen Kopf.

»Du hast genug, Simmerl«, sagt er.

»Und ich?«, fragt der Flötzinger überflüssigerweise, weil sein Glas nämlich noch randvoll ist. Der Wolfi gibt ihm gar keine Audienz. Wir schweigen wieder ein Weilchen.

»Du, Franz«, unterbricht mein impotenter Nachbar die akute Stille. »Diese Julika, die da bei euch am Hof ist, das ist ein echtes Rasseweib. Wie ist die eigentlich so drauf? Ist die eigentlich noch solo?«

»Was willst du mit der?«, fragt der Simmerl jetzt und es hört sich unfreundlich an. »Brauchst du noch ein Weib, das dir im Zeugnis ein Ungenügend gibt und dazuschreibt, du hättest dich stets bemüht …?«

»Du … du musst auch nicht immer alles glauben, was ich dir erzähl, Simmerl. So schlimm war es glaub ich gar nicht«, versucht jetzt der Flötz die Kurve zu kriegen.

»Dir glaub ich eh nix mehr«, sagt der Simmerl und steht auf. Schmeißt ein paar Euro auf den Tresen und verlässt ohne ein einziges weiteres Wort das Lokal.

»Warte, Simmerl. Jetzt warte doch. Das war … das vorher … das war doch alles nicht so gemeint«, ruft der Flötz nun, kramt in seiner engen Golfhose nach Kleingeld und keine Minute später hat auch er uns verlassen.

»Ja, da ist schon was dran, an dem alten Spruch von den Leuten. Jeden Morgen steht ein Depp auf«, sag ich jetzt und nehm einen Schluck Bier.

»Ohne Frage. Und manchmal, da sind es auch zwei«, entgegnet der Wolfi, ehe er sich dann wieder dem Zapfhahn widmet.

Kapitel 21

Ich weiß gar nicht genau, wann es passiert ist. Ich weiß auch nicht, wie es passiert ist. Im Grunde weiß ich noch nicht mal, wie lang ich da noch so rumgesessen bin und in mein Bierglas geschaut hab. Irgendwann wollte der Wolfi einfach ins Bett und hat gesagt, ich soll absperren, wenn ich fertig bin mit Bierglasschauen. Das machen wir manchmal so. Er geht ins Bett und ich mag noch nicht heim. Dann bleib ich halt allein da hocken, und wenn ich dann doch irgendwann mal heimmag, dann sperr ich seine Bude ab und geh. Er weiß ja, dass er sich auf mich verlassen kann. So ist es also auch heut. Er geht, ich bleibe. Drum hock ich dort noch ein Weilchen wie ein einsamer Cowboy am Tresen rum, schau wie gewohnt in mein Bierglas und häng meinen Gedanken nach. Reflektiere die letzten Stunden, die letzten Tage. Alles, was halt aktuell so passiert ist. Zum Beispiel denk ich an die Susi und ihre manischen Karrierepläne. Ihre fürchterliche Frisur ist da leider ebenfalls Teil meiner Gedanken, genau wie die Hoffnung, ihre Haare mögen bald und schnell wachsen. Auch unser Paul kommt mir nun in den Sinn und sein fragwürdiges Hobby gleich noch dazu, dicht verknüpft mit der Sorge, dass er womöglich daran festhalten wird. Der Rudi, der ist dann genauso mit dabei auf meiner spirituellen Reise, wie es die Oma ist, der Simmerl oder der Flötz. Und an Letzterem, da bleib ich dann schließlich hängen.

Und im Grunde hab ich keinen blassen Schimmer, weswegen. Doch exakt wie ich an den Flötzinger denk und diese ewig währenden Probleme mit seinen diversen Liebschaften, da legt's mir irgendwie den Schalter um. Und plötzlich ist alles ganz klar. Ein Rasseweib, diese Julika, hat er gesagt, der alte Schürzenjäger, und in diesem Fall liegt er noch nicht einmal falsch. Ein Rasseweib, diese Emanuela, hat das nicht auch der Rudi gesagt? Und da war ja auch noch diese Tochter von ihr. Diese Tochter von ihr und dem Paulus, von der keiner was weiß. Und jetzt weiß ich auch, woran er mich so sehr erinnert hat, auf diesem Foto. Eigentlich auf all diesen Fotos, die dort in seinem Haus hängen und auf denen er kollektiv mit der Familie in die Kamera strahlt. Es ist dieses Lächeln mit der gekräuselten Nase. Dasselbe hat auch die Julika drauf. Sie kräuselt die Nase auf ganz die gleiche Art. Auf die Art, wie es auch ihr Vater immer getan hat. Der Vater, den sie möglicherweise kaltblütig ums Eck gebracht hat? Verdammte Scheiße! Wenn eins plus eins hier nicht zwei gibt, dann fress ich einen Besen.

Ich sperr die Wirtschaft ab und werf dann dem Wolfi seinen Schlüssel durch den Briefschlitz. Will anschließend gleich den Rudi anrufen und merk, dass ich kein Telefon dabeihab, weil es eben neben dem Autoschlüssel im Saustall rumliegt. Ein Auto hab ich deswegen ohnehin nicht, weil halt auch das den widrigen Umständen von vorhin quasi zum Opfer gefallen ist. So bleibt mir praktisch gar nichts anderes übrig, als mich zu Fuß nach Haus zu bewegen. Und das tu ich, so schnell es meine Lädierung und die barfüßigen Beine halt erlauben. Wenigstens ist es nicht stockmauernfinster, so kann ich gut sehen, wo ich hintret. Der Mond, der dürfte bald voll sein, nur noch ein oder zwei Tage vielleicht. Der Heimweg vergeht dann wie im Flug, weil es ungefähr eine Million Gedanken sind, die mir unterwegs im Kopf rumspuken. Und schon am Gartentürl, da krieg ich zweierlei Informationen geliefert. Erstens fehlt dem Rudi sein Auto inzwischen und somit dürfte wohl auch der fehlen. Denn genau dort, wo es zuvor noch in unserem Hofkies rumgestanden ist, da glänzt es jetzt praktisch mit Abwesenheit. Anwesend dagegen ist die Hinkelotta. Sie liegt nämlich dort im Halbdunkel auf dem Fußabstreifer, also genau vor der Haustür zum Wohnhaus sozusagen. Und kaum, dass sie mich wahrgenommen hat, da kommt sie mir auch prompt entgegengelaufen, auf ihren drei schmalen Beinen. Wedelt hochbeglückt mit dem Schwanz und fordert dann Streicheleinheiten, die ich ihr jedoch momentan einfach nicht geben kann. Stattdessen kraul ich ihr nur kurz das Fell und betrete dann zielstrebig die Diele. Lausche einen Atemzug ins Haus, um mich anschließend schnurgerad und auf leisen Sohlen das Treppenhaus hinaufzuschleichen. Im Vorübergehen fällt mir dabei ein Koffer ins Auge und eine kleine Reisetasche gleich noch dazu. Beides steht im Erdgeschoss neben der Treppe. Wer da nun wohl verreisen will?

Die letzte Stufe ist geschafft, nur noch zwei, drei knarzende Schritte auf dem alten Holzboden, bis ich dann vor dieser Tür und meinem Ziel steh. Dort verharre ich einen Augenblick und lausche in die Dunkelheit. Momentan ist es so still um mich rum, dass mir mein eigener Atem unnatürlich laut erscheint. Hier steh ich also jetzt. Und zwar genau vor der Tür, die viele lange Jahre die meinige war. Und mit viel Fantasie, da kann man sie sogar noch entziffern, all die krakeligen Buchstaben dort. Diese meine Botschaft und Warnung, die ich vor knappen vier Jahrzehnten dort auf das Türblatt aufgemalt hab und für die ich dann von der Oma ein paar saftige Watschen hab einfangen dürfen.

»Narrenhände beschmieren Tisch und Wände«, hat sie damals zu mir gesagt. »Und offenbar auch Türen, die wo unsere Urahnen vor über zweihundert Jahren mit eigenen Händen hergestellt haben und die noch immer so gut wie neu sind. Oder waren. Bis halt jetzt so ein Dorfdepp dahergekommen ist und gemeint hat, dass er sich drauf verewigen muss«, hat sie damals zu mir gesagt und konnte für die Ausweitung meiner Privatsphäre so gar kein Verständnis aufbringen.

HOHEITSGEBIET VON FRANZ EBERHOFER
EINTRITT STRENGSTENS VERBOTEN!
ACHTUNG SELBSTSCHUSSANLAGE!
BETRETEN AUF EIGENE GEFAHR – KANN
ZUM TODE FÜHREN!

Ja, das war's, was ich damals auf dieses Türblatt geschrieben hab. Und zwar mit einer inbrünstigen Überzeugung und Wachsmalkreiden, die auf Holz gemalt freilich dann auch wie eingefräst sind. Da hilft kein Putzen, Schrubben oder Polieren. Das hat die Oma seinerzeit leidvoll erfahren müssen. Und ich ebenfalls, wie sich hinterher rausstellen sollte. Denn bei der Oma, da ist ja nur selten der Watschenbaum umgefallen. Aber manchmal halt doch. Wobei ich bis heut nicht recht weiß, was sie damals mehr auf die Palme gebracht hat. Meine Botschaft an sich oder doch eher die Selbstschussanlage. Also, der Leopold, der musste hinterher jedenfalls genäht werden. Mit sieben Stichen. Drei am Bauch und vier an der Schulter. Und Schrot ist schon ekelhaft zu entfernen. Doch andererseits sieht man's da ja einmal wieder: Wer lesen kann, ist klar im Vorteil. Aber wurst.

Jetzt jedenfalls befind ich mich eben genau vor dieser Tür. Vor der Tür meiner bewegten Vergangenheit und hadere mit einem Entschluss. Weil ich nicht recht weiß, ob ich anklopfen oder doch einfach gleich reingehen soll. Klopft man an bei einem mutmaßlichen Mörder beziehungsweise einer mutmaßlichen Mörderin? Oder anders gefragt: Kann man einfach so mir nix, dir nix und mitten in der Nacht bei einer jungen Frau eindringen? Am Ende ist es die Julika selber, die mir diese Entscheidung schließlich abnimmt.

»Du kannst schon reinkommen, Franz«, kann ich sie nämlich plötzlich von drinnen vernehmen. »Ich bin wach und angezogen.«

Aha.

»Und warum bist du wach und angezogen um diese Uhrzeit?«, frag ich schon beim Reingehen und schau mich kurz um. Sie sitzt auf der Kante ihres Bettes, das früher einmal meins war, und ist in der Tat komplett bekleidet. Das Bett ist gemacht und das Zimmer aufs Säuberlichste aufgeräumt. Ihr unruhiger Blick huscht nur kurz zu mir rüber und dann zuckt sie mit den Schultern. So hock ich mich also mal daneben und dann schweigen wir beide für einen Moment. Starren nur einträchtig auf die alten Fußbodendielen mit all ihren Schrammen und Geschichten und auf den Fleckerlteppich, der draufliegt und als Bettvorleger dient.

»Der Paulus Sebastian, das war dein Vater, gell?«, sag ich nach einer Weile und schau sie jetzt an. Sie nickt kaum merklich und ihre Körperhaltung bleibt unverändert. Doch ihre Lippen, die zittern, und Tränen laufen ihr übers Gesicht. So kann man doch nicht arbeiten. Ich leg mal den Arm um sie und postwendend lehnt sie den Kopf an meine Schulter. Ein paar schwere Atemzüge lang bleibt sie noch schweigsam. Dann aber schnäuzt sie sich und beginnt zu erzählen. Leise, fast tonlos und von immer wiederkehrenden Schluchzern flankiert.

»Diese Beerdigung ... das war am schlimmsten. Da hab ich die Tessa wiedergesehen. Das erste Mal nach all den Jahren. Ich war so froh, dass sie mich nicht erkannt hat«, beginnt sie zaghaft zu erzählen.

»Ihr habt euch gekannt?«, muss ich hier nachfragen, denn damit hätt ich nun so gar nicht gerechnet.

»Ja, wir haben uns gekannt, die Tessa und ich. Meine große Schwester und ich. Meine Halbschwester und ich.«

»Aber woher denn? Ich mein, wie seid ihr denn zusammengekommen?«

»Wir sind nicht zusammengekommen. Wir sind nur auseinandergekommen. Zusammen waren wir schon immer.«

»Julika, red Klartext mit mir. Ich denke, ihr hattet zwei verschiedene Leben. Die Tessa und ihre Familie hier und du ...«

»Ja, ja, das stimmt natürlich auch. Die Tessa, ihre Mami und ihr Papsi, das war happy family. Ja, die haben echt so was wie eine Familie abgegeben. Das war bei meiner Mutter und mir ganz was anderes. Aber irgendwie ist da wohl was Seltsames passiert, und das war wohl schon vor meiner Geburt. Tessas Mutter und die meine, die haben sich wohl irgendwie von Anfang an gemocht. Seelenverwandtschaft oder so. Jedenfalls haben die viele Jahre lang engen Kontakt gehabt. Ja, ich glaub, die beiden, die haben sich wirklich von Anfang an sehr, sehr gemocht. Zumindest hatte meine Mutter immer einen ganz warmherzigen Gesichtsausdruck, wenn sie von der Bärbel erzählt hat. Na ja, jedenfalls war das die ersten Jahre lang so.«

»Das heißt, ihr habt euch gesehen? Ihr vier? Oder war da dein ... also, der Paulus auch mit dabei?«

»Nein, nein, wo denkst du hin. Das war ja alles streng geheim. Nein, da waren nur wir. Wir vier. Die Bärbel und die

Tessa. Und meine Mutter und ich. Es war einmal im Jahr, immer im Sommer. Nur eine Woche lang oder so. Wir haben uns immer in irgendeinem anderen Kaff an der Ostsee getroffen. Jedes Mal woanders. Wie gesagt, es musste ja alles geheim ablaufen«, erzählt sie weiter und lacht nun ein bitteres Lachen. »Es war schön. Ja, es war eine wirklich sehr schöne Zeit. Wir hatten viel Spaß, wir vier. Und ich hab mich auch immer sehr gefreut, wenn wir dann wieder heimgefahren sind. Weil ich da jedes Mal einen ganzen Koffer voll wunderschöner Kleider abgekriegt hab, die der Tessa nicht mehr passten. Und auch Spielzeug, das sie nicht mehr mochte.«

»Und wie lange ist das so gegangen?«, muss ich hier nachfragen.

»Jahrelang. Viele, viele Jahre lang. Ich glaub, ich war dreizehn, als wir uns das letzte Mal trafen.«

»Aber was ist dann passiert? Ich meine, ihr habt eine gute Zeit gehabt, warum gibt man so was auf? Ist da jemand dahintergekommen? Der Paulus vielleicht?«

»Nein, nein. Niemand ist da jemals dahintergekommen. Wir waren ja vorsichtig. Mein Gott, was ist passiert? Wir haben uns verändert. Das ist passiert. Das unscheinbare Entlein, das Bärbel vorher immer war, ist ganz allmählich hübscher und hübscher geworden. Aber sie hat sich ja auch nie um was kümmern müssen, nur um die kleine Prinzessin Tessa. Und die beiden, die haben ja sowieso alles gehabt, was man sich nur vorstellen konnte. Reisen, Hobbys, schöne Kleider und ein Pferd. Eine glückliche Mami und ein glücklicher Papsi und ein glückliches Kind. Irgendwann, da ist mir das alles auf den Nerv gegangen, und da hab ich auch diese abgelegten Sachen von der Tessa nicht mehr haben wollen. Und ihre ganze schwesterliche Großzügigkeit.

Ja, und meine Mutter? Na ja, meine Mutter, die hat immer mehr getrunken …«

»Deine Mutter hat getrunken?«

»Sie … sie ist Säuglingsschwester gewesen, weißt du. Und dadurch ist sie Tag für Tag auf Menschen getroffen, die sich um ihre Kinder sorgen. Auf Männer, die sich um ihre Kinder sorgen. Die hoffen und bangen und an der Bettkante sitzen, die weinen und beten und die kleinen Hände festhalten. Väter, die alles tun für ihre Kinder und die sogar sterben würden für sie. Der Vater ihres eigenen Kindes, der hatte ihr damals einfach tausend Mark in die Hand gedrückt und gesagt, sie solle das wegmachen, und zwar sofort. Das hat sie ihm nie verziehen und hat es auf Dauer einfach nicht verkraftet. Sie hatte ihren Job und sie hatte mich. Das war's. Keinen Mann für sich und keinen Papa für mich. Nichts. Einfach gar nichts. Nur Traurigkeit und Wut und Wehmut. Wenn sie mich dann abends ins Bett gebracht hatte, hat sie immer ihre alten Platten aufgelegt. Und wenn sie dachte, dass ich schlafe, dann hat sie sich ihren Wein aufgemacht. Und manchmal hat sie dann angefangen zu tanzen. Oft bis spät in die Nacht. Da ist sie wohl wenigstens für ein paar Stunden lang ein kleines bisschen glücklich gewesen.«

»Hat sie denn nie wieder jemanden kennengelernt? Ich mein, sie war doch eine sehr schöne Frau.«

»Oh doch. Kennengelernt hat sie viele, nur vertraut hat sie keinem mehr. Und später irgendwann, da hat sie dann noch mehr getrunken. Und dann hat sie auch keinen mehr kennengelernt.«

»Was ist aus ihr geworden?«

»Sie ist gestorben. Am fünfzehnten Januar. Sie wurde von einer Straßenbahn erfasst und war sofort tot. Es war um halb elf am Vormittag. Sie trug ein Nachthemd, war barfuß und hatte knapp drei Promille.«

»Das tut mir leid«, sag ich und mein es auch so.

»Das muss es nicht. Ich bin erleichtert. Ehrlich. Ja, das bin ich. Jetzt muss ich mir keinerlei Gedanken mehr um sie machen. Einfach keine Sorgen mehr. Muss mich nicht fragen, ob sie was gegessen hat, ob sie gewaschen ist oder ob sie inzwischen eher in der Badewanne ersoffen ist oder an ihrem Erbrochenen erstickt. Es ist alles viel leichter ohne sie. Fast schwerelos.«

»Trotzdem hast du deinen Vater gesucht. Und offensichtlich auch gefunden.«

»Weißt du, Franz, meine Mutter war eine Schönheit. Bevor sie den Paulus kennengelernt hat, oder sagen wir lieber, als sie ihn kennengelernt hat, da war sie das schönste Mädchen auf jeder Kirmes. Weit und breit. Immer und überall. Da gibt es Fotos von ihr, das kannst du nicht glauben. Diese Frau aber, die ich am achtundzwanzigsten Januar beerdigt hab, das war … das war einfach kein Mensch mehr. Im Grunde war sie kein Lebewesen mehr. Alles an ihr hat gestunken und war furchtbar unappetitlich. Alles war schäbig und eklig. Alles an ihr war mir peinlich. Alles. Ich wollte nicht, dass jemand weiß, dass sie meine Mutter ist. Ich hab mich einfach geschämt für sie. Und hinterher … hinterher, wie sie dann tot war, da wollte ich nur eines. Ich wollte diesen einen finden. Den Mann, der dafür verantwortlich war. Und ich habe ihn gefunden.«

»Bist du hierhergekommen in der Absicht, ihn umzubringen?«

»Ich weiß es nicht«, sagt sie nun noch eine Spur leiser, als sie es eben schon war, und schüttelt ganz sachte den Kopf. »Nein, ich glaub nicht. Ich weiß nicht, ich wollte ihn einfach nur finden. Diesen Paulus, meinen Vater, der getürmt ist. Der sie im Stich gelassen hat, als sie ihn am dringendsten gebraucht hat. Der sich einen Scheißdreck gekümmert hat, was aus ihr wird. Was aus mir wird. Diesen Papsi wollte ich sehen, der meine Schwester Tessa so abgöttisch geliebt und verwöhnt hat. Und der sie mit Geschenken und seiner ganzen Aufmerksamkeit förmlich überschüttet hat. Ich wollte ein Bild dazu haben. Ja, diesen Mann wollte ich finden«, sagt sie und steht dann auf. Wirft mir einen kurzen, sehr traurigen Blick zu und dreht sich dann ab. Wandert zum Fenster, zieht die Vorhänge auf und blickt hinaus. Es ist immer noch dunkel da draußen und der Mond wirft weiter sein sachtes Licht in die Nacht. Vom Waldrand her hört man ein Käuzchen schreien.

»Da ist dir ja dieses Stellenangebot von uns, also das für die Haushaltshilfe, praktisch wie gerufen gekommen, oder? Somit bist du quasi an der Quelle gewesen.«

»Ja, aber es war auch das einzige Stellenangebot in diesem Kaff.«

»Und wie ist es dann passiert? Ich mein, was genau ist dort geschehen, auf diesem Golfplatz?«, frag ich und lehn mich jetzt ein bisschen zurück. Ich merke, wie meine Anspannung langsam weicht, und das tut grad gut.

»Es war nicht das erste Mal, dass wir aufeinandergetroffen sind, es war das zweite Mal. Ich hab ihn schon einmal abgepasst. Das war ein paar Wochen früher, vor seinem Haus. Da ist er wohl auch grad auf dem Weg zum Golfplatz gewesen.«

»Weiter«, sag ich nach einer allzu langen Pause und merk, wie sich die Müdigkeit allmählich um mich herum breitmacht.

»Na ja. Er wollte natürlich wissen, wer ich bin und was ich will. Und da hab ich gesagt, ich bin deine Tochter und such meinen Vater. Ha! Ich weiß gar nicht recht, was ich damals erwartet hab. Dass er mich in den Arm nimmt und mir unendliche Liebe schwört? Nein, das hat er natürlich nicht getan. Er hat mich nur angeglotzt für ein paar Sekunden. Angeglotzt wie ein Alien. Dann hat sich sein ganzes Gesicht verändert. Komplett verändert, das war völlig unfassbar. Er hatte plötzlich den kältesten Gesichtsausdruck, den ich je an jemandem gesehen hab. Kalt wie Eis und voller Ablehnung. Mehr geht nicht. Dann hat er gesagt, er hat nur eine Tochter. Das wär die Tessa, und die liebt er über alles. Und jetzt soll ich ihm einen Gefallen tun und verschwinden. Bevor noch was passiert, was wir beide nicht wollen. Harter Tobak.«

»Und dann … bei eurem zweiten Treffen?«

»Das war am Parkplatz. Am Parkplatz vom Golfclub. Das Gespräch war ziemlich ähnlich, wie es das erste war, und auch ähnlich erfolgreich. Er hat gesagt, ich soll mich jetzt endgültig verpissen und es nicht wagen, noch einmal zu kommen. Danach hat er sich abgedreht und ist Richtung Clubhaus verschwunden. Eine Zeit lang bin ich dann nur planlos im Auto gesessen. Bin im Auto gesessen und hab das alles noch mal Revue passieren lassen und reflektiert. Nicht nur diesen Moment, sondern alles. Mein Leben und das meiner Mutter. Und plötzlich … da ist alles wie von selber geschehen. Ich bin ausgestiegen und einfach losgelaufen. Wie … ja, keine Ahnung, wie ferngesteuert vielleicht. Kannst du das verstehen?«

»Ich muss das nicht verstehen, Julika«, sag ich, beug mich nun wieder nach vorne und versuch, mir die Müdigkeit aus den Augen zu reiben. »Aber der Richter, der sollte es verstehen. Das würd ich dir echt wünschen.«

»Ja, das wünsch ich mir auch.«

»Du hast den Golfschläger in der Mülltonne vom Hundhammer versteckt?«

»Ja, den hab ich dort versteckt. Irgendwie hab ich mitgekriegt, dass er mal einer deiner Verdächtigen war. Ich hab übrigens sehr viel mitgekriegt hier, du bist nicht sehr diskret bei deinen Ermittlungen. Wie gesagt, ich bin da an der Quelle gesessen«, sie quält sich ein Lächeln ab und wendet sich wieder ab. »Ich hab ... ich hab meinen Vater getötet, Franz. Kannst du dir das vorstellen? Meinen eigenen Vater, ohne den ich gar nicht hier wär, auf dieser Welt. Aber er ... er hat meine Mutter getötet. Und auch ein bisschen was von mir. Was für eine erbärmliche, groteske, böse, böse Geschichte das doch ist«, sagt sie in die Nacht hinaus und fängt nun wieder an zu weinen. Ich muss mir ein ausgiebiges Gähnen verkneifen, und das fällt mir unglaublich schwer, weil ich zum Umfallen müde bin. Doch ein Blick auf die Uhr verrät mir, es ist inzwischen Viertel nach drei, was somit eine astreine Daseinsberechtigung für jegliche Art von Ermattungssymptomen rechtfertigen dürfte.

»Ich muss dich jetzt verhaften, Julika«, sag ich, weil's halt eh nix hilft.

»Das weiß ich, Franz. Immerhin hab ich ja auch hier auf dich gewartet, damit du mich verhaften kannst. Ich hab meine Sachen gepackt und das Zimmer aufgeräumt. Es ist alles in Ordnung jetzt und ich werde wohl meinen Frieden finden. Irgendwann einmal. Werden wir jetzt gleich ... also muss ich nun sofort ins Gefängnis?«

»Ja, Julika. Ich befürchte, schon relativ zeitnah. Wir werden jetzt erst mal nach Landshut reinfahren und dort geht dann alles seinen Dienstweg.«

»Besteht aber womöglich ... Nein, vergiss es.«

»Na, was denn? Raus mit der Sprache«, sag ich, weil sie mir tatsächlich leid tut. Wie sie da so steht und weinend aus dem Fenster starrt. Einem Fenster so ganz ohne Gitter davor. Das wird sie jetzt lang nicht mehr haben, das arme Mädel.

»Könnte ich vielleicht noch ganz kurz duschen, Franz? Ich … ich bin so schrecklich müde und es ist immer noch so unglaublich heiß. Und wenn ich dort jetzt gleich ein Geständnis ablegen muss, dann möchte ich dabei wenigstens einen klaren Kopf haben. Ich glaub, eine kalte Dusche, die wär …«

»Ja, logisch«, unterbrech ich sie hier und lehn mich dann wieder zurück. »Geh duschen und lass dir ruhig Zeit. Ob wir da bei der Kripo in Landshut eine Viertelstunde früher oder später aufschlagen, das ist praktisch Jacke wie Hose. Hurra wird um diese Uhrzeit dort drin ohnehin keiner schreien.«

»Danke, Franz«, sagt sie, dreht sich langsam zu mir und quetscht sich ein halbes Lächeln ab. Und nur einen kleinen Augenblick später, da ist sie auch schon im Hausgang verschwunden.

Kapitel 22

Nur gefühlte drei Sekunden später, da steht quasi eine ganze Brigade bei mir im Zimmer. Oder besser in der Julika ihrem Zimmer und meinem Ex-Zimmer. Gut, inzwischen ist es auch eher das Ex-Zimmer von der Julika, weil sie ja jetzt relativ bald ein neues Domizil bezieht, was aber hier keine Rolle spielt. Jedenfalls steht plötzlich ein halbes Dutzend Kollegen vor mir und jeder von ihnen ist bis an die Zähne bewaffnet und im ersten Moment kann ich noch nicht mal sagen, ob es real ist oder ein Traum.

»Aufstehen! Umdrehen und Hände an die Wand!«, schreit einer von ihnen.

Es ist real.

»Seids ihr bescheuert, oder was?«, frag ich, weil ich erstens noch gar nicht recht wach bin und mir zweitens nix weiter einfällt.

»Eberhofer?«, sagt dann einer von ihnen, der mich nun wohl erkannt hat, und nimmt langsam seine Pistole runter. Schiebt das Visier seines Helms nach oben und jetzt, wo sein Gesicht freiliegt, da kann auch ich ihn erkennen. Es ist dieser Schwätzer von neulich. Der mir bei dieser grandiosen Ballettdarbietung von unserm Paul, also praktisch auf dem Landshuter Altstadtfest, so tierisch auf die Eier gegangen ist. »Was zum Teufel machst du denn hier?«

»Ich wohne hier, zum Teufel«, sag ich, setze mich auf und

befürchte, dass ich wohl grad für einen Moment weggenickt war. »Und was macht ihr hier, ihr Vollpfosten? Also, wenn die Frage gestattet ist.«

»Bei uns in der PI, da ist grad ein Anruf eingegangen.«

»Das soll ja vorkommen bei der Polizei.«

»Ja, logisch. Aber es war eine Frau dran, und die hat behauptet, dass sie den Paulus umgebracht hat. Weißt schon, diesen Präsi vom Golfclub hier in eurem Kaff. Und jetzt hätt sie einen Bullen in ihrer Gewalt, hat sie gesagt. Und wenn wir den retten wollten, dann sollen wir hier anrücken, und zwar zackig, sonst macht sie ihn kalt. Deswegen sind wir hier. Sollst du das etwa sein, dieser Bulle?«

»Kannst du deinen Clowns hier vielleicht zuerst mal sagen, dass sie die Knarren runternehmen sollen?«

»Ihr könnt die Knarren runternehmen, Jungs«, sagt er prompt artig über die Schulter hinweg zu seinen Komplizen. »Das hier ist der Eberhofer Franz. Er ist ein Kollege.«

Irgendwie zieht's mir gleich den Stecker. Was verdammt noch mal passiert denn hier grad? Kann es sein, dass ich tatsächlich irgendwas verpennt hab? Ich versuch erst mal, kurz meine Gedanken zu sortieren. Dann spring ich vom Bett, geh zur Tür und von dort Richtung Badezimmer. Sie wollte doch noch eine Dusche nehmen, die Julika. Ehe wir zur PI aufbrechen. Draußen im Gang treff ich auf den Papa.

»Was ist denn das für ein Radau hier und wer brüllt da so umeinander?«, brummt er mir entgegen. Er trägt eine Schiesser-Feinripp-Unterwäsche, die vor Jahrzehnten sicherlich einmal weiß gewesen ist.

»Nix, Papa«, sag ich und schieb ihn zur Seite. »Geh einfach wieder in dein Zimmer und halt die Füß still, okay.«

»Ich will wissen, was hier los ist, verdammt noch mal«, sagt er weiter und dann steht er auch schon vor der Tür mit der Brigade drin. »Oha.«

»Ja, genau. Oha«, muss ich ihm jetzt beipflichten.

»Ist was mit der Julika?«

»Würdest du jetzt bitte in dein Zimmer zurückgehen«, sag ich, weil's mir echt allmählich langt.

»Ich lass mir doch von dir nicht sagen, was ich zu tun hab, du Rotzlöffel. Von dir nicht und auch nicht von deinen bewaffneten Komplizen hier. Ich geh jetzt runter und mach mir ganz geschmeidig einen Kaffee. Und den trink ich dann mit viel Genuss, verstehst mich. Und ein Pfeiferl werd ich mir auch dazu anzünden, nur, dass du das weißt. Und nichts und niemand wird mich daran hindern. Da musst mich schon abknallen oder einer von deinen komischen Schergen«, sagt er noch und geht dann die Treppe nach unten. Und ich öffne nun die Badezimmertür, in der vagen Hoffnung, die Julika, die würde dort einfach unter der Dusche stehen.

Doch es ist keine Julika, die unter der Dusche steht, sondern die Oma, die auf der Kloschüssel hockt.

»Guten Morgen«, sagt sie aus ihrer verschlafenen Miene heraus. »Ich bin gleich fertig, Bub. Dann kannst rein.«

Wie hypnotisiert beweg ich mich jetzt zu den Kollegen zurück. Wie spät ist es eigentlich?

»Wie spät ist es eigentlich?«, frag ich deswegen. Und diese seltsame Truppe, die hier in ihren schwarzen Overalls, den schusssicheren Westen und den Helmen auf dem Kopf vor mir lauert, die schaut dann quasi völlig synchron auf die Armbanduhr.

»Dreiviertel sieben«, kommt die Antwort nahezu ebenso synchron. Dreiviertel sieben also. Das würde ja bedeuten, dass sie schon über drei Stunden Vorsprung hat, die Julika. Also falls sie tatsächlich getürmt ist, wovon ich allerdings inzwischen felsenfest ausgehen muss. Dieses kleine Luder!

»Gut«, sag ich, während ich versuch, mir den restlichen Schlaf aus den Augen zu reiben. »Wir müssen sie zur Fahndung ausschreiben.«

»Wir müssen wen zur Fahndung ausschreiben?«, will nun mein nagelneuer Busenfreund im Tonfall eines Oberlehrers wissen.

»Dieses Mädchen. Also diese Frau, die bei euch in der PI angerufen hat. Diese ... diese Mörderin«, antworte ich und hoffe inständig auf zeitnahe Einsicht.

»Diese mutmaßliche Mörderin«, klugscheißert er jedoch. »Da müssen wir schon korrekt sein. Denn wir können ja noch gar nicht wissen, ob sie diesen Mord tatsächlich begang...«

»Ich weiß es schon«, muss ich ihn aber prompt unterbrechen. »Und darum wirst du jetzt deinen Arsch in Bewegung setzen und diese verdammte Fahndung ausschreiben.«

»Du ... du bist nicht mein Vorgesetzter, Eberhofer. Du bist nur ein kleiner Dorfgendarm. Und du wirst doch nicht allen Ernstes glauben, dass ich oder einer von meinen Jungs hier irgendwelche Befehle ausführen werden, die uns so ein Drecksdorfgendarm gibt.«

»Nicht?«

»Nein! Wirklich nicht«, entgegnet er relativ unfreundlich, sucht einen zustimmenden Blick unter den Seinigen und ganz offensichtlich wird er auch fündig.

»Auch gut«, sag ich noch so und dreh mich ab. »Steht halt dann in deiner Akte und auch in denen von deinen ... deinen Jungs.«

»Was steht da in den Akten, ha?«

»Ja, dass ihr halt das Aufgreifen einer gerissenen Mörderin durch Kooperationsverweigerung vereitelt habt. Das steht dann da drin. Schwarz auf weiß. Und zwar für immer.«

Irgendetwas Unverständliches grölt er mir noch hinterher, aber das hör ich schon gar nimmer. Ich saus die Treppen runter und hab nur einen einzigen Gedanken dabei. Ich muss jetzt unbedingt erst mal den Rudi anrufen und deswegen in den Saustall rüber, weil dort nämlich mein verdammtes Telefon liegt. Doch so ganz ohne Zwischenstopp will mir der Weg dorthin nicht gelingen. Der Papa steht nämlich urplötzlich vor mir, kaum, dass ich im Hof draußen bin. Er trägt noch immer und ausschließlich sein Ensemble in verwaschenem Weiß und sein restliches Gesamterscheinungsbild wirkt eher mürrisch.

»Wo ist mein Admiral?«, fragt er nun beinah panisch.

»Wo soll er schon sein«, entgegne ich und versuch, an ihm vorbeizukommen. »Hinterm Haus natürlich, da, wo er immer steht.«

»Wenn er da wäre, dann würde ich dich nicht fragen, du Volldepp. Da ist er aber nicht.«

»Red keinen Müll«, sag ich und versuch ein weiteres Mal, an ihm vorbeizukommen, aber er ist flink wie ein Wiesel und lässt mich einfach nicht passieren.

»Hör mir zu, Burschi. Ich wollte einfach nur aus meinem Handschuhfach ein bisschen … äh, Tabak holen. Und wie ich hinters Haus geh, da seh ich mit Entsetzen, dass mein Auto weg ist. Hast du das jetzt begriffen oder soll ich mich lieber an einen deiner Kollegen wenden?«

Wovon redet der eigentlich? Ich weiß es einfach nicht. Um der Sache auf den Grund zu gehen, muss ich nun wohl oder übel die andere Richtung einschlagen und er folgt mir auf dem Fuße. Wie sich rausstellen soll, folgt gleich drauf auch der Leopold auf dem Fuße. Der hat mir grad noch gefehlt.

»Was ist passiert?«, fragt er direkt ohne einen Morgengruß.

»Mein Auto ist weg. Wahrscheinlich gestohlen«, antwortet der Papa und gibt einen wehmütigen Seufzer von sich.

»Um Gottes willen!«, theatralisiert die alte Schleimsau prompt erwartungsgemäß. »Franz, du musst was machen.«

»Ja«, sag ich. »Das muss ich. Und zwar muss ich meinen Mord aufklären.«

»Du klärst doch schon wochenlang deinen blöden Mord auf und bist noch zu keinem Ergebnis gekommen. Vielleicht bist du einfach nicht kompetent genug, um diesen Mord aufzuklären. Aber du wirst doch wenigstens in der Lage sein, dem Papa sein verdammtes Auto zu finden. Immerhin fährt es nur achtzig, und als ich vor zwei Stunden vom Lesemarathon der niederbayrischen Buchhändler zurückgekommen bin, da war es ja noch da. So weit kann es also nicht sein.«

»Es gibt einen Lesemarathon für niederbayrische Buchhändler?«, muss ich hier nachfragen, weil ich das echt lustig find.

»Ja, gibt es. Und das ist echt ein ganz tolles …«

»Habts ihr zwei eigentlich einen Vogel, oder was?«, unterbricht der Papa nun seinen Erstgeborenen und kratzt sich den Bauch unter diesem grindigen Textil. »Mein Auto ist geklaut worden und ihr unterhaltet euch über den Lesemarathon bayrischer Buchhändler.«

»Niederbayrischer Buchhändler«, sagen der Leopold und ich, direkt wie aus einem einzigen Mund.

»Ach, leckts mich doch am Arsch«, brummt er nun aus seiner Schiesser-Kombi heraus. »Da setzt man zwei Kinder in diese verfickte Welt und alle zwei sind totale Blindgänger.«

»Sag mal, Papa. Kann es sein, dass du deinen Autoschlüssel wieder stecken hast lassen?«, will der Leopold nun wissen. Gut, diese Art der Frage wäre wohl eher mein Part gewesen.

»Ja, natürlich hab ich meinen Autoschlüssel stecken lassen. Genauso wie die letzten fuchzig Jahre lang auch. Was ist das eigentlich für eine bescheuerte Frage?«, sagt der Papa und es klingt durchaus gereizt. Jetzt aber wird mir die Sache zu blöd. Niederbayrische Buchhändler hin und geklauter Admiral her, ich hab einen Mord aufzuklären und basta. So heb ich nur kurz die Hand zum Gruße, dreh mich ab und geh in meinen Saustall rüber. Dort angekommen, schnapp ich mir Autoschlüssel und Handy und keine zwei Minuten später, da bin ich auch schon im Streifenwagen unterwegs und telefonier mit dem Rudi. Ich kann gar nicht exakt sagen, weswegen, aber ich hab grad ein glasklares Ziel vor Augen.

Während der Fahrt berichte ich dem Birkenberger detailgetreu von den Ereignissen der vergangenen Nacht. Zuallererst, da ist er ja noch kurz beleidigt, wegen meinem gestrigen Abgang. Dann aber siegt wohl doch seine Neugier, jedenfalls hört er mir aufmerksam zu. Und plötzlich steh ich genau dort, wo ich hinwollte. Nämlich vor dem Haus von der Familie Paulus. Die Frage, die ich mir die ganze Fahrt über gestellt hab, erledigt sich schon in der Einfahrt. Nämlich die, ob ich die Julika wohl hier auffinden werde. Weil es der Admiral ist, hinter dem ich jetzt parke, was mich quasi zumindest einen kriminalistischen Teilerfolg verbuchen lässt.

Ich steig aus, hol meine Knarre aus dem Holster und geh Richtung Haustür. Da diese erwartungsgemäß zu ist, beweg ich mich an der Mauer entlang der Veranda entgegen. Und nur Sekunden später, da steh ich dann auch schon vor der großen Terrassentür, durch die man einen astreinen Blick ins halbe Erdgeschoss hat. Und jetzt kann ich sie auch schon sehen, die Julika. Sie hockt dort auf dem Fußboden und bei genauerer Betrachtung erkenne ich, dass sie mit einer Schere hantiert. Ja, tatsächlich, sie sitzt dort und zerschneidet irgendetwas in winzig kleine Teile. Fast wirkt sie wie besessen dabei. Ich klopf mal gegen das Fenster, einmal, zweimal. Aber nix.

»Julika, mach auf«, ruf ich hinein. Keinerlei Reaktion. Wie ist die da nur reingekommen? »Jetzt mach schon die verdammte Tür auf, sonst muss ich sie aufschießen, hörst du?« Wieder nix.

Sie sitzt wie festgeklebt auf diesem Boden und schneidet und schneidet und ist wie in Trance. Sind das Fotos, die sie da häckselt? Sieht fast so aus. Ist eigentlich Gefahr in Verzug, wenn jemand in einer fremden Bude hockt und Fotos zerschneidet? Aller Wahrscheinlichkeit nach schon, oder? So ziel ich mit meiner Waffe vorsichtshalber mal an die Wohnzimmerdecke und drück ab. Gleich nach dem Schuss, da prasselt ein Glasregen vor mir nieder und wie die Sicht ins Wohnzimmer wieder frei ist, steht plötzlich der Rudi drin. Es ist grad so, wie es bei den Zauberkünstlern immer ist, die einen Hasen aus dem Hut holen. Es macht einen Knall, tausend silberne Konfettis fliegen durch die Luft und dann hockt ein Hase im Hut. In meinem Fall ist es kein Hase und kein Hut, sondern ein Rudi und ein Wohnzimmer, doch rein vom Prinzip her ist es dasselbe. Nun kommt er über all die Scherben hinweg und öffnet mir die Terrassentür. Endlich kann ich eintreten. Das Erste, was ich jetzt mach, ist, dass ich der Julika die Schere abnehm. Zwar ist das nur so ein Bastelteil und somit völlig ungefährlich, aber sicher ist sicher. Gleich darauf klacken die Handschellen und dabei gibt sie ein ganz braves Mädchen ab und lässt alles wehrlos über sich ergehen.

»Kommst du jetzt allein hier zurecht?«, will der Rudi dann wissen und ich nicke. So dreht er sich ab und verschwindet praktisch genauso schnell, wie er grad erschienen ist, nur nicht so spektakulär. Wie ist der bloß hier reingekommen?

Inzwischen sitzt die Julika auf einem der noblen Designersofas und ist ähnlich apathisch, wie sie es auf dem Parkett eben noch war. Ich seh mir mal die Fotos an, oder vielmehr das, was davon noch übrig ist. Es sind genau die Bilder, die ich beim Leichenschmaus schon im Visier hatte. Und die zuvor liebevoll und aufs Säuberlichste gerahmt an den Dielenwänden hingen. Auf der die Familie Paulus aussieht, als hätte sie für ein Urlaubshochglanzmagazin Modell gestanden. Jetzt sind sie aus den Rahmen gerissen und in Stücke geschnitten. In unglaublich kleine.

»Warum bist du hier, Julika? Was hast du hier gewollt?«, frag ich sie nun und setze mich zu ihr, praktisch genau vis-à-vis. Ein paar schwere Atemzüge lang schweigt sie und starrt nur reglos auf den edlen Couchtisch. Dann zuckt sie mit den Schultern und wendet den Blick zu mir rüber.

»Ich glaub, ich wollte einfach die Tessa sehen«, antwortet sie leise und Tränen laufen ihr übers Gesicht. »Ich hätte mir gewünscht, dass sie es von mir erfährt. Dass ich ihr selber sagen kann, dass ich ihren Papsi umgebracht hab. Und dass er sterben hat müssen, weil er sie geliebt hat und mich nicht. Weil ich nie auch nur eine winzige Chance von ihm bekommen hab. Ja, das hätte ich ihr gerne gesagt. Vielleicht hätte sie mich sogar ein bisschen verstanden.«

»Hm.«

»Ich glaube … Ja, ich glaube, wenn er mich kennengelernt hätte, dann …«

»Dann?«, frag ich nach einer kleinen Weile.

»Dann hätte er mich vielleicht auch lieb haben können.«

Es entsteht eine Pause, in der sie schluchzt und sich schnäuzen muss. Was mit Handschellen am Rücken übrigens gar nicht so einfach ist. Sie braucht meine Hilfe. Dann aber redet sie weiter.

»Weißt du, Franz. Wenn ich mir … wenn ich mir diese Fotos so anschau, dann bricht mir das Herz. Weil es genau so ist, wie ich es mir immer gewünscht habe. Wie ich es mir gewünscht habe und meine Mutter vermutlich auch. Auch wenn ich mich hier so umseh, alles hier im Haus … Ich mein, du merkst es doch selber, oder? Alles hier ist gut und voll Wärme und Liebe. Das ist ein behüteter Platz und glückliche Menschen haben darin gewohnt. Nichts ist hier schäbig und kalt und trostlos. Alles ist gut. Alles«, sagt sie und schluchzt erneut auf.

»Wie bist du eigentlich hier reingekommen?«, muss ich jetzt noch wissen.

»Eins neun neun eins«, entgegnet sie und hält den Kopf dabei schief. Ihre Nase läuft.

»Eins neun neun eins? Was soll das sein?«

»Das ist der Türcode. Und es ist auch das Geburtsdatum von Tessa. Sie ist am ersten September Neunzehnhunderteinundneunzig geboren. Es war mir so was von klar, dass es nur diese eine Zahlenkombi sein kann.«

»Schlaues Mädchen. Und was hat dieser Anruf in der PI vorher bedeutet? Warum hetzt du mir die Kollegen auf den Hals und behauptest, du hättest mich in deiner Gewalt?«

»Dabei ging es nur drum, Zeit zu gewinnen. Ich dachte, wenn ihr Bullen erst mal miteinander spielt, dann hab ich vielleicht mehr Luft, um mit Tessa zu reden.«

»Hättest du ihr was angetan, wenn du sie hier angetroffen hättest?«

»Nein, ich denke nicht. Aber ich dachte auch nicht, dass ich meinem Vater was antun würde, als ich damals zum Golfclub gefahren bin.«

»Tut es dir leid?«

»Mir tut leid, dass ich nie eine Chance hatte. Dass ich nie eine Familie hatte. Dass sich meine Mutter totgesoffen hat. Aber ob mir das mit meinem Vater leidtut? Ich weiß es nicht. Vielleicht irgendwann. Wenn ich kurz davor bin, verrückt zu werden im Knast. Dann vielleicht.«

»Aha«, sag ich ein bisschen beeindruckt und steh auf. »Gut, dann wollen wir mal.«

»Darf ich dich noch was fragen, Franz?«

»Ja, leg los.«

»Gibt es irgendetwas, das mein Vater und ich … was wir gemeinsam hatten? Also nur wir zwei. Er und ich?«

»Du kräuselst deine Nase, immer, wenn du lachst. Und auch manchmal, wenn du redest oder dich über was aufregst. Das hat er auch gemacht.«

»Das stimmt. Das ist dir aufgefallen?«

»Das wird wohl jedem aufgefallen sein, der euch beide kennt oder zumindest Fotos von euch«, sag ich und nun steht auch sie auf. Jetzt wirkt sie deutlich entspannter, als sie es eben noch war.«

»Die Tessa hat sie nicht, diese gekräuselte Nase, nicht wahr?«, fragt sie noch, als wir Richtung Haustür gehen.

»Nein, die Tessa hat sie nicht, diese gekräuselte Nase«, antworte ich und zieh dann die Tür hinter uns zu.

Kapitel 23

Auf dem Weg zum Rathaus, da versuch ich, mit dem Rudi zu telefonieren, was jedoch nur teilweise glückt. Zwar kann ich ihn gleich problemlos erreichen und auch die Leitung ist einwandfrei, aber er ist unglaublich leise und kurz angebunden ist er auch. Er wär grad in einer mordswichtigen Observation, lässt er mich im Flüsterton wissen, und würde sich melden, sobald es halt passt. Dann legt er mir auf.

Wie ich kurz darauf in meinem Büro ankomm, da gibt's ein Remmidemmi, das kann man gar nicht glauben. Und die ganze positive Energie, die der erfolgreiche Abschluss der Ermittlungen bei mir grad noch freigesetzt hat, ist spätestens mit dem Erscheinen des Bürgermeisters wie weggefegt. Er betritt mein Zimmer nämlich nicht einfach. Nein, er stürmt es.

»Wo zum Henker sind Sie gewesen, Sie Hanswurst, Sie unzuverlässiger?«, brüllt er mich schon vom Türrahmen her an, dass direkt die Fensterscheiben vibrieren.

»Was genau meinen Sie, Euer Hochwohlgeboren?«, frag ich und versuch somit, die Stimmung ein wenig aufzulockern.

»Nein, ich lass mich jetzt nicht von Ihnen provozieren. Diesen verdammten Gefallen werde ich Ihnen nicht tun, dass ich hier jetzt ausflippe«, flippt er aus. »Wir hatten um acht Uhr eine Pressekonferenz anberaumt. Das wissen Sie seit Tagen. Ich hab dazu sogar die Turnhalle in der Schule drüben sperren und umbauen lassen. Alle waren da. Alle. Und wer hat gefehlt? Obwohl ich ihn ein Dutzend Mal darauf hingewiesen hab in den letzten achtundvierzig Stunden. Na, raten Sie mal. Wer?«

»Also wenn Sie mich fragen, dann sind Pressekonferenzen sowieso und schon rein generell total überbewertet.«

»Ich frag Sie aber nicht, Sie Arschloch, Sie ignorantes und querulantes«, brüllt er, und wenn ich mir seinen roten Kopf so betrachte, dann mach ich mir ernsthaft Sorgen um ihn. So ein Schlaganfall, der ist schnell mal passiert, und das ist dann keine lustige Sache nicht. Jetzt kommt die Susi rein.

»Kann es sein, Bürgermeister, dass Sie grad Arschloch zu meinem Franz gesagt haben?«, will sie wissen und stemmt ihre Hände in die Hüften.

»Fräulein Gmeinwieser, der ... der macht mich echt fertig«, sagt er nun plötzlich auffallend leise, stützt sich auf meinen Schreibtisch und für einen Moment, da hält er jetzt inne.

»Ja, so ein Bürgermeisterposten, der hat's schon oft in sich. Da muss man Nerven haben aus Stahl. Vielleicht trinken wir jetzt erst mal eine schöne Tasse Baldriantee. Na, was meinens, Bürgermeister«, sagt die Susi und schaut ihn mitfühlend an. Schnauft einmal tief durch und hakt ihn schließlich unter. Ohne noch einen weiteren Kommentar abzugeben, verlassen sie dann einträchtig mein Büro.

Ich zieh mal mein Telefon hervor. Sechzehn Anrufe in Abwesenheit. Allerhand. Zwölf davon sind vom Richter Moratschek. Wenn ich unsere letzten Gespräche mal so Revue passieren lasse, dann dürfte sein heutiges Anliegen wohl auch schwer Richtung Pressekonferenz tendiert haben. Hm. Das schreit ja jetzt geradezu nach einer Art Schadensbegrenzung. So ruf ich mal kurzerhand den Hinterer Sepp an. Das ist ein Reporter bei unserem hiesigen Wochenblatt und ein schwerer Alkoholiker. Inzwischen schreibt er nur noch über Kegelausflüge, unterirdische Derbys in der Kreisliga oder Bingo-Abende, wogegen er früher mal einer der Topleute bei der Süddeutschen war. Aber das ist schon ein ganzes Weilchen her und war quasi bevor er sich gegen die Karriere und für den Verfall entschieden hat. Nun kriegt er halt sein Gnadenbrot quasi ein paar Etagen tiefer, eben bei diesem Kasblatt. Und das auch nur, weil der Verleger sein Schwager ist. Oder besser Ex-Schwager, wo seine Alte doch letztes Jahr mit einem der neuen Topleute von der Süddeutschen durchgebrannt ist.

»Du, Sepp«, sag ich gleich nach dem Grußwort. »Ich hätt da eine Story für dich, voll exklusiv. Was meinst?«

»Um was geht's?«

»Um den Mordfall Paulus.«

»Exklusiv sagst? Ja, einwandfrei. Die Pressekonferenz heut früh, die hab ich nämlich irgendwie voll verpennt.«

»Wo find ich dich?«

»Beim Wolfi. Kannst gleich vorbeikommen?«

Und ob ich das kann. Und keine Viertelstunde später, da hocken wir zwei dann auch schon am Tresen und ich erzähl ihm von meinem Paulus-Fall. Das tu ich so ausführlich wie nötig und so diskret wie möglich, schließlich bin ich ein Profi. Der Sepp, der notiert alles fein säuberlich mit und freut sich dabei wie ein Schnitzel. Wobei ich mich schon manchmal frag, wie sich wohl ein Schnitzel so freut. Aber wurst. Am Ende, da macht der noch ein Foto von mir und dann ist die Sache durch. Allerdings hat er jetzt gar keine Zeit mehr für ein zweites Bier, weil er unbedingt sofort loswill, um alles gleich fertig und druckreif zu machen. Ja, so eine Exklusivstory über einen Mord, die kriegt man ja auch nicht jeden Tag, gell.

Der Artikel vom Sepp, der erscheint bereits einen Tag später und ist dann fast so was wie ein Jackpot für uns zwei. Für ihn selber, weil er dadurch plötzlich der Held ist. Hat er doch in seiner alten Manier eine Story gezaubert, die an Spannung, Wortwitz und feingeistigen Sätzen nicht zu überbieten ist. Er hat es tatsächlich immer noch drauf, der alte Poet, und kann so dermaßen mit Worten jonglieren, dass ihm da keiner so schnell was vormacht. Und ich bin sowieso der Held, weil mich der Sepp zu einem gemacht hat. Eine astreine Win-win-Situation könnte man sagen.

Auch daheim wird das Wochenblatt zur Kenntnis genommen und alle scheinen ein kleines bisschen stolz zu sein. Nur der Leopold ist freilich wieder am nörgeln. Weil er der Meinung ist, das Foto wär scheiße. Einen Polizisten, der mit einem Bierglas in der Hand am Tresen steht, das findet er mehr als unpassend. Erst recht bei einem tragischen Mordfall. Immer und immer wieder diese spießige Klugscheißerei von der alten Schleimsau. Und das im Zuge des Triumphes. Unglaublich, wirklich.

»Ein schöner Artikel«, meint der Papa dagegen und klopft mir auf die Schulter. »Da kannst schon stolz sein, Burschi.«

Ich sende dem Leopold ein Ällabätsch.

»Auf Seite sieben, da steht, dass wir eine Schneckenplage im Neubaugebiet drüben haben«, sagt die Oma und legt dann die Zeitung beiseite. »Komisch, bei uns da herüben, da ist gar nix mehr. Kein einziges Viech seit einer Woch oder zwei. Gott sei Dank.«

Nein, dem Paul sei Dank, geht es mir so durch den Kopf. Apropos Paul. Der ist auch ziemlich beeindruckt von diesem Bericht. Später, da hat er den Artikel sogar ausgeschnitten und über seinen Schreibtisch gehängt. Und er hat gesagt, dass er vielleicht selber mal Polizist werden will, weil er auch in die Zeitung will. Womöglich hat er ja doch ein paar Gene von mir abbekommen, wer weiß.

Später beim Wolfi, da scheint meine aktuelle Glückssträhne anzuhalten. Die Bude ist voll wie selten zuvor, was wohl auch diesem Artikel geschuldet sein muss. Und ein jeder der Gäste hat das dringende Bedürfnis, mir zu gratulieren und in diesem Zusammenhang auch den einen oder anderen auszugeben. Wie irgendwann später der Flötzinger kommt, da bin ich wohl schon ziemlich gut drauf. Jedenfalls krieg ich einen tierischen Lachanfall, wie er mir erzählt, dass der Simmerl im Krankenhaus liegt. Wegen einer Art Pechsträhne sozusagen. Der hätt sich da nämlich erstens was an seinem Knie eingefangen, weil heut ein weiterer Schläger dran glauben hat müssen. Diesmal war's wohl der zwölfte, das Dutzend ist also voll. Und zweitens hat er auch noch am Kopf genäht werden müssen. Mit fünf Stichen. Ja, so ein Golfball, der kann schon ein ganz schönes Tempo draufkriegen. Und wenn der dann so mit Karacho auf einen zufliegt und du den Schädel nicht rechtzeitig in Deckung bringst … Ja, dann, frag nicht!

Auf dem Heimweg, da ruf ich den Rudi an. Immerhin ist schon ein Weilchen ins Land gezogen, wo ich nichts von ihm gehört hab, und er fehlt mir ein bisschen. Er nimmt auch gleich ab und auch dieses Mal spricht er unglaublich leise. Aber nein, heut wär er nicht grad bei einer Observierung, jedenfalls nicht im klassischen Sinn.

»Rudi«, sag ich und kicke einen Stein über die Straße. »Ich hab drei Halbe und ein paar Schnäpse im Bauch. Wenn's also keine Umstände machen tät, dann halt keine Predigt, sondern komm auf den Punkt.«

»Also gut. Warte«, flüstert er und im Hintergrund hör ich ihn gehen. Dann eine Tür und noch eine. »So, jetzt kann ich reden. Du erinnerst dich an den Abend, wo ich bei dir war und gesagt hab, dass ich nicht mehr Auto fahren kann?«

»Logisch, das war lächerlich, Rudi. Du hast zwei Bier gehabt, da kann ich noch ein Flugzeug fliegen, ein Auto fahren sowieso.«

»Ich bin ja dann auch noch Auto gefahren. Du hast mich dort schließlich einfach sitzen gelassen und bist auf und davon. Erinnerst du dich? Na, jedenfalls hab ich mich so darüber geärgert, dass ich beschlossen hab, doch noch heimzufahren. Und was soll ich dir sagen, ich bin prompt in eine Verkehrskontrolle geraten.«

»Nicht dein Ernst. Mann, ist das lustig!«

»Ja, das war klar, dass du das lustig findest. War es aber nicht. Zumindest nicht im ersten Moment. Ich hab blasen müssen und hatte prompt null Komma neun. Ja, und die Kollegin dort, die hat natürlich sofort rausfinden können, wer ich bin und was in meiner Akte so steht. Da hab ich sie angefleht. Hab gesagt, dass ich seit meiner unehrenhaften Entlassung ja nichts mehr angestellt hab. Ja, noch nicht mal einen Strafzettel gekriegt hab. Dass ich ein Privatdetektiv bin und meinen Führerschein unbedingt brauche.«

»Lass mich raten, es hat funktioniert?«

»Na ja. Irgendwie sind wir ins Gespräch gekommen und dann hat sie mir halt auch ihr Herz ausgeschüttet. Und hat mir gesagt, dass sie denkt, ihr Mann, der hat eine Affäre. Denn immer, wenn sie Nachtschicht hat, dann fährt er mit dem Auto fort und kommt erst morgens wieder zurück. Und weil sie ihn mit dem Streifenwagen natürlich nicht verfolgen kann, da hat sie mich dann halt gebeten …«

»Dass du das machst. Und im Gegenzug hat sie sozusagen deine Promille verschwinden lassen. Und dann hast du rausgefunden, dass ihr Alter eine junge Geliebte hat, worauf die Frau Kollegin erst in Tränen ausgebrochen ist und sich dann von dir hat trösten lassen. Und seitdem bist du Tag und Nacht damit beschäftigt, sie ordentlich zu trösten. Hab ich recht?«, mutmaße ich so vor mich hin, und das nötigt mir ein fettes Grinsen ins Gesicht.

»Ja, äh … so ungefähr jedenfalls«, antwortet er und es klingt durchaus zufrieden.

»Hast du noch einen Moment oder musst du gleich wieder trösten? Denn eines würde mich echt noch interessieren.«

»Klar, schieß los.«

»Wie bist du eigentlich in das Haus von den Paulus' reingekommen? Hast du diesen Zahlencode gekannt? Also den von der Haustür?«

»Gekannt hab ich ihn nicht. Eher kombiniert.«

»Kombiniert?«, frag ich. Er spricht in Rätseln.

»Pass auf. Du hast doch sicherlich auch irgendwo einen Zahlencode. An deinem Handy zum Beispiel. Was hast du da für eine Nummer? Ein Geburtsdatum vielleicht? Das von deinem Paul womöglich? Fakt ist jedenfalls, dass ich das Geburtsdatum von der Tessa gekannt hab. Und das war der Schlüssel. Eins neun neun eins.«

Ich muss unbedingt den Code von meinem Handy ändern!

»Rudi-Bär, was machst du denn?«, kann ich nun aus dem Hintergrund hören.

»Du, Franz, sorry, aber ich muss«, sagt der alte Schwerenöter noch knapp, dann hängt er mir ein.

»Ja, servus, Rudi«, antworte ich in die menschenleere Nacht hinein und sperr dann die Tür zum Wohnhaus auf.

Am nächsten Tag ist Sonntag. Aber es ist nicht nur ein stinknormaler Sonntag mit Schweinebraten, Fußballspiel und Extrem-Couching. Nein, es ist auch Wahlsonntag. Die Susi ist aufgedonnert, nervös und glücklicherweise nach dem Mittagessen im Rathaus verschwunden. Und ich hock mit dem Rest der Familie hinten unter den alten Obstbäumen in der spätsommerlichen Sonne und lass mir einen göttlichen Zwetschgendatschi mit Schlagrahm schmecken. Das ist schön. Zumindest bis zum Anpfiff. Gleich nach dem Anpfiff ist die Stimmung schon ziemlich hinüber und in der Halbzeit schalt ich den Fernseher aus und er kann froh und dankbar sein, dass er nicht aus dem Fenster fliegt. Die Bayern, die spielen nämlich einen solchenen Scheißdreck zusammen, dass der Rot-Weiß-Niederkaltenkirchen dagegen auf globalem Höchstniveau kickt, jede Wette. Gegen Abend, da richten sich dann alle zusammen, um auf diese Wahlparty zu gehen. Die Susi, die hat da im Heimatwinkel drüben was organisiert, und ich frag mich, wer das ganze Zeug essen und trinken soll, wenn sie die Wahl am Ende doch verliert.

»Was ist mit dir, Franz? Kommst du nicht mit?«, will der Leopold wissen. Er ist der Letzte, der noch im Hausgang steht. Alle anderen sitzen schon gebügelt und frisiert in den Autos.

»Keine Ahnung. Ich komm vielleicht nach«, antworte ich. Er klopft mir kurz auf die Schulter und macht dann die Haustür hinter sich zu.

Eine Wahlparty im Heimatwinkel. Das hat mir jetzt grad noch gefehlt …

Ich weiß auch gar nicht recht, was ich mir überhaupt wünschen soll. Also so rein für mich selber. Und auch für unseren Paul natürlich. Dass sie die Wahl gewinnt, die Susi. Und dann kaum noch Zeit hat für uns? Einen auf mordswichtig macht und mich daneben stehen lässt wie einen Versager? Dass ich zum Partner von der Frau Bürgermeister degradiert werde? Oder ob es mir doch lieber ist, dass sie diese Scheißwahl verliert und somit wohl auch ihr ganzes Selbstbewusstsein und den Respekt aller Kollegen. Dass sie dann unleidig wird, traurig und am Ende sogar noch depressiv. Ich hab gelesen, dass Menschen, die zu Depressionen neigen, einfach nicht mehr schnackseln wollen …

Es ist kurz nach sechs. Die Wahl ist vorbei, die Auszählung hat wohl schon begonnen. Was soll ich jetzt tun an einem Sonntagabend wie diesem? Aber war da nicht was? An einem Sonntagabend? An jedem Sonntagabend?

Plötzlich fällt's mir wieder ein. Ich schnapp mir die Autoschlüssel und bin auch gleich unterwegs. Mit AC/DC auf Höllenlautstärke ist die Strecke ein Klacks. Der Weg ist vertraut.

»Allerhand, mit Ihnen hätt ich nicht gerechnet«, sagt der Krakauer über seine Karten hinweg und er scheint sichtlich erfreut. Seine zwei Mitspieler schauen mich aus ihren weißen Kitteln heraus auffordernd an. »Zeit für einen Vierer-Watt?«

»Zeit für einen Vierer-Watt«, antworte ich und zieh mir dann einen Stuhl hervor. Es ist ein lokaler Sender, der hier grad durch den Äther läuft, und er spielt Songs aus den Siebzigerjahren. Radio Trausnitz. Ja, das hört die Oma gern, zumindest wenn sie beschließt, dass sie zur Abwechslung mal wieder was hört. Gleich beim ersten Blatt, da hab ich den Max und den Belle. Das schaut nach einer Gewinnstrecke aus. Einer der Pfleger stellt mir jetzt einen Spezi hin, er hat Zimmertemperatur. Also der Spezi. Das Getränk, um es auf den Punkt zu bringen.

Wie um sieben die Nachrichten kommen, da hab ich vier Spiele verloren und vier gewonnen.

»Und in Niederkaltenkirchen gab es heute die Wahl zum Bürgermeister«, verkündet der Radiosprecher. »Die Stimmen sind ausgezählt, das Endergebnis steht fest ...«

Mein neuer Spezi schaltet das Radio aus.

»Interessiert doch kein Schwein«, sagt er und spricht mir damit direkt aus der Seele.

Glossar

Ausgeschämt	Unverschämt, dreist.
Boandl im Leib marod	Wenn jedes Boandl im Leib marod ist, dann ist jeder Knochen im Körper kaputt. Auch nicht schön, gell?
Fräun	Das »Fräun« ist eine meist liebevolle, jedoch leider aussterbende Bezeichnung für das »Fräulein«, was wiederum auch schon am Aussterben ist.
Grindig	Versifft, vergammelt oder vielleicht auch noch ungepflegt.
Gschwerl	Gesindel.
Kremess	Hier handelt es sich um einen Leichenschmaus oder ein Totenmahl.
Nass reinkommen	Wenn's »nass reinkommt«, dann ist es klamm. Finanziell gesehen also eher suboptimal.

Rüscherl Das ist ein Relikt aus den Achtzigerjahren und zwar ein Getränk. Gemixt wird ein Asbach mit Cola und auch Eiswürfel kommen in die Cognacschwenker. Wenn man Glück hat, dann gibt's noch ein Scheiberl Zitrone ins Glas. Es schmeckt eher süßlich und war zumindest früher eine Einladung, um ein Mädel klarzumachen. Wenn auf die Frage »Darf ich dich auf ein Rüscherl einladen?« ein »Ja freilich« gekommen ist, dann hat es zweierlei Möglichkeiten gegeben. Entweder die Sache war eingetütet oder das Weib war eine Alkoholikerin.

Schnackler Das ist ein Schluckauf und auch ebenso nervig.

Vom Bein weg fehlen Wenn es jemandem »vom Bein weg fehlt«, dann fehlt's praktisch vom Knochen aus. Was bedeutet, es fehlt von der Basis. Also grundsätzlich deppert, sozusagen.

Watschenbaum Wenn der Watschenbaum umfliegt, dann gibt's ein paar hinter die Ohren. Oder ein paar geschmiert. Oder gescheuert. Es handelt sich hierbei also ausdrücklich nicht um das Einzelstück einer Watsche, sondern quasi eher um die gesammelten Werke.

Watten Das Watten ist ähnlich wie der Schafkopf in (Nieder-)Bayern ein äußerst beliebtes Kartenspiel, das bevorzugt am Stammtisch gespielt wird. Beim Watten, da kann man parallel ziemlich gut über Mitbürger reden oder diverse Aktivitäten von Politikern kritisieren, das passt astrein zusammen. Meistens wird dabei (Weiß-)Bier getrunken, außer man will ums Verrecken gewinnen. Dann trinkt man eher eine Apfelschorle, gell.

Zeitlang Wie das Wort ja schon sagt, ist »die Zeit lang«. Was halt so viel bedeutet, dass man Sehnsucht hat nach jemandem oder etwas.

Rezepte

Gulasch nach ungarischer Art (scharf)

500 Gramm Rindfleisch und 100 Gramm Schweinefleisch in Stücke schneiden und mit Salz und Pfeffer und 1 EL Paprikapulver, rosenscharf, würzen. 5 Zwiebeln grob hacken. 2 Knoblauchzehen in feine Stücke schneiden. 2 rote Paprikaschoten in Streifen schneiden. Das Fleisch in einen Topf geben und in 2 EL Schweineschmalz rundherum scharf anbraten. Die Zwiebeln und den Knoblauch dazugeben und weiter schmoren lassen, bis die Zwiebeln glasig werden. 2 EL Tomatenmark dazugeben und weiterschmoren lassen. Paprikastreifen hinzufügen und jetzt muss der Deckel auf den Topf. Bei mittlerer Hitze weitere 15 Minuten schmoren lassen. Mit ½ l Brühe aufgießen und aufkochen lassen. ½ TL Kümmel, 1 Lorbeerblatt und 1 TL Chilipulver dazugeben und den Herd auf niedrige Hitze schalten. Bei gelegentlichem Umrühren ca. 2½ Stunden köcheln lassen. Abschmecken und gegebenenfalls mit Chili, Paprikapulver und Salz nachwürzen. Mit Petersilie bestreuen und servieren. Dazu werden Reis, Nudeln oder auch Semmelknödel gereicht.

Ich persönlich glaub ja, dass die Julika die doppelte Menge an Chili- und Paprikapulver verwendet hat, als wie hier im Rezept steht. Minimum. Da muss ich nur mal kurz an den armen Paul denken. Aber auch wenn ich nicht an den armen Paul denk, dann bricht mir beim bloßen Gedanken an das Gulasch schon der Schweiß aus. Was ich aber beim Essen freilich nicht zugeben wollte. Keiner von uns hat das zugeben wollen. Zum einen, weil's halt trotz Schweißausbruch einfach saugut geschmeckt hat. Und zum anderen auch, weil sich die Julika so eine Mühe gemacht hat. Und der Papa. Und auch der Leopold.

Kartoffelsalat mit Mayonnaise

500 Gramm Kartoffeln kochen, schälen, in Scheiben schneiden und in eine Schüssel geben. 1 große Zwiebel fein hacken und über die Kartoffelscheiben verteilen. 150 ml Brühe mit 5 EL Mayonnaise, 1 TL scharfen Senf und 2 EL Essig gut vermengen. Mit Salz und Pfeffer abschmecken. Die Soße über die Kartoffeln geben und alles gut vermengen. Mindestens 1 Stunde ruhen lassen. Der Kartoffelsalat sollte beim Servieren nicht trocken sein. Sonst gerne noch einmal Brühe, Mayo oder auch einen Schuss Sahne zugeben.

Wenn die Oma erfahren tät, dass ich den mag, diesen Kartoffelsalat, da würde sie sicherlich vom Glauben abfallen. Eine Mayonnaise, die geht bei ihr generell nicht. Aber auch noch in einem Kartoffelsalat – völlig undenkbar. Jetzt ist es ja so, dass ich den Kartoffelsalat von der Oma heiß und innig liebe. Mit Essig und Öl, klassisch bayrisch halt, eine echte Gaumenfreude. Und trotzdem ist es mir gelegentlich nach ein bisschen Abwechslung. Genauso, wie ich zum Beispiel gern die Susi anschau. Besonders, wenn sie was Nettes anhat, gell. Und trotzdem freu ich mich, auch einmal ein anderes Weibsbild anschauen zu können. So in etwa verhält sich das auch mit diesem Kartoffelsalat. Aber das muss jetzt unter uns bleiben! Weil wenn die Susi das erfährt, dann bricht quasi die Hölle los. Und von der Oma, da mag ich erst gar nicht reden.

Steckerlfisch (für 2 Personen)

2 Weißfische (Hering, Makrele, Schleie oder Barbe) ausnehmen, waschen und trockenreiben. Einen Holzstab ohne Rinde vom Maul aus durch den ganzen Fisch spießen. Eine Gewürzmischung zusammenstellen aus folgenden Zutaten:

10 Gramm Salz
10 Gramm Pfeffer
1 Prise Cayennepfeffer
1 Prise Zwiebelsalz
1 Prise Knoblauchpfeffer
1 Prise Paprikapulver
1 Bund Kräuter (Salbei, Rosmarin, Dill,
Petersilie und Zitronenmelisse)

Die Hälfte der Gewürzmischung im Inneren der Fische verteilen. Die andere Hälfte mit 30 ml Pflanzenöl vermengen und kurz vor dem Grillen auf die Außenhaut auftragen. Auch während des Grillens immer wieder nachpinseln, so wird die Haut kross. Am besten wird über Holzkohle gegrillt. Die Grillzeit richtet sich nach der Größe des Fisches. Dieser ist verzehrbereit, wenn die Haut kross ist und das Rückenskelett weiß wird. Nach der Garzeit kommt ein Spritzer Zitronensaft über das Fleisch. Mit einer reschen Breze und einem kühlen Bier ist er ein echtes Schmankerl, der bayrische Steckerlfisch.

Ja, das ist er. Ein echtes Schmankerl. Für den Nachbarskater Hotzenplotz wohl auch ganz ohne Breze und Bier. Mehr hab ich dazu nicht zu sagen. Weil mir sonst rückwirkend noch einmal der Kragen platzt. Oder anders gesagt: Sollte mir das blöde Viech in nächster Zeit einmal über den Weg laufen, dann sollte es tatsächlich laufen. Und zwar so schnell es nur kann …

Zwetschgendatschi

300 Gramm Weizenmehl, 100 Gramm Zucker, 150 Gramm weiche Butter, 1 Prise Salz, 1 Päckchen Backpulver und 2 Eier zu einem glatten Teig verarbeiten. Gleichmäßig auf einem Backblech (Backpapier verwenden oder einfetten!) verteilen. Mit einer Gabel regelmäßige Löcher in den Teig stoßen.

1200 Gramm Zwetschgen waschen, entkernen und vierteln und gleichmäßig auf dem Teig verteilen. 3 EL Zucker, 2 Päckchen Vanillezucker und ½ TL Zimt vermengen und über die Zwetschgen streuen. Für die Streusel 100 Gramm weiche Butter, 80 Gramm Zucker und 150 Gramm Mehl mit den Fingern verkneten und die Krümel gleichmäßig über dem Kuchenblech verteilen.

Den Backofen auf 175 Grad vorheizen. Der Datschi kommt auf die mittlere Schiene und wird ca. 50 Minuten gebacken, bis die Streusel leicht karamellisiert sind. Mit Schlagrahm schmeckt's besonders gut.

Ja, das kann ich so unterschreiben. Mit Schlagrahm schmeckt's besonders gut. Allerdings, und das muss man wissen, schmeckt er auch ohne, der Datschi. Erst recht, wenn man es nicht erwarten kann, weil er ringsumher schon überall seinen Duft verbreitet. Und wenn man's halt nicht erwarten kann, dann isst man ihn am besten gleich warm und zwar direkt vom Backblech. Doch dann macht ein Schlagrahm natürlich überhaupt keinen Sinn, weil er ja nur dahinschmelzen tät wie ein Schneemann im August.

Dank

Der Eberhofer Franz sagt merci. Und sein dubioser Anhang, der tut das mit ihm.

Für dreizehn gemeinsame Jahre, für zwölf Bücher und weiß der Geier, wie viele Tote unseren Weg inzwischen pflastern.

Und ich selber muss und möchte mich natürlich auch bedanken. Für die grenzenlose Unterstützung, die ich von »meinem« Team stets bekomme. So was ist nicht selbstverständlich und umso mehr würdige ich es. Je länger unsere Zusammenarbeit andauert, desto wertvoller wird sie für mich. Ich schätze jeden Einzelnen von euch!

Ganz ähnlich empfinde ich das auch bei der Eberhofer-Fan-Gemeinde. Ihr alle seid ein Geschenk!

Nichtsdestotrotz gibt es immer wieder Situationen, wo langjährige Weggefährten »abhandenkommen« und/oder neue Ziele ansteuern. Auch bei ihnen möchte ich mich ganz herzlich bedanken. Es war eine echt geile Zeit mit euch.

Das Dutzend ist voll.
In diesem Sinne, auf zu neuen Ufern …

Herzlichst, *eure Rita Falk*